Jaroslav Hašek

Als Stadtkommandant von Bugulma

Jaroslav Hašek

Als Stadtkommandant von Bugulma

und andere vergnügliche Geschichten
des Verfassers der 'Abenteuer
des braven Soldaten Schwejk'

Drei Lilien Verlag

Aus dem Tschechischen übertragen, herausgegeben
und mit einem Nachwort versehen von Gustav Just

Die Geschichte „Das Bildnis Kaiser Franz Josefs I.“ wurde aus
dem Tschechischen übertragen von Günther Jarosch

Illustrationen von Manfred Bofinger

Lizenzausgabe für den Drei Lilien Verlag, Wiesbaden 1986
Printed in the German Democratic Republic
ISBN 3-922 383-45-9

Aus Schullesebüchern

Den Verfassern von Schullesebüchern kann man das gute Bemühen nicht absprechen, die Kinder zu ordentlichen Patrioten und gottesfürchtigen Menschen zu erziehen.

Davon zeugt bereits die Einteilung der Lesebücher in folgende Abschnitte:

1. Gott und der Mensch (erzieherische Lektüre)
2. Gott, Heim und Vaterland
3. Gott, Natur und Welt
3.1. Die Salzgewinnung in Velička
3.2. Was ist das, eine Hauskatze?

Alle drei Teile bilden so etwas wie einen Brei aus Moral und Gottesfurcht. Die Soße dazu liefert die Lehre von den Ameisen, scharfsinnig ausgedacht von dem Herrn B. Jablonský, Gott hab ihn selig.

„Mein Sohn, lerne von der Ameise, tugendhaft auf dieser Welt zu leben, faulenzt sie doch nicht, lebt bescheiden, sammelt nur das, was sie unbedingt braucht. Sie giert nicht nach einem solchen Glück, welches nur die Faulheit befriedigt, ihr größter Reichtum ist – arbeitsame Genügsamkeit."

Das ist das Beispiel von der tugendhaften Ameise, liebe Kinderlein. Und wenn ihr später bei den ausbeuterischen Fabrikanten für einen geringfügigen Lohn schinden müßt, deklamiert das vor euch hin – der größte Reichtum ist arbeitsame Genügsamkeit. Nun, Jablonský war Propst, und sein Name wird sich in den Schullesebüchern verewigen.

Ohne ihn wüßten die Kinder nicht, daß – „auch dir, mein Sohn (meine Tochter), die Hand Gottes einen Teil der Erde geschenkt hat, denn sie hat dir dein schönes ruhmreiches Vaterland gegeben." Und so, mein liebes Kind, rackert sich dein Vater ab, es rackert sich deine Mutter ab und bis zum Umfallen vielleicht auch dereinst du, aber in einem schönen und ruhmreichen Vaterland stirbt es sich leicht vor Hunger, es ist dein Boden, liebes Kind, berühren darfst du das dir von der Hand Gottes geschenkte Stück Erde natürlich nicht, das verbieten Paragraphen, aber lies es dir im Lesebuch durch.

Und wenn sich bei dir zu Hause kein Stück Brot mehr findet und der Vater Blut spuckt, dann lies in deinem Lesebuch, daß in allem, was auf der Welt besteht, sich das Schöne mit dem Guten verbindet. „Die schöne, goldene Sonne erwärmt alle Geschöpfe, der Baum ist nicht nur zum Nutzen da, er verschönt auch das Land. Das Obst ist schön, aber es hat auch einen süßen Geschmack, und so ist es mit allem: wohin dein Auge blickt, mein Sohn, vereint sich das Gute mit dem Schönen."

Und wenn sie dich eines Tages als Todkranken in die Heimat abschieben, dann erinnere dich an das Schullesebuch, wie du einst in der vierten Klasse der Volksschule die erste Seite umgeblättert hast, und was hast du dort gelesen? Vater unser. Zu dir rufen wir voller Vertrauen, denn wir kennen wohl die Liebe, mit der du uns umarmst. Vater unser!

Und wenn man dich unterdrückt, dann fluche nicht! Deine Zunge würde gelähmt werden. Ich kenne einige derartig sonderbare Krankheiten aus den Schullesebüchern, wonach es dir für ein bloßes „verdammt" schlecht ergehen würde, auf Erden und im Himmel. Sobald es dich nach Fluchen gelüstet, erinnere dich daran, wie du im Lesebuch das Gedicht von B. Hakl gelesen hast: „Deine Rede sei stets klar und rein, deine Sinne erfülle stets nur Tugend, böse Worte wird Gott nie verzeihen."

Laß dich also immer ruhig unterdrücken, denn nach dem Tode wird es dir wohlergehen. Dafür bürgen die berühmten Namen von Beneš Metoděj Kulda, Xaver Dvořák, Vojtěch Pakosta und anderer toter und lebender Pater, dieser Troubadoure des über den Sternen harrenden Glücks.

Zu ihnen gesellt sich eine ganze Reihe anderer Schriftsteller, die aus den Kindern feste Charaktere machen wollen. Das tun sie mit entzückenden Histörchen über treue Dienstmägde und Ammen, die sich zwei Generationen hindurch auf einem Bauernhof abrackern und völlig abgearbeitet nur einen wehmütigen Wunsch im Herzen hegen, nämlich dereinst neben ihrer Dienstherrschaft auf dem Friedhof begraben zu werden. „Dort werden wir uns alle schön wiedertreffen."

Oder die Greisin, die den Rosenkranz herunterbetet und dabei weint. Sie ist achtzig Jahre und klagt, daß sie nicht mehr arbeiten kann. Noch im vorigen Jahr, mit neunundsiebzig, hat sie gearbeitet. Alle ringsherum haben sie gern, hüllen sie in ihre Liebe, aber sie weint auf einer ganzen Seite des Schullesebuches. Den Hauptanteil darin bildet jene unglückselige erzieherische Lektüre, deren Verfasser der selige František Doucha war. Er wurde am 6. April 1834 zum Priester geweiht und geistert noch heute durch die Lesebücher. Er lehrte so eindringlich, wohin ein Kindlein gelangt, welches seinen Ratgebern gehorcht, und ließ andererseits so lange seinen Blick schreibend auf jenen Kindern ruhen, die sich durch Ungehorsam und Untugenden in das zeitliche und ewige Verderben stürzen, daß er in der rechten Hand einen Schreibkrampf bekam und die Feder nicht mehr halten konnte. „Jesusmaria", sagte sich der gute Mann, „wie schaffe ich es jetzt, aus den Kindern gute Untertanen und treue Gläubige zu machen?" Und er lernte mit der linken Hand schreiben! Er war der erste, der in die Schullesebücher die sogenannten anschaulichen Beispiele einführte, welche die Kinder schwachsinnig machen.

Der Schüler Venoušek zum Beispiel hat zwar in allen Fächern eine Eins, aber auch die üble Gewohnheit, den Gemeindevorsteher nicht zu grüßen. Der Nichtsnutz verschluckt zur Strafe eine Stopfnadel. Das ist doch ein anschauliches Beispiel dafür, daß das Wohl des Menschen nicht nur auf noch so vielen Kenntnissen beruht (er hatte lauter Einsen), sondern hauptsächlich auf einem tugendhaften, gottgefälligen Leben. Ob die Stopfnadel wieder aus Venoušek herauskam, verrät das anschauliche Beispiel nicht.

Die Schullesebücher bieten manche Lehre, die den jungen Menschen auf dem Pfad der Tugend begleitet. Bete und arbeite! Strebe und vertraue auf Gott! Nachgiebigkeit schafft Freunde! Der Klügere gibt nach! Mit was für schönen Wahlsprüchen sind doch die Lesebücher gespickt! So mancher erkennt den wahren Wert dieser Sprüche nicht auf Anhieb, aber wenn er erst einmal erwachsen ist, wird er es. Wenn er in einen Streit mit seinem Arbeitgeber gerät, wird er sich einfach aufhängen und einen Zettel hinterlassen: „Der Klügere gibt nach" oder „Nachgiebigkeit schafft Freunde".

Hauptsache ist es, für die Schullesebücher Lebensregeln auszusuchen, die für die heutige Zeit nicht passen. Logische Lebensregeln wie: „Wirst du verfolgt, obgleich unschuldig, dann wachsen aus deinem Unglück duftende Blümelein" (Mat. J. Sychra).

Es werden auch moderne Ratschläge angeboten, wie die Kinder zu ordentlichen Bürgern werden: „Lerne zur rechten Zeit dich beugen, und du wirst vielem Bösen entgehen. Liebes Kind! Halte den Buckel hin und vertraue auf Gott!"

Aber das übrige in den Schullesebüchern ist gar nicht so schlimm. Wie die Vielzahl von Beispielen dafür, daß, wenn es dir einmal schlecht geht, gute Menschen für dich sorgen werden.

So etwa: „Heiliger Abend im Kinderheim". Dort kriegen die armen Kinder Strümpfe, Äpfel und eine Handvoll Nüsse. Die Eltern der beschenkten Kinder sind anwesend und weinen vor Rührung. Und die Kinder ziehen sich mit strahlenden Augen unterm Weihnachtsbaum die geschenkten Strümpfe an und küssen den schön gekleideten Damen die Hand. Und unter diesem Abschnitt steht: „Gott liebt den bereitwilligen Spender".

Nicht wahr, mein Kind, nach dem Lesen dieses Beitrags träumst du noch lange von Strümpfen und schönen Damen?

Und warum geht es den Kinderlein so gut? Weil sie, obwohl arm, tugendhaft und fromm waren. Das ist eine Ausnahme, denn anderenorts finde ich die Sätze: „Ein mutwilliger Knabe, das Kind armer Eltern . . .“ und das Gegenteil davon: „Karlchen war ein braver und höflicher Knabe und seine Eltern vermögende Bürger . . .“ Die Schullesebücher werden vom k. und k. Landesschulrat genehmigt, und das bedeutet: „Karlchen ist ein braver und höflicher Knabe und künftiger Landesschulrat . . .“

Lesebücher können allerdings auch von dem hochwürdigen Konsistorium genehmigt werden. Wenn ich ein braver Mensch sein soll, wie es die Kirche vorschreibt, muß ich unsere Schullesebücher lesen, und wenn ich in der Jugend geistig verkümmere, um so besser für mich, denn dann wird meine Tugend keine Einbuße erleiden. Und ich werde ein Patriot sein und werde Jahr für Jahr auf den Velehrad pilgern, werde Staatsbeamter und werde voller Dankbarkeit an meine Schullesebücher zurückdenken, in denen den Kindern alles so schön gesagt wird, daß man sie zu gottesgefälligen Menschen mit schönen Lebensmaximen erziehen kann wie: „Bete und arbeite!" „Der Klügere gibt nach!" „Lerne dich zur rechten Zeit beugen!"

Und diese gottgefälligen Bürger werden so winzige Gehirne haben wie die Verfasser der Lesebücher.

Ein gewisser Javornický hat geschrieben:

> Gewöhn dich dran, ins Lesebuch zu sehen,
> sonst wirst der Strafe nicht entgehen.

Und diese Strafe besteht darin, keine Behandlung in einer Anstalt für Schwachsinnige zu erhalten ...

In der Religionsstunde

Die Kinder von Koroupov wußten in Religion nur so viel, daß der liebe Gott in seiner unendlichen Güte das Rohr geschaffen hatte. Nach dem Rohr dann den Katecheten, unseren Kaplan Horáček. Diese beiden Dinge ergänzten sich gegenseitig. Gott hatte dann die Menschen gelehrt, aus dem Rohr Rohrstöcke zu machen, und den Katecheten Horáček hatte er gelehrt, diese Rohrstöcke mit außergewöhnlicher Gewandtheit zu gebrauchen.

Gewöhnlich begann es damit, daß der Kaplan Horáček, wenn er die Klasse betrat, bekümmert die zerknirschten Gesichter seiner Schüler betrachtete und sagte: „Vaníček, du blöder Sklave, mich deucht, du kannst die sieben Todsünden nicht rückwärts aufsagen."

Der Kaplan Horáček führte nämlich betreffs seiner Fragen ein wahres Rätselspiel durch. Die Kinder mußten die Zehn Gebote Gottes von hinten aufsagen, denn er pflegte zu fragen:

„Ludvík, du Lümmel, sag mir, welches ist das dritte Gebot von hinten, vor dem: ‚Du sollst nicht stehlen!'?"

Das war eine Art religiöse Mathematik, und sie endete stets mit einer Tracht Prügel als dem traurigen religiös-mathematischen Ergebnis.

Das war immer so, ob es sich nun um Vaníček oder Buchar, Ludvík oder andere handelte; sie schoben sich dann traurig aus der Bank und traten vors Katheder.

Gebrochen trotteten sie dahin im Vertrauen auf die unendliche Güte Gottes und in der Überzeugung, daß es nun einmal nicht anders ginge und daß die religiösen Begriffe nicht im Katechismus standen, sondern in jenem Teil der Hose, auf dem sie saßen.

Das war so einfach und so sicher. Den Hintern herausstrecken und sich von der erfahrenen Hand des Katecheten mit dem federnden Rohrstock verdreschen lassen.

Tag für Tag gab es die gleichen Szenen. Mit freundlichem Lächeln legte Horáček einen nach dem anderen übers Knie und sprach zu ihm: „Danket Gott, ihr Elenden, daß ich euch hier züchtigen kann.“

Eines Tages brachte Vepřek aus dem Nachbardorf den guten Rat mit, den Rohrstock mit Knoblauch einzureiben. Es würde dann weniger schmerzen, und der Rohrstock würde nach dem ersten Schlag zerbrechen.

Das waren verzweifelte, aber dennoch optimistische Gedanken, und die Jungen legten soviel Vertrauen in den Knoblauch, daß der Schüler Kratochvíl vor Freude weinte, als sie den Rohrstock mit Knoblauch eingerieben hatten.

Man kann es die letzte Hoffnung der Koroupover Schule nennen, das traurige Kapitel von den enttäuschten Sehnsüchten.

Der Katechet erklärte ihnen das anschaulich an den Hosen. Er hielt ihnen sodann einen Vortrag, daß das, was sie mit dem Knoblauch getan hatten, Betrug sei, freilich ein lächerlicher Betrug, wie sich gezeigt hatte. Die Strafe sei völlig gerecht gewesen, denn sie hätten Gott betrügen wollen. Er malte ihnen aus, was für verderbliche Folgen das fürs ganze Leben haben könne. Das sei die erste Stufe zum sittlichen Verderb und Untergang. Er würde um die ewige Seligkeit wetten, daß sie den Knoblauch gestohlen hätten, und deshalb werde er sie noch einmal züchtigen. Es bestehe kein Zweifel, er sehe schon alle, bis auf den Venoušek, den Sohn des Herrn Gutsverwalters, und den Zdeněk (diese wurden niemals geschlagen, Zdeněks Vater saß im Gemeindeschulrat) am Galgen hängen.

So vergingen traurig die Tage, und das Leid hörte nicht auf. Es sah so aus, als würden die Koroupover Jungen nichts zu ihrer Rettung unternehmen können und als würde sich alles weiterhin hoffnungslos wiederholen. Der hinkende Melhuba brachte jedoch in die ganze religiöse Frage eine neue Richtung.

Am Teich erläuterte er die Bedeutung des Papiers. Er hatte vorher zu Hause einen Versuch gemacht. Hatte sich die Hose mit Papier ausgestopft und dann den Milchtopf fallen lassen. Er wurde sogleich mit dem Riemen verdroschen und fühlte nur den halben Schmerz. Sie begannen also, das Papier zu schätzen wie die Chinesen, die jegliches Papierchen aufsammeln, um es vor dem Verderb zu retten. In diesem Fall sollte das Papier sie retten. Misterka, der Sohn des Kaufmanns, war der Lieferant des Schutzmittels, und der Katechet beobachtete, daß die Schmerzanzei-

chen in den Gesichtern der armen Schlucker jetzt weniger sichtbar waren.

Er dachte darüber nach und gelangte zu der Ansicht, daß allem Anschein nach ihre Haut sich bereits verhärtet hatte und daß man sich für die Religionsstunde einen besseren Rohrstock beschaffen müsse, denn Gott läßt auch stärkeres Rohr wachsen, mit einem größeren Durchmesser.

Er stellte also jene Schüler, die gezüchtigt werden sollten, in eine Reihe vors Podium und sprach zu ihnen, daß er sehe, wie sie sich bereits an die dünnen Rohrstöcke gewöhnt hätten. „Hier hast du Geld", sagte er zu Misterka, „dein Vater soll mir einen recht starken Rohrstock heraussuchen."

Er bemerkte, daß etwas über die Gesichter der Delinquenten huschte, und rieb sich die Hände. Er preßte pervers die Lippen aufeinander und erkannte, daß ein derartiger Aufschub der Exekution ihm ein neues seliges Gefühl bereitete.

Misterkas Vater suchte einen derben Rohrstock heraus, der durch seine Dicke den Schutzmantel des Papiers neutralisierte.

Es erwies sich also als notwendig, die Erfindung zu vervollkommnen, und Melhuba sprach eines Tages am Teich ein einziges Wort aus: „Pappendeckel!" Dann dröhnte es in der Religionsstunde, und der Katechet Horáček seufzte: „Mein Gott, haben die eine harte Haut!"

Er sagte also zu Misterka, er solle einen noch dickeren Rohrstock kaufen gehen. Das war der dickste, der je nach Koroupov gekommen war. Unter seinen Schlägen barst der Pappendeckel, er wurde geradezu zermalmt.

„Jetzt hilft uns nichts mehr!" resignierte Melhuba.

In der nächsten Religionsstunde blickten sie in den Bänken traurig vor sich hin. Sie wußten, jeder Kampf war vergeblich. Nur Vepřek lächelte leicht.

Sie antworteten um so unsicherer auf die Frage, wann Gott zum erstenmal der Menschheit seine Barmherzigkeit offenbart habe.

Vor dem Katheder standen schon fünfzehn Schüler einschließlich Vepřek. Zehn waren bereits verdroschen und brüllten, was auf den Katecheten entzückend wirkte, und an die Reihe kam Vepřek.

Er lag schon über dem Knie des Herrn Katecheten, der dicke Rohrstock pfiff durch die Luft, und bums! Ein mächtiger Knall erschallte, wie wenn man mit dem Schlegel auf die große Trommel haut.

Der Katechet ließ den lächelnden Vepřek los und brüllte: „Hosen runter!"

Vepřek verging das Lachen, er ließ die Hosen herunter und reichte dem Katecheten die Blechtafel, die er gestern in der Kirche stibitzt hatte.

Und niedergeschmettert las der Katechet:

„Spendet Beiträge zur Ausschmückung der Kirche des Herrn."

Der Primaner Kadraba vor der ersten Lateinarbeit

Die erste Klasse des Gymnasiums sollte am Montag ihre erste Arbeit in Latein schreiben. Die Bedeutung dieses Tages war für den Schüler Kadraba weitreichend. Samstagmorgen um neun Uhr hatte ihnen das der Lateinprofessor mitgeteilt, und Kadraba wurde von Stunde an immer ernster. Ihn ergriff ein so heiliges Grauen vor diesem ersten Prüfstein, daß er sich vornahm, nicht nur bis zum Montag brav und artig zu sein, sondern, falls er diesen Montag glücklich überlebte, allezeit lieb und fromm zu sein, nie mehr bis zehn Uhr abends herumzustromern, niemandem mehr vorzusagen, über jeden Mitschüler alles zu petzen und sich überhaupt ordentlich, folgsam und wißbegierig zu verhalten.

Er vernahm die Stimme des Lateinprofessors: „Wartet nur, ihr Kerle, am Montag werde ich euch dezimieren!“

Mit wahrer Gottesfurcht betete er bei Beginn der nächsten Stunde, der Religionsstunde, das Einleitungsgebet, und seine Seele war richtig welk. Der Katechet rief seinen Nebenmann Hornof auf, und dieser hatte vor sich die aufgeschlagene Liturgie liegen und las daraus ab, wonach gefragt wurde.

Kadraba meldete sich. „Bitte, Herr Katechet, der Hornof liest aus dem Buch ab und schummelt.“

So eine Angst hatte er vor der montäglichen Lateinarbeit, daß er ohne Sinn und Zweck seinen besten Freund verpetzte, der dafür ein Ungenügend erhielt und als Betrüger ins Klassenbuch eingetragen wurde. Dem Schüler Kadraba hingegen strich der Herr Katechet anerkennend über den Kopf und sagte: „Sei nur stets so ehrlich, dann wird dir alles wohl gelingen.“

Kadraba sah darin eine glückliche Prophezeiung für den Montag. In der Zehnuhrpause verdroschen ihn für sein unkameradschaftliches Verhalten die Mitschüler, und danach meldete Kadraba dies dem Geographieprofessor, und indem er die Schuldigen nannte, verriet er zugleich, welche Gründe Hornof und Konsorten dazu bewogen hatten, ihm seine unschuldige Nase und den Mund aufzuschlagen, nämlich einzig und allein deshalb, weil er dem Betrug an den Professoren nicht untätig zuschauen konnte.

Und auch hier ereilte die Schuldigen die verdiente Strafe, und der alte Professor lobte Kadraba mit großem Nachdruck, welch ein ordentlicher Schüler er doch sei und daß ihm alles im Leben wohl gelingen werde.

Dies war die zweite glückliche Prophezeiung dieses Tages, und Kadrabas Seele hörte auf, welk und schlaff zu sein, sie schöpfte neue Energie, und Kadraba nahm sich vor, Priester zu studieren, falls ihm der liebe Gott helfe, diese Lateinarbeit zu bestehen.

Nach der Schule verschwand er rasch, und weil die Kirche nahe lag, trat er dort ein und betete lange, sehr lange, bis um drei Viertel zwölf ein altes Kerzenweiblein den frommen Kadraba aufforderte, seine Siebensachen zu packen und nach Hause zu gehen, weil die Kirche geschlossen werde.

Kadraba besaß drei Kreuzer, und als er aus der Kirche trat, kämpfte er schwer mit sich, ob er dafür seinem kleinen Bruder Bonbons kaufen sollte oder für sich ein Glasröhrchen, um daraus mit Erbsen zu schießen.

Aber das Schreckbild der ersten Lateinarbeit siegte in diesem Kampf, und er kaufte also für die drei ersparten Kreuzer seinem kleinen Bruder Bonbons und erlegte sich die Buße auf, keinen davon selber zu essen.

Immer wieder hielt er sich vor Augen: Wenn ich mir auch nur einen nehme, werde ich die Lateinarbeit nicht bestehen. Oftmals langte er in die Tasche nach einem Bonbon, aber immer schreckte ihn der Gedanke an den kommenden drohenden Montag. Und er kam als Sieger über alle Versuchung nach Hause und gab die Bonbons dem Brüderchen, wobei er sich gerührt gebärdete, denn er war in der Tat gerührt – über seine eigene Großmut.

Der Vater sagte ihm, er werde ihm ein nächstes Mal ein paar Ohrfeigen verpassen, wenn er wieder so spät aus der Schule käme, wo sie doch samstags nur bis elf Uhr Unterricht hätten, so daß er um Viertel zwölf zu Hause sein müsse. Kadraba empfand Freude, daß er unschuldig verfolgt wurde, denn das würde ihm der liebe Gott sicher bei der Lateinarbeit zum Guten anrechnen, und der Heilige Geist würde ihn erleuchten.

Er wandte ein, er sei in der Kirche gewesen und habe dort gebetet, aber da kehrten die Zeiten der frühen Christenverfolgungen wieder, und er wurde verdroschen, nicht weil sein Vater heidnischer Gesinnung gewesen wäre, sondern weil er dachte, daß sein Junge doch zu frech log und nicht gestehen wollte, sich herumgetrieben zu haben.

Als der unschuldig verfolgte Kadraba aus jener Höhe, in die er durch seinen Vater erhoben worden war, wieder auf die flache Erde gelangte, wischte er sich voller Selbstmitleid die Tränen ab und küßte im Gedenken an die montägliche Lateinarbeit dem Vater die fürsorgliche Hand und schritt mit brennendem Körper, aber glückseligem Herzen ans Fenster, um sich dort auszuweinen.

Das waren aber mehr Tränen der Freude, daß er wieder wegen seiner ersten Lateinarbeit leiden mußte, und im Geiste sah er bereits, wie Gott der Allmächtige und Allwissende am Montag auf ihn, der ratlos vor seinem Heft sitzt, den Heiligen Geist herabsendet, um ihn als Entgelt für die grausamen Verfolgungen zu belohnen.

Nachdem er sich beruhigt hatte, fragte er seine Mutter, ob sie nicht etwas aus dem Laden unten brauche, er werde es ihr sogleich holen. Früher hatte er immer geheult, wenn die Mutter ihn schickte, aber heute bettelte er geradezu: „Bitte, liebe Mutter, ich hole gern Kümmel oder sonst was, oder vielleicht brauchst du Holz aus dem Keller, ich hole es sofort."

Er bettelte so lange, bis er einen tüchtigen Rippenstoß bekam, weil die Mutter bereits hundertmal gesagt hatte, daß sie nichts von unten brauchte, und weil er also offenbar nur draußen herumtollen wollte. Kadraba nahm auch diesen Schlag dankbar hin. Alles hätte er ertragen, nur um dem lieben Gott zu zeigen, daß er so ein braver Junge war, und so sollte der liebe Gott ruhig ein Kreuz nach dem anderen auf ihn herabsenden.

Dann ging er zum Vater und wollte ihm unbedingt die Pfeife stopfen. Wieder wollte er sich als braver, folgsamer Sohn zeigen, damit sich Gott seiner erbarmte und der Heilige Geist am Montag auf ihn herniederschwebte.

Er bettelte fast unter Tränen, der Vater möge ihm doch erlauben, die Pfeife zu stopfen; er packte den Vater am Rockärmel, so wie vorher die Mutter in der Küche am Schürzenzipfel, so lange, bis es der Vater erlaubte, und da

steckte er in seinem Eifer nach dem Stopfen die Pfeife an und tat einige Züge.

„Ach, deshalb hast du mir die Pfeife stopfen wollen, du Nichtsnutz, um zu rauchen, ei du verdammter Gassenjunge!"

Neue Schelte, neues Jammern, neues Hoffen auf die Ankunft des Heiligen Geistes am Montagmorgen, auf sein Herniederschweben auf das Haupt des unschuldigen und braven Kadraba.

Er verweigerte das Mittagessen, teils, weil ihm schlecht war, und teils, weil er glaubte, durch dieses Opfer den lieben Gott zu erweichen.

Den Nachmittag verwandte er dazu, von einer segensreichen Tat zur anderen zu schreiten. Von seiner Mutter bekam er einen Kreuzer, den er zur Karlsbrücke trug, wo ein Opferstock für die Renovierung des Veitsdomes angebracht war. Er ging im größten Regen hin und kam naß bis auf die Haut wieder.

Neue Schelte, neue Prügel, neues Hoffen auf den Montag.

Die Nacht durchwachte er im Gebet, stand am Sonntag zeitig auf und ging in die Kirche zur Frühmesse und nachher noch zur Mittagsmesse. Dann tat er ein weiteres gutes Werk und teilte sein Mittagessen in drei Portionen, die er dann an Bettler verschenkte.

Den Sonntagnachmittag verbrachte er in verschiedenen Kirchen in frommer, tugendhafter Stimmung und warf erneut einen Kreuzer in den Opferstock für die Renovierung des Veitsdomes. Sein Taschentuch schenkte er einer blinden Greisin.

Am Montagmorgen, nach einer Nacht, da er achtzigmal das Vaterunser, das „Gegrüßt seist du, Maria" und das „Ich glaube an Gott" gebetet hatte, ging er zuerst in die Frühmesse und dann erst in die Schule, voll freudiger Hoffnung, daß sich der Heilige Geist auf ihn herniedersenken werde, weil er am Samstag und Sonntag der bravste Junge auf der Welt gewesen war.

Aber der Heilige Geist trat nicht in ihn ein, weil es der liebe Gott nicht mag, wenn so ein braver Junge wie unser Kadraba, der zwei Tage dazu Zeit hat, nicht lernt und nicht einmal die erste Deklination wiederholt.

Und so bekam Kadraba in seiner ersten Lateinarbeit ein Ungenügend, denn er hatte in den zehn Sätzen fast so viele Fehler, wie er in den zwei Tagen an Vaterunsern gebetet hatte, damit ihn der liebe Gott am Montag mit dem Heiligen Geist erleuchtete.

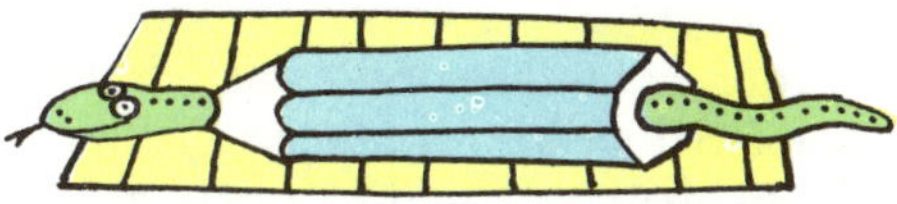

Die Erforscher des Unbekannten

Eine spiritistische Geschichte

Lád'a, Schüler der zweiten Klasse des Gymnasiums, bekam in vollem Umfang die Gültigkeit der Worte des Camillus Flammarionus zu spüren, daß das freie Forschen nach Wahrheit aller Welt unangenehm ist, weil jedes Gehirn seine kleinen Vorurteile hat, die es nicht aufgeben will. Als er nämlich in der Zehnuhrpause seinen Mitschülern vorführte, daß seine Schwester zu Hause ein Tischchen habe, daß dieses Tischchen hüpfe und klopfe und damit alle Fragen beantworte, wie zum Beispiel: „Ist dort jemand?" – „Ja" und ähnliches, da wurde er im schönsten Redefluß von dem Herrn Katecheten unterbrochen, der ihn einem strengen Verhör unterwarf, wobei er den Ärmsten ein räudiges Schaf nannte, das den Spiritismus unter zwölfjährige Knaben trage.

Das Verhör war grausam. Lád'a wurde gefragt, wie es komme, daß er an Spiritismus glaube. Er antwortete, er habe eine Schwester, und diese sei einmal bei einer Freundin gewesen, wo sie so ein hüpfendes Tischchen gehabt hätten, und auf einmal sei die Schwester in Ohnmacht gefallen und dann auf den Friedhof gerannt. Auf dem Friedhof sei sie einem Geist begegnet, und der habe sie zurückgebracht. Er sei mit ihr bis vors Haus gegangen, und dort habe sie die Mutter vor dem Kramladen erblickt. Der Geist sei verschwunden, und zu Hause habe es ein Donnerwetter gegeben. Der Vater habe getobt und geschrien, er dulde nicht, daß sie mit einem Geist umherziehe, der aussehe wie der František Kramer, ein Medizinstudent aus dem Nachbarhaus. Dann habe sich die Schwester so ein kleines Tischchen nach Hause mitgebracht, und er habe es nach dem Alphabet gerückt. Die Schwester habe gefragt: „Liebt er mich?“ Und er habe das Tischchen so lange gerückt, bis die Antwort lautete: „Wieso denn nicht?“ Dann habe die Schwester gesagt, sie verstehe das nicht, und habe selbst das Tischchen gerückt. Die Antwort habe gelautet: „Innig.“ Dann habe er für die Schwester einen Brief zur Post gebracht, habe zwei Kreuzer von ihr erhalten, und seit dieser Zeit glaube er an den Spiritismus.

Dieses Geständnis des verirrten Knaben hatte für ihn keinerlei Folgen. Er wurde nur ermahnt, künftighin alle Belehrungen seiner Mitschüler über Spiritismus, Hypnose und ähnliche Dinge, die den Verstand verwirren, zu unterlassen.

Von diesem Zeitpunkt an war die ganze Klasse Anhänger des Spiritismus. Gleich am nächsten Tage brachte Bernášek ein Buch über Medien und über das Einschläfern

mit, und am übernächsten Tage bereits suchten sie in der Pause nach einem Medium. Freiwillig meldete sich dazu der erste Bahnbrecher des Spiritismus in der Klasse, Lád'a, der seine Mitschüler belehrte, daß zuvor die ganze Versammlung beten müsse.

Nun entstand ein Streit wegen des Gebets, bis der Vorschlag Lád'as siegte, sie sollten folgendermaßen zu dem Lateinlehrer Bren beten: „Wir beten zu dir, Herr Bren, blicke mit Freundlichkeit auf uns herab und bitte für uns vor dem Gerichtsstuhl Gottes." Mit diesem Gebet beruhigten sie ihr Gewissen, denn Herr Bren war ihr Klassenlehrer. Lád'a setzte sich in eine Bank, und Bernášek schläferte ihn ein. Er kitzelte ihn am Halse und zupfte ihn an der Nase, und die Versammelten murmelten dabei: „Wir beten zu dir, Herr Bren, blicke mit Freundlichkeit auf uns herab und bitte für uns vor dem Gerichtsstuhl Gottes."

Lád'a fing an zu schnarchen und tat, als schliefe er. Er vergaß sich aber ein bißchen und wischte sich auf einmal die Nase. Bernášek beruhigte die Versammlung, jetzt gerade würde der Geist des Rektors in Lád'a fahren, und sie sollten ihm jetzt Fragen stellen."

Als erster fragte Gebler: „Gibt's heute nachmittag hitzefrei?" Die Antwort war unverständlich. Das Medium brummte: „Das möchte ich auch gern wissen!" Die nächste Frage stellte Hajnic: „Kriege ich das Messer wieder, das mir der Štibic geklaut hat?" Die Antwort lautete so, wie der Herr Rektor zu sprechen pflegte: „Ich sehe mich gezwungen, Sie zu bedauern." Dabei nieste das Medium.

Dann sagte Bernášek, daß nun der Geist des Rektors Lád'a verlasse und der Geist von Bernášeks verstorbenem Großvater in ihn eintrete.

Durch die Versammlung ging ein Beben, und Bernášek fragte: „Großvater, wie fühlen Sie sich in jener Welt?" Und das Medium antwortete: „Es geht, am Freitag hatte ich zu Mittag Schweinebraten und Zuckerzeug. Apfelsinen gibt's hier umsonst, und in die Hölle ist es so weit wie von Vinohrady nach Smíchov."

„Ist Ihnen heiß, Großvater?“

„Ich bade gerade“, ertönte die Antwort, „eben hab ich den Hobzík untergetaucht . . .“

Hobzík lief es eiskalt über den Rücken. Woher weiß der Geist von Bernášeks Großvater, daß er, Hobzík, mit Láď'a auf dem Kriegsfuß steht?

Der Geist des Großvaters fuhr fort: „Hobzík ist ein elender Schuft, er klaut den Kameraden Papier und hat unlängst in den Schanzen einen Jungen ausgeplündert. Wenn ihn einer fängt, soll er ihm die Knochen brechen. Und wer ihn zusammenboxt, der kommt in den Himmel.“

Nach diesen Worten wollte sich Benda das Himmelreich verdienen und boxte Hobzík in die Rippen, beinahe wäre eine Rauferei daraus geworden.

„Großvater“, fragte Bernášek, „was machen Sie den ganzen Tag im Jenseits?“

„Ich klopfe Steine für die Straße zum Fegefeuer“, antwortete das Medium ernsthaft, „und die Steine, das sind die Seelen der Pauker, nur die vom Sportlehrer ist nicht dabei.“

Láď'a zuckte und erklärte, er erwache bereits.

Sie fragten ihn, wie es im Jenseits aussehe. Er sagte, gut. Alles sei violett und rot. Die Bäume hätten Hände und Augen und sprächen lateinisch, damit Láď'a und andere Geister sie nicht verstünden. Auch wanderten dort im Jenseits einige Indianer umher. Er habe unter ihnen Winnetou aus den Romanen von Karl May erkannt. Auch sei er einem schielenden Geist begegnet, der ausgesehen habe wie der Schuldiener Francek. Auf dem Farnkraut wüchsen dort Feigen. Einige alte Römer hätten an einem Wasserfall gesessen, in dem Blut floß, und hätten aus der Grammatik von Hrbek Latein gelernt. Als er dem Geist von Bernášeks Großvater begegnete, sei es ihm vorgekommen, als würde er um vieles leichter. Eine sehr gesunde Gegend sei das Jenseits nicht, weil dort alle nach ihrem Tode hinzögen. Er habe auch einen General getroffen, der vor ihm salutiert und ihm gesagt habe, das Hobzík Henker würde.

Das waren die bündigen Erfahrungen und Beobachtungen, die Lád'a im Jenseits gesammelt hatte. Seine Rückkehr wurde mit einem schaurigen Gebrüll der zwölfjährigen Spiritisten gefeiert, das zur Folge hatte, daß der Klassenlehrer herbeieilte und alle miteinander ins Klassenbuch eintrug, und zwar mit der Bemerkung: „In die Klasse kommend, vernahm ich Gebrüll."

Damit bestätigte er den erhabenen Gedanken, daß es noch immer Menschen gibt, die die Unwissenheit dem Wissen vorziehen.

Der arme Klassenlehrer. Wie unwissend er doch war, auf welch grobe Art er sich bemühte, die Bestrebungen der Erforscher des Unbekannten zu unterdrücken, deren Repräsentant Lád'a sich soeben in der Bank mit einem gewissen Maizl über die Versteinerung unterhielt, die in Maizls Besitz gelangt war, indem sie als Eigentum des Anstaltskabinetts zusammen mit anderen zum Anschauen und zur Belehrung der Schüler zwei Tage zuvor durch die Klasse gewandert war, bis sie in Maizls Tasche hängenblieb. Sie flüsterten miteinander.

„Weißt du, Lád'a, ich verkauf sie dir für einen Fünfer. Ich weiß, Lád'a, wir sind Freunde, aber eine Hand wäscht die andere."

„Ich bring dir den Fünfer heute nachmittag. Ich sag zu Hause, ich brauch ihn für ein Heft. Und dann erlaub ich dir noch, mich einzuschläfern. Weißt du, das macht man so: Du denkst dir, lieber Gott im Himmel, laß den Lád'a einschlafen. Und da schlaf ich gleich ein, und meine Seele wandert ins Jenseits. Denk dir das! Denkst du's dir schon? Siehst du, mir fallen die Augen zu, gleich werde ich im Schlaf sprechen."

Maizl erschrak. Was jetzt? Lád'a hatte die Augen geschlossen, er hatte ihn eingeschläfert. Der Lehrer würde kommen, und Lád'as Geist würde aus dem Jenseits sprechen, über ihn, über die Versteinerung, die er an sich genommen hatte, und daß ihn der Maizl eingeschläfert hatte. Man würde den Schuldiener zu ihnen schicken, der Vater würde ihn verdreschen und sein Fahrrad verkaufen. Der unglückliche Maizl. Und da war es schon! Lád'as Geist brummte leise aus dem Jenseits: „Maizl, du Dieb, gib die Versteinerung her!"

Maizl drückte ihm die Versteinerung in die Hand, und der Geist fuhr fort: „Jetzt spaziere ich gerade auf dem Mars umher. Die Menschen hier sehen aus wie Tausendfüßler. Eben sagt mir ein Junge, daß sein Vater zweihundert Beine hat."

Maizl zitterte vor Angst und meldete sich: „Was wollen Sie, Maizl?"

„Ich möchte bitte raus, Herr Professor."

„Gehen Sie, aber daß ich Sie nicht holen lassen muß wie den Bubeníček."

Maizl schwankte zur Tür hinaus und war lange draußen, niedergeschmettert an Leib und Seele. Was wird, wenn er zurückkommt? Ist Lád'a schon erwacht und aus dem Jenseits zurückgekehrt, oder irrt er noch auf dem Mars umher, oder ist sein Geist auf ein Hindernis gestoßen oder sogar in den Herrn Klassenlehrer eingetreten? Aber endlich mußte er wieder in die Klasse gehen. Er trat ein. Lád'a stand an der Tafel und beantwortete Fragen. Der Professor prüfte ihn in Vokabeln. Er wußte nicht, wie „Ungemach" auf lateinisch heißt, und bekam eine Fünf. Er kehrte verbittert in die Bank zurück, wo er Maizl mitteilte, daß er das dem Herrn Professor nie verzeihen werde, und wenn man ihn in der Pause einschläfere, so werde er ihnen sagen, was den Klassenlehrer erwarte. Das Ende der Stunde verbrachten sie damit, daß Lád'a erzählte, wie er in Maizls Abwesenheit mit dem Geist des Pontius Pilatus gesprochen habe, der ihm gesagt habe, daß Hannibal eine Straße weiter wohne als der Tyrann Thrasybulus.

„Mir scheint", sagte der Feind der Erforschung des Unbekannten, „ich muß euch auseinandersetzen."

Bevor er diesen Gedanken verwirklichen konnte, läutete es, und der Klassenlehrer ging hinunter, um ein Paar Würstchen zu essen.

Maizl erzählte in der Pause, Lád'a sei in der Lateinstunde auf dem Mars gewesen, und prahlte damit, daß er ihn eingeschläfert habe. Lád'a wurde sofort von einem Knäuel junger Forscher umringt, die sich erboten, ihn ebenfalls einzuschläfern. Sie setzten ihn auf den Stuhl am Katheder, so daß er die Tür nicht sehen konnte, und begannen zu beten: „Wir bitten dich, Herr Bren . . ."

„Nein", widersprach das Medium, „nachdem der mir eine Fünf in Vokabeln verpaßt hat, müssen wir zu einem anderen beten. Beten wir zum Turnlehrer. Sagt mir nach: Wir beten zu dir, schau gnädig auf deine Schüler, Herr Professor Lístek, und bitte für uns im Jenseits bei allen Heiligen Gottes."

Sie wiederholten diese Worte, und Lád'a erklärte, das müsse man zweimal hintereinander beten, dann werde er einschlafen und die Geister im Jenseits fragen, was den Klassenlehrer erwarte.

Er kniff die Augen zu und legte los: „Ich sehe den Professor Bren ein Paar Würstchen essen. Eben hab ich seinem Geist ein Bein gestellt. Der Professor hat sich verschluckt, weil er in dem Würstchen eine Schabe gefunden hat." (Ich werde dir die Fünf in Vokabeln heimzahlen!) „Alles ringsum ist gelb von Himmelsschlüsselchen, die wachsen hier in Massen, und der Quendel ist höher als der Kirchturm von Sankt Appollinarius. Ich treffe eben einen alten Geist. Er humpelt ein bißchen. Und dieser Geist ist jetzt in mich gefahren, und ich weiß schon, was den Klassenlehrer erwartet . . ."

Allgemeine Spannung. Alle scharen sich um das Medium. Und das Medium prophezeit: „Der Klassenlehrer nimmt meine blinde alte Tante zur Frau, und die zerschlägt den Suppentopf an seinem Schädel. Er wird immer dünner und klaut den Schülern die Federn und die Frühstückssemmeln." (Das ist für deine Fünf, Herr Klassenlehrer!) „Beim Abitur stiehlt er dem Inspektor die Uhr aus der Tasche, und man macht ihn zum Schuldiener, und er muß den Schülern die Schuhe putzen."

Da betrat der Lehrer die Klasse.

Bubeníček gewahrte ihn als erster. „Lád'a, der Klassenlehrer ist da!"

Und da verkündete das Medium laut: „Den Herrn Klassenlehrer machen sie zum Rektor des Gymnasiums, er wird reich heiraten und Schulinspektor werden, weil er so nett ist." Nach diesen Worten kehrte Lád'a aus dem Jenseits zurück und schlug die Augen auf.

Der Herr Klassenlehrer, der den letzten schönen Satz gehört hatte, streichelte Lád'a übers Haar und fragte: „Na, Jungs, was habt ihr denn da gespielt?"

Bubeníček wollte Lád'a aus dem Hintergrund helfen und rief: „Er hat uns zum Narren gehalten!"

„Ihr Nichtsnutze", sagte der Klassenlehrer, „einmal hab ich euch schon ins Klassenbuch eingetragen, und jetzt werde ich euch zum zweitenmal eintragen, und dem Lád'a schick ich den Schuldiener ins Haus, damit die Eltern das Bürschchen tüchtig verdreschen!" Er ging, vor Aufregung schielend.

Da siehst du's, Lád'a, du Erforscher des Unbekannten, wie wahr die Worte sind, daß das freie Erforschen der Wahrheit aller Welt unangenehm ist, weil jedes Gehirn seine kleinen Vorurteile hat. Und was nützt es dir, daß auch die Wissenschaft sich mit dem Spiritismus beschäftigt, wenn dein Vater, nachdem er durch den Schuldiener den Auftrag des Klassenlehrers vernommen hat, nach dem Dienstmädchen ruft: „Anna, bringen Sie mir den Rohrstock und halten Sie den Lád'a fest."

Eine Weile später war zu hören, daß der Erforscher des Unbekannten wimmernd gelobte, es nie wieder zu tun.

Und es gab einen Märtyrer mehr auf der Welt.

Die Mnemotechnik

Eine Pflanze geht ohne Wasser zugrunde, und so taumelt auch ein Gymnasiast, der die Geschichtsdaten nicht kennt, elend durchs Leben. Sein Leben gleicht einem Wrack, wie der Professor der Geschichte Šetelík einmal in der Geschichtsstunde treffend bemerkte, als sich der Schüler Jechuntál um nichts auf der Welt an zwei wichtige Daten erinnern konnte: „Von wann bis wann regierte das Geschlecht Valois in Frankreich, und wann fand der französische Erbfolgekrieg statt?"

Jechuntál beschränkte sich auf eine Art Geschichtslotterie. Er versuchte die Zahlen zu erraten und bemühte sich, auf dem Podium stehend, mit gespitzten Ohren wenigstens das Jahrhundert aufzuschnappen, das ihm barmherzige Mitschüler zuflüsterten. Alles vergebens. Da mochte er so oder so raten – das Geschlecht der Valois entglitt ihm jedesmal.

Als Professor Šetelík sah, daß Jechuntál völlig sinnlos den französischen Erbfolgekrieg verkürzte oder verlängerte, schickte er ihn mit einem Ungenügend auf seinen Platz zurück und sprach die denkwürdigen Worte: „Eine Pflanze ohne Wasser geht zugrunde, und auch ein Gymnasiast . . ."

Professor Šetelík hub nun an, mit zu Herzen gehenden Worten die Schüler vor den Abgründen der Unwissenheit zu warnen: „Ist es denn wirklich so schwer, sich die Geschichtsdaten zu merken, wenn man mit Hilfe der Mnemotechnik selbst zwanzigstellige Zahlen spielend leicht auswendig lernen kann? Jawohl, die Mnemotechnik, die Kunst des Gedächtnisses, wird euch in die Mysterien der historischen Daten einführen. Hauptsache dabei ist, daß ihr euch mit Verstand in die Zahlen einlebt, sie in ihre Elemente zerlegt und die Elemente wieder zusammensetzt, so daß euch kein einziges Jahr aus dem Gedächtnis entschwinden kann.

„Nehmen wir", sagte er, „folgendes Beispiel: Die letzten Herrscher aus dem Geschlecht der Plantagenet herrschten in England wann? Na, Klučina? Ich weiß, daß Sie das nicht wissen, Sie kriegen also ein Ungenügend, setzen Sie sich. Es ist doch immer das gleiche – da kann ich fragen, was ich will, und anklopfen, wo ich will – keiner hat eine Ahnung. Das kommt davon, weil Sie keine Daten zu lernen verstehen. Dabei ist das gar nicht schwer. Ich lese also und lerne, daß die letzten Herrscher aus der Familie der Plantagenet Eduard der Erste und der Zweite sowie Richard der Zweite waren und daß sie vom Jahre 1272 bis zum Jahre 1399 herrschten. Um mir die Zahl 1272 zu merken, zerlege ich sie in zwölf und zweiundsiebzig. Und was sehe ich? Zwölf, zweiundsiebzig – überall eine Zwei; zwei Zweien, und vor der ersten Zwei steht eine Eins und vor der zweiten Zwei eine Sieben. Ich ziehe diese Umstände in Betracht und sage eins, zwei, so wie das im System der arabischen Ziffern aufeinanderfolgt. Ich habe jetzt das Jahrtausend und das Jahrhundert. Da eins und sechs gleich sieben ist, kenne ich auch das Jahrzehnt, jene Hilfszahl Sechs teile ich dann durch drei, das heißt durch die Summe der ersten beiden Zahlen eins und zwei, und ich habe zwei. Ich überlege und durchdenke mir das, und da müßte es doch mit dem Teufel zugehen, wenn ich bis an mein Lebensende die Zahl 1272 vergäße.

Ich kann auch anders vorgehen. Ich trenne wie zuerst in zwölf und zweiundsiebzig. Ich nehme jetzt die Summe eins plus zwei ist gleich drei und sage: Drei mal zwölf ist sechsunddreißig und jetzt noch mal verdoppelt ist zweiundsiebzig, und schon habe ich wieder 1272 und werde bis zu meinem Lebensende nicht vergessen, daß die letzten Plantagenets seit dem Jahre 1272 herrschten.

Und jetzt zum Datum ihres Aussterbens. Ich lese und

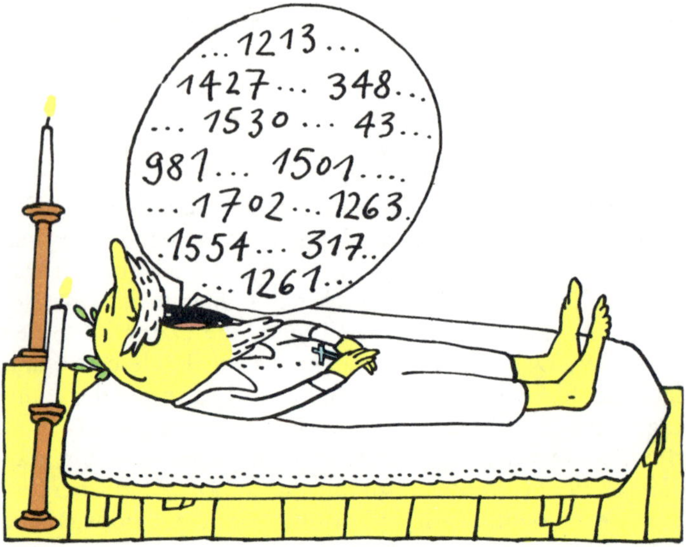

lerne das Jahr 1399. Ich sehe diese Ziffer und juble auf. Es gibt nichts Leichteres, als sich das Jahr 1399 zu merken. Noch auf dem Totenbett muß ich mich daran erinnern. Schaut her und paßt schön auf. Ich weiß, daß sie in keinem anderen Jahrtausend aussterben konnten als in dem, das mit eins beginnt. Bleibt also noch 399. Drei mal drei ist neun. Man braucht sich nur diese Neun zu merken und fertig. Ich kann allerdings auch hier anders vorgehen. Ich trenne wieder dreizehn und neunundneunzig. Ich sage mir, dreizehn ist die Unglückszahl, also: die Unglückszahl plus neunundneunzig. Und neunundneunzig ist hundert weniger eins. Ich merke mir also die Hundert und die Eins, die ich abziehen muß. Und das stelle ich zusammen, und schon weiß ich, daß sie im Jahre 1399 ausgestorben sind.

Es gibt noch andere leichte Systeme. So hat zum Beispiel der Jechuntál nicht gewußt, daß das Geschlecht Valois in Frankreich vom Jahre 1328 bis zum Jahre 1498 herrschte. Das war peinlich für ihn und für mich und traurig für seine Eltern, denen er damit Schande bereitet. An seiner Stelle würde ich mir die Zahl 1328 ganz leicht merken. Wann sind Sie geboren, Jechuntál?“

„Am fünfzehnten März 1893.“

„Dann schauen Sie her. Subtrahieren Sie vom Jahre 1893, Ihrem Geburtsjahr, fünfhundert Jahre, und Sie haben 1393, so kennen Sie also schon die Dreizehn, und die restlichen achtundzwanzig merken Sie sich auf folgender Grundlage: Sie sind am fünfzehnten März geboren, was der dritte Monat im Jahr ist. Nehmen Sie also die Fünf von der Fünfzehn und die Drei, das heißt den Monat März, addieren Sie das, das macht acht, und jetzt brauchen Sie sich bloß noch die Zwei in Gedanken zu bilden. Das machen Sie so: Fünfzehnter März, das heißt, eins plus fünf ist gleich sechs, März ist der dritte Monat, also sechs geteilt durch drei ist gleich zwei, und schon haben Sie auch die Zwei. Sie wissen, daß im Einmaleins die Zwei vor der Acht rangiert, so stellen Sie also schlauerweise die Achtundzwanzig zusammen, davor die schon bekannte Dreizehn, und bis zu Ihrem Tode werden Sie nicht vergessen, daß das Geschlecht Valois in Frankreich seit dem Jahre 1328 herrschte ...“

Bei der nächsten Geschichtsstunde erschien der Herr Direktor zur Inspektion. Er stellte ebenfalls Fragen und darunter auch folgende an den Schüler Zeman: „Ihr Herr Vater hat ein Kohlengeschäft an der Ecke, hm, sagen Sie mir also, seit wann herrschte in Frankreich das Geschlecht Valois?“

Zeman heftete einen schmerzlichen Blick auf den Herrn Direktor, schwieg eine Weile und piepste dann:

„Ich habe, bitte, vergessen, wann der Jechuntál geboren ist, welchen Monat, ich weiß nur, daß das Geschlecht Valois fünfhundert Jahre vor Jechuntáls Geburt in Frankreich geherrscht hat ...“

Wie Baluška lügen lernte

In einem Punkt übertraf Baluška alle seine Mitschüler: im leidenschaftlichen Patriotismus. Seine Mitschüler waren zwar ebenfalls vortreffliche Patrioten ihres Prager Stadtteils, die als Bürger von Podskalí in loderndem Haß gegen die Smíchover entbrannt waren, aber keiner verteidigte so standhaft wie Baluška die Farben des rechten Moldauufers. Sobald die denkwürdigen Kämpfe ausbrachen, die sich alljährlich wiederholten, wenn nämlich die Moldau zufror und die beiden Völker übereinander herfallen konnten, wenn durch die Straßen die Losung ging, daß die große Steinschlacht beginne, dann mauste Baluška einen Peitschenriemen und machte sich ein Katapult daraus. Sein Katapult schleuderte die Steine am weitesten. Er war immer der erste, der sich unter entsetzlichen Flüchen und mit Steinen in den Taschen auf die Smíchover stürzte und dann, wenn ihm die Munition ausgegangen war, mit einem schnallenbewehrten Gurt auf die entsetzten Trupps der Feinde einschlug.

Und dann ging man daran, Gefangene zu machen. Baluška nahm einmal ganz allein fünf Smíchover gefangen, die dann im Triumphzug auf das eigene Ufer in die heimatlichen Gefilde von Podskalí verschleppt wurden. Und man führte sie in die hölzernen Schanzen des alten Podskalí, wo man sie an einer abgelegenen Stelle ausplünderte. Die Gefangenen trotteten wahrhaft wie arme Hascherl dahin, denn sie wußten, daß sie von dem grausamen Feind unter Baluškas Führung kein Erbarmen zu erwarten hatten. Die Beute war gewöhnlich nicht groß, nur Schleudern, ein oder zwei Taschenmesser zu vier Kreuzern, ein Federhalter, der an den Fingern hängenblieb (eine Besonderheit für einen Kreuzer), eine halbe Zigarette von der billigsten Sorte, ein Kreuzer, drei Schrauben, Nägel, ein Gürtel und Heiligenbildchen, die die braven Knaben von dem Herrn Katecheten erhalten hatten, bevor sie zur Steinschlacht ausgezogen waren. Die Bildchen wurden jedoch nicht für Amulette gehalten, die vor dem Feind schützten, sondern in den Kampf mitgenommen, um sie noch auf dem Schlachtfeld gegen einen Radiergummi oder Buntstifte einzutauschen. Aber jetzt wurde den Gefangenen alles geraubt. Ausgeplündert standen sie da, von den Feinden umringt, die sie schmähten. Traurig erwarteten sie die noch fällige Tracht Prügel. Dazu kam es bald, und als die Exekution vorüber war, speichelte Baluška einen Tintenstift ein und schrieb damit, so schön er nur konnte, einem Smíchover nach dem anderen den schwer abwaschbaren Satz auf die Stirn: „Die Smíchover sind Schisser."

Der Feind verfuhr mit seinen Gefangenen ebenso willkürlich und marterte sie genauso. Das bekam Baluška am eigenen Leibe zu spüren, als er einmal hinter der Kaiserwiese von Smíchovern überfallen wurde. Sie kannten ihn nicht, es waren nur Marodeure, die hinter der Armee herzogen und auf eigene Faust kämpften. Barsch fragten sie ihn, woher er sei. Er hätte sich durch eine Lüge retten können, aber Baluška war ein Held und erklärte mit eisiger Ruhe und voller Würde:

„Ich bin aus Podskalí, ihr Smíchover Miststücke."

Entehrt und um alles beraubt, kehrte Baluška zu den Seinen zurück.

„Du hättest lügen sollen", sagten seine Kameraden, als er ihnen sein Mißgeschick erzählte, „schön dumm von dir. Du hättest sagen sollen: Ich bin aus Smíchov, du Ochse."

„Wenn ich doch aber nicht lügen kann", gestand Baluška, „ich hab schon zu Hause deshalb viel leiden müssen. Unlängst hab ich meinem Vater einen Sechser aus der Schublade genommen, und sie sind gleich über mich hergefallen und haben mich beschuldigt. Mir wurde ganz heiß, und ich mußte schon die Hosen runterlassen. Da hab ich es zugegeben. Und gestern wieder hab ich auch gleich gestanden, daß ich die letzte Buchtel aufgegessen hab, die dem Großvater gehört hat."

„Du wirst das Lügen schon lernen", sagte der lange Vítek. „Zuerst hab ich auch immer so blöd dreingeschaut, und das Blut ist mir ins Gesicht geschossen, so daß man mir's gleich angesehen hat. Heut aber lüg ich, ohne mit der Wimper zu zucken. Alles, was ich zu Haus zerschlag, schieb ich auf meine Schwester, und die kriegt Dresche, sie ist so eine dumme Suse, wo sie geht und steht, da heult sie."

„Bei mir klappt's nicht mit dem Lügen", gestand Baluška, „ich fang an zu stottern und verhasple mich oder red komisches Zeug, daß sie gleich sagen, bei mir ist wohl eine Schraube locker."

Der erfahrene Vítek dachte nach.

„Mach dir nichts draus. Wenn es mal ganz schlimm wird, lernst du's Lügen schon."

Es war Frühling. Die beiden Völker konnten sich nichts anhaben, deshalb zogen die von Podskalí, um nicht auf der faulen Haut zu liegen, gegen die von Podolí, die eigentlich ihre Stammesbrüder waren. Dabei nahmen die von Podolí einmal Baluška gefangen, und er gestand, daß er aus Podskali war. Dafür mußte er wieder büßen.

Baluškas Vater hatte eine Kneipe unten am Fluß. Eines schönen Tages, als die Sonne schien und die Jungen von Podskalí in die Felsen am Vyšehrad zogen, um einige aus Podolí zu fangen, ging Baluška traurig nach Prag, um im Auftrag seines Vaters Würste fürs Gasthaus zu kaufen.

Sein Herz war bei seinen Mitkämpfern. Als er mit dem Wurstpaket auf dem Heimweg war, erspähte er in einem Gäßchen zwischen den Schanzen einen Jungen, der frech vor sich hin pfiff. Baluška lief hin, und der Junge war einer aus Podolí. Also ein ausgemachter Feind. Sobald er Baluškas unfreundliche Miene gewahrte, sah er, der Eindringling aus Podolí, den Einheimischen ängstlich wie ein Häschen an und versuchte zu fliehen. Baluška jedoch rempelte ihn an und rief: „Was schubst du mich?“, und schon war der Kampf in vollem Gange.

Das Paket mit den Würsten fiel auf den Erdboden und platzte, zwei schöne Würste flogen heraus, und Baluška, der mit dem Eindringling beschäftigt war, fand nicht die Zeit, sie aufzuheben, er sah nur, daß aus den Schanzen ein Hund herbeilief, sich die Würste schnappte und, freudig mit dem Schwanze wedelnd, in Richtung des Emmausklosters entwetzte.

Baluška ließ den Feind los, nahm das Paket auf und lief dem Hund nach. Aber es war nicht daran zu denken, daß er ihn einholte. Als er den Hund endlich erblickte, leckte der sich bereits genießerisch die Schnauze.

Bedrückt traf Baluška zu Hause ein und machte sich eifrig daran, die Würste auf dem Schanktisch aufzuhängen.

„Hast du auch alle gebracht?“ fragte der Vater und zählte mit strenger Miene nach.

„Zwei fehlen“, sagte er trocken und winkte Baluška zu sich. „Komm mit ins Zimmer!“

Willenlos folgte Baluška seinem Vater und knöpfte schon die Hosenträger ab.

„So nicht, mein Lieber“, sagte der Vater, „erst erzähl mir mal – warum hast du sie gegessen?“
„Ich hab sie nicht gegessen!“
„Wer dann?“
„Ein Hund.“
„Lüg nicht!“
„Ein Hund hat sie gefressen, als sie rausgekullert sind“, jammerte Baluška.
„Du willst wohl anfangen zu lügen?“ schrie der Vater, „Mutter, komm her, schau dir das an, wie sich der Kerl in seinen Lügen verstrickt! Ich hab dir schon lange gesagt, du sollst nicht lügen, und jetzt auf einmal denkst du dir was aus, wirst rot, na, dir werd ich's zeigen! Du wirst schon gestehen. Du wirst so lange auf Erbsen knien, bis dir das Lügen vergeht!“
Baluška kniete also. Er spürte jede Erbse, und ihm gegenüber saß mit bekümmerter Miene seine Mutter und las den „Heiligen Adalbert“, das Kirchenblättchen.
Hin und wieder sah sie ihn an und fragte: „Hast du sie gegessen?“
„Nein!“
Wenn niemand in der Gaststube war, dann kam der Vater herüber und fragte mit drohender Stimme: „Lüg nicht! Hast du sie gegessen?“
Und Baluška weinend: „Nein!“
Als der Abend nahte und der Tisch gedeckt wurde, kniete Baluška noch immer auf den Erbsen und antwortete weinend auf die ihm gestellte Frage: „Nein, ich hab sie nicht gegessen.“
Das Geselchte mit Knödeln duftete, und Baluška kniete noch immer auf den Erbsen. Schließlich hielt er es nicht länger aus und wartete voller Ungeduld, daß man ihn von neuem fragen würde. Und da sagte der Vater wie gerufen: „Ich ermahne dich zum letztenmal, lüg nicht! Hast du sie gegessen?“
„Ja!“ antwortete Baluška, ohne zu erröten.
„So, jetzt kannst du die Hosen runterlassen“, sprach der

Vater gutmütig, und Baluška legte sich eilends über das väterliche Knie.

Dann bekam er Geselchtes mit Knödeln, und als er nach überstandener Pein schlafen ging, blickte er auf zu dem Bild des Schutzengels über seinem Bett und flüsterte: „Gott sei Dank, jetzt kann ich endlich lügen."

Klassische Erziehung

Es geschah etwas Unerhörtes: Batík, Schüler der zweiten Klasse des Gymnasiums, der ärmste Junge aus der Klasse, dafür mit einem Fleiß ersten Grades behaftet, befreit von Schulgeld, mit der Note Lobenswert in Betragen, ein Junge, der umsonst auf Schulausflüge mitfuhr und am zweiten Dezember aus dem Lehrmittelfonds drei Hefte zu je fünf Kreuzer gratis erhalten hatte, dieser brave Junge also meldete sich, als er in der Lateinstunde drankommen sollte, um in Vokabeln geprüft zu werden, stand auf und sagte: „Herr Professor, ich muß auf den Abort."

Professor Tomec erstarrte wie vom Blitz getroffen.

Der neben ihm stehende Schulinspektor Hellmuth erbleichte, drehte sich zu dem armen Batík um und fragte ihn streng: „Wie heißen Sie?"

Batík stieg das Blut ins Gesicht, als er antwortete: „Vladislav Batík aus Oberwolken."

Der Inspektor machte eine nervöse Handbewegung.

„Mit welchem Recht, Vladislav Batík aus Oberwolken, gebrauchten Sie in diesem Raum das Wort Abort? Erklären Sie ihm gütigst, Herr Professor, wie ein junger Mann in anständiger Form um die Erlaubnis bittet, sich für die Zeit von höchstens zehn Minuten aus der Klasse zu entfernen, nach welchselbiger Überschreitung der Schuldige ins Klassenbuch eingetragen werden und eine schlechtere Betragensnote erhalten muß!"

Der Inspektor warf einen vernichtenden Blick auf die Klasse und setzte sich auf seinen Stuhl. Professor Tomec hüstelte und sagte dann: „Nun denn . . . Es lehrt uns bereits die Geschichte der römischen Literatur, daß die römischen Dichter in ihren Schriften einzig und allein Ausdrücke anwandten, die der gesellschaftlichen Konvention entsprachen. Daraus können wir schließen, daß . . .“

Batík meldete sich erneut. Er war blaß und zitterte am ganzen Leibe: „Ich möchte bitte mal raus.“

„Nein, Batík, jetzt ist es bereits zu spät. Es ist zu spät, mein Junge, sich eines anständigen Ausdrucks zu befleißigen, wenn man in die Unsittlichkeit getappt ist. Mangelnden Anstand kann ich nicht vertragen. Ich wundere mich, daß gerade Sie, ein armer Knabe, angewiesen allein auf die Unterstützung seiner verwitweten Mutter, ein Wort gebrauchen, für das sich selbst der letzte Knecht vom Lande schämen müßte. Ihr lobenswertes Betragen ist mit einem Schlage auf mangelhaft gesunken, denn ein junger Baum soll und muß sich in der Jugend biegen und nicht erst im Alter, sonst wäre es zu spät, und die menschliche Gesellschaft hätte sich einen Abschaum mehr herangezogen. Ich habe Ihnen bereits deutlich gemacht, daß Latein eine Sprache ist, mit deren Hilfe sich jeder, der sie mit Fleiß und Eifer erlernt, eine glänzende Redeweise aneignet, eine edle Redeweise, reine Gedanken und . . .“

Die Unruhe des Gymnasiasten Batík hatte ihren Höhepunkt erreicht. Er schaute flehentlich den Inspektor an, der fühllos seine Nägel betrachtete, dann irrten seine Augen zum Bild im Klassenzimmer, das die Ruinen des Tempels von Karnak darstellte. Seine Augen wurden feucht. Wäre er dort zwischen den Ruinen ... Er hörte nur undeutlich, wie der Lateinprofessor fortfuhr: „Wie oft schon habe ich mit allem Nachdruck betont, daß auf jedem Ihrer Worte wenigstens die Spuren meines Bemühens haften sollten, anständige Menschen aus Ihnen zu machen. Die alten Lateiner würden Tränen über Sie vergießen, Batík! Julius Cäsar, Ovid, Cicero und Sempronius Gracchus würden sich mit Verachtung von Ihnen abwenden. Wo geben Sie die Hände hin, Batík?"

„Herr Professor!" stammelte der unvornehme Knabe weinend.

„Schweigen Sie, außer Ihrer Flegelhaftigkeit entlarve ich noch eine weitere schlechte Seite bei Ihnen. Sie widersprechen, Sie vergessen, daß Sie ein Armenschüler sind, der von der Schulgeldzahlung befreit ist. Damit graben Sie sich selbst den Boden unter den Füßen weg. Merkt euch alle, daß einzig und allein eine sittlich einwandfreie Redeweise auf ein edles Herz hinweist. Und dahin leitet euch die klassische Erziehung ..."

Die Qual des Schülers Batík erreichte ihre höchste Stufe. Er wurde puterrot, zitterte, schluchzte verzweifelt auf, und sein Banknachbar Mauder kitzelte ihn zu allem Überfluß am Knie.

„Und deshalb, Batík, muß ich Sie exemplarisch bestrafen. Als Barbar haben Sie unsere Ruhe gestört, als Barbar werden Sie für dieses widerwärtige, schamlose, unanständige, rohe und gemeine Wort büßen. Der degradierte Veteran des Römischen Reiches Maximilian mußte bei der Stadt Carnuntum ..."

In Batíks Nähe hoben sich auf einmal fünf Hände.

„Was wollen Sie, Soreys?"

„Dürfte ich bitte die Fenster öffnen, Herr Professor?"

Mann und Frau in der Ehe

Der Gymnasialprofessor für Geometrie Hendrich stand hinter dem Katheder wie Cäsar, wie Gott selber, wie das allerhöchste Wesen. Mit dem Ausdruck größter Vollkommenheit ließ er seinen Blick über die Klasse schweifen und verkündete der Versammlung von Gymnasiasten tief unter ihm in den Schulbänken: „Eine Gerade kann eine Kreislinie durchschneiden, dann heißt sie Sekante, oder sie kann die Kreislinie berühren, dann heißt sie Tangente. Eine Gerade, die zwei Punkte einer Kreislinie verbindet, heißt Sehne." Und er zeigte mit einer schroffen Geste auf das Schema, das er mit dem großen Zirkel auf die verschmierte Wandtafel gezeichnet hatte, und rief triumphierend aus: „Diese Geraden S und S_1 sind, wie Sie sehen, Sekanten, die Geraden T und T_1 Tangenten, und die Geraden AB und CD sind Sehnen."

Er war schön in seiner Größe, schrecklich schön in seiner Erhabenheit, als er langsam die Hand von der Tafel zur Hosentasche herabsinken ließ und in die Schulbänke starrte. Und als er zwei Schritte von der Tafel weg getan hatte, erinnerte er an einen bengalischen Tiger, der zum Sprung auf einen traurigen Gangespilger ansetzt.

Leise fragte er: „Chaloupecký, kann die Tangente eines Kreises zugleich dessen Linien schneiden?"

Keine Antwort. Professor Hendrich verlieh seiner Stimme mehr Nachdruck und fragte etwas lauter: „Chaloupecký, kann das eine Tangente tun?"

Grabesstille. Professor Hendrich schnellte vor. Er machte einen phantastischen Sprung bis zur ersten Bankreihe und brüllte die Klasse an: „Chaloupecký, wie heißt die Sehne, die den Mittelpunkt eines Kreises schneidet?"

Totenstille. Die Schüler in den vorderen Bänken drehten sich um nach der vorletzten Bank, in der Chaloupecký saß. Eigentlich nicht saß, denn man sah nur seinen gebeugten Rücken, der zwischen dem Pult der Bank und der Rückenlehne emporragte wie ein Hügel aus der Ebene oder der Bürzel eines Straußes, dieses Tölpels, der den Kopf in den Sand steckt, um nicht gesehen zu werden.

Mit einer majestätischen Geste befahl der Professor: „Richtet ihn auf!" Als Chaloupeckýs Nachbarn ihn hochzerrten, tauchte das gerötete Gesicht des Gymnasiasten auf. Er stand nun in Augenhöhe mit dem Professor, der gehört hatte, daß in dem Moment, da Chaloupecký hochgehievt wurde, ein schwerer Gegenstand zu Boden gefallen war, offenbar ein Buch. So fällt nur ein Buch, ein klatschender Schlag von Fläche auf Fläche.

Chaloupecký war völlig ruhig und gefaßt.

„Was haben Sie unter der Bank getan, Chaloupecký?"

„Gelesen, Herr Professor."

„Und was haben Sie gelesen?"

Chaloupecký ließ den Blick durch die Klasse schweifen und verkündete stolz: „‚Mann und Frau in der Ehe' von Debay."

„Was ist das für ein Buch, Chaloupecký? Ein Roman oder was?"

Und wieder schaute sich Chaloupecký triumphierend um und antwortete stolz: „Das ist ein naturwissenschaftliches Werk, die medizinische Geschichte der Ehe mit allen Einzelheiten. Eine neue Theorie, Herr Professor, über die vorgeburtliche Geschlechtsbestimmung, über Impotenz und Unfruchtbarkeit. Angefügt ist eine Beilage ‚Besondere Hygiene der schwangeren Frau und des Neugeborenen'. Ich habe soeben die letzte Seite gelesen."

Er bückte sich unter die Bank nach dem Buch, trat aus der Reihe und trug das Buch, von den neidischen Blicken seiner Mitschüler begleitet, vor zum Professor, gab es ihm und ging dann an die Tafel, wie ein unbeugsamer Held auf das Hochgericht oder unter die Guillotine geht.

Ruhe strahlte aus seinem Antlitz. Er wußte, daß sich der Professor nun an den Tisch setzen, in dem Buch blättern und ihn mit Vorwürfen überhäufen, daß er ihn dann wie ein Untersuchungsrichter ins Klassenbuch eintragen und ihm androhen würde, ihn der höheren Gerechtigkeit zu überliefern, dem außerordentlichen Kriegsgericht, einem schrecklichen Inquisitionstribunal, dem Lehrerkollegium, dessen Vorsitzender dieser Opa von Rektor sein würde.

Er wußte, daß er verloren war und daß der Katechet ihn als Unhold und Verworfenen bezeichnen würde. Er hatte aber keine Zeit gehabt, das Buch irgendwo im Park, in der Abgeschiedenheit, zu lesen. Ein Bekannter hatte es ihm geborgt, ein Obertertianer aus der Parallelklasse, und nur für den Vormittag. Er hatte sich redlich gemüht, es im Lauf der Tschechisch-, Physik- und Geometriestunde durchzulesen, und er hatte es geschafft. Jetzt war ihm das gesamte Geschlechtsleben klar, und das wiegt mehr als so eine Gerade mit einer Kreislinie. Nach uns die Sintflut! Am Abend würde er alles der Máňa aus dem Nachbarhaus erläutern. Ohnehin hatte sie ihm schon mal fünfzehn Kronen gegeben, damit er für sie die „Sexualhygiene" kaufte, aber er hatte den ganzen Betrag beim Billard verspielt.

Es kam, wie vorgesehen. Professor Hendrich setzte sich an den Tisch, schlug das Klassenbuch und Debays „Mann und Frau in der Ehe" auf und legte, in dem Buch blätternd, los: „Chaloupecký, Sie sind von jeher ein außerordentlich verworfenes Subjekt gewesen. Sie haben auf der Toilette geraucht und haben mich im vorigen Jahr, mich, Ihren Klassenlehrer, beim Rudern mit Ihrem Äppelkahn so gerammt, daß Sie mich beinahe umgeworfen hätten. Noch heute bin ich überzeugt, daß Sie mich ertränken wollten . . .

„Wie einen jungen Hund", rief eine geheimnisvolle, gedämpfte Stimme.

„Die Feder!" befahl der Professor und erklärte mit großem Ernst: „Mir ist es gleichgültig, wer das gewesen ist. Ich werde keine langen Untersuchungen anstellen, son-

dern die ganze Klasse ins Klassenbuch eintragen. Einer für alle und alle für einen."

„So sei es", ertönte wieder die gedämpfte Stimme, der ein Ausbruch allgemeinen Lachens folgte. Als das Gelächter abgeflaut war, konnte Professor Hendrich fortfahren: „Sie sind immer ein Taugenichts gewesen, und der heutige Tag ist nur eine Fortsetzung, kann aber auch die Entfesselung Ihrer Amoralität sein. Sie sind der unfähigste Schüler der Klasse. Sie haben nicht gewußt, daß sich parallele Geraden im Unendlichen schneiden, aber mit dem größten Appetit haben Sie in diesem Buch Erörterungen über die Ehe gelesen und haben solche Sätze unterstrichen wie: ‚Die Existenz und der Fortbestand der Lebewesen beruhen auf dem Fortpflanzungstrieb, der sich in Verbindung mit dem Geschlechtstrieb äußert.' Das Lehrerkollegium wird Ihnen den Fortpflanzungstrieb austreiben, und selbst das Consilium abeundi ist noch zuwenig für Sie. Während ich hier erkläre, was eine Sekante und eine Tangente ist, lesen Sie unter der Bank, daß die Ehe in physiologischer Hinsicht nichts anderes ist als die Verbindung beider Geschlechter zur Erreichung eines Zieles, nämlich des Fortbestehens der Art."

„So sei es", meldete sich wieder die unbekannte Stimme in der Klasse, aber gleich darauf schrien zwanzig Stimmen wie aus einem Munde: „Halt's Maul, oder du kriegst Klassenkeile. Stör den Herrn Professor nicht."

Wieder herrschte Grabesstille. Wäre in diesem Augenblick selbst der allerstrengste Inspektor erschienen, so hätte er zu Professor Hendrich sagen müssen: „Ich gratuliere Ihnen, Sie haben die vorbildlichste Klasse, keine Schülerschaft hat bisher ein solches Interesse bekundet."

„Chaloupecký", fuhr der Professor fort, „in der Klassenarbeit Nummer sechs haben Sie nur den rechten und den gestreckten Winkel gekannt, aber den spitzen, den stumpfen und den erhabenen Winkel haben Sie ausgelassen. Das hindert Sie jedoch nicht, hier zu lernen, daß jungfräuliche Reinheit und völlige Enthaltsamkeit unmöglich sind und daß stürmische Begierden, die ohne Hoffnung auf Befriedigung unterdrückt werden müssen, sowohl den Mann als auch die Frau melancholisch und wortkarg machen. Zeichnen Sie einmal mit Hilfe des Winkelmessers einen Winkel von fünfundsiebzig Grad! Na, sehen Sie, Chaloupecký, nicht einmal das können Sie. Aber in der Geometriestunde vom Venushügel zu lesen, das halten Sie für wichtiger, als zu wissen, was ein Halbmesser ist, und sich in die Beschreibung des menschlichen Körpers zu vertiefen, das ist für Sie richtungweisender, als zu begreifen oder sich zumindest darum zu bemühen, daß die Ovale eine ellipsenförmige Gerade ist, die sich aus Kreisbögen zusammensetzt. Sagen Sie mir, was ist eine Ellipse? Sie wissen es nicht?"

Der Professor verstummte, blätterte eifrig weiter und rief: „Aber wenn Sie einer nach einer erotischen Affektion fragte, dann bin ich überzeugt und zweifle nicht im geringsten, daß Sie ihm das sehr genau erläutern könnten."

Er warf einen Blick in das Buch und fragte Chaloupecký: „Sagen Sie mir zum Beispiel – was ist Erotomanie?"

Man hörte das Ticken der Taschenuhr von Matoušek, der in der ersten Bank saß.

Und Chaloupecký antwortete prompt mit klangvoller Stimme: „Erotomanie ist erotischer Wahnsinn, dem beide Geschlechter unterschiedslos unterliegen."

„Mitnichten, Chaloupecký", korrigierte ihn der Professor und schaute sich den Text des betreffenden Kapitels an. „Nicht unterliegen, sondern der beide Geschlechter unterschiedslos befällt."

Er wandte sich an die Klasse und fuhr fort: „Das ist ein großer Unterschied, Jungs. Die Erotomanie befällt beide Geschlechter unterschiedslos, aber der Erotomanie unterliegen kann man nicht. Fahren Sie fort, Chaloupecký, oder wissen Sie nicht weiter?"

Chaloupecký sprach mit der Sicherheit, die aus der Beherrschung eines Stoffes erwächst: „Der Erotomane pflegt von Leidenschaft entweder zu einem realen oder zu einem idealen Gegenstand hingerissen zu sein; er träumt nur von Liebe, vom Glück und von den süßen Wonnen, und voll des Feuers, das ihn durchlodert, weidet er sich unaufhörlich am Gegenstand seiner heißen Begierden. Der Erotomane ist trotz seiner Leidenschaft schamhaft veranlagt, wie folgendes Beispiel zeigt."

„Es genügt. Chaloupecký."

Der Professor vertiefte sich in die Lektüre und wandte sich erst nach längerer Pause, in der die Totenstille äußerster Spannung herrschte, wieder Chaloupecký zu.

„Sagen Sie uns, Chaloupecký, was sind Aphrodisiaka?"

„Unter der Bezeichnung Aphrodisiaka", antwortete der Schüler, ohne zu zaudern, „verstehen wir verschiedene Nähr- und Heilstoffe, die wir benutzen, um das in uns bereits erlöschende Feuer der physischen Liebe zu beleben oder von neuem zu entfachen, falls es völlig erloschen ist. In der Mehrzahl setzen sich diese Mittel aus mehr oder weniger übelriechenden und widerlich schmeckenden Stoffen zusammen. Zahlreiche in der alten und der modernen Geschichte vermerkte Fakten lassen daran keinen Zweifel."

„Nicht so allgemein, Chaloupecký", wandte der Professor erregt ein. „Schildern Sie uns, wovon der römische Kaiser Caligula verrückt wurde, welche Zusammensetzung der Liebestrank hatte, den ihm Caesonia reichte!"

Chaloupecký wurde unschlüssig, schwankte. Da er während dieses Studiums Abneigung gegen die historischen Fakten empfand, hatte er die Beispiele aus der Geschichte übersprungen. Er schnappte nach Luft und sah sich fragend in den ersten Bankreihen um, ob ihm nicht jemand vorsagen könnte. Aber daran war nicht zu denken. Selbst die besten Schüler warteten gierig auf eine Erklärung wie der arme Sünder auf die Gnade Gottes.

„Dann werde ich es Ihnen sagen, Chaloupecký. Sie ließ ihn einen Sud aus Bohnenkraut, Pfefferminze und Gartenkresse trinken. Notiert euch das, Jungs. Das war der Trunk, von dem Kaiser Caligula verrückt wurde. Es ist offensichtlich, Chaloupecký, daß Sie sich nicht vorbereitet haben."

Der Professor überschlug einige Seiten, trat mit dem Notizbuch in der Hand auf Chaloupecký zu und streckte ihn vollends zu Boden mit der Frage: „Zwischen wieviel Zentimetern schwankt die Länge der Neugeborenen? Ruhe da hinten!"

Dort war nämlich wieder Lärm entstanden.

Chaloupecký war verloren. Gegen Zahlen hegte er den gleichen Widerwillen wie gegen historische Fakten. Und die Hygiene der Neugeborenen hatte er nur überflogen.

„Sie wissen es also nicht", knurrte der Professor, „und Sie wissen wahrscheinlich auch nicht, zwischen wieviel Gramm das Gewicht der Neugeborenen schwankt?"

Der Lärm in der Klasse schwoll an. Als lebten alle wieder auf. Aber Chaloupecký schwieg.

„Das ist eine glatte Fünf, Chaloupecký, setzen Sie sich."

Bevor er seine Bank erreicht hatte, beendete die Schulglocke die Stunde und trug zur Entwirrung des interessanten Falles bei.

Ich bin dem Herrn Schuldiener außerordentlich zu Dank verpflichtet.

Zeitschriften für die Jugend

Meine Jugend war unfroh, weil meine Pflegeeltern, ansonsten ordentliche Leute, für mich das „Paradiesgärtchen“ und den „Tschechischen Jungmann“ abonnierten.

Redakteur des „Paradiesgärtchens“ war Pater Pohunek. Es fällt auf, daß viele hervorragende katholische Persönlichkeiten so sonderbare Namen haben. Man denke nur an den Klerikalen Kaňourek, an Kopal und Škrdle. Pater Pohunek redigierte also das „Paradiesgärtchen“, eine Zeitschrift, deren Namen allein schon zeigte, wohin sich der Mensch vorarbeiten kann, wenn er sich von früher Jugend an durch edle Lektüre bildet.

Als Pater Pohunek, der in der fünften Volksschulklasse mein Religionslehrer war, einmal Namenstag hatte, wurde ich zusammen mit einigen anderen Knaben, die nach außen hin genauso wie ich durch strenge Frömmigkeit hervorragten, damit betraut, Pater Pohunek die Geschenke zu bringen, die ihm unsere Eltern zum Namenstag schickten. Ich brachte ihm eine große Flache Getreidekümmel, die er von dem Vater meines Mitschülers Pavel bekam. Dieser hatte einen Branntweinausschank und hielt daher sein Geschenk für völlig angemessen.

Ich trug die Flasche hin und drang so zum ersten Mal in die Redaktion einer solchen Zeitschrift ein. Auf dem Tisch, auf den ich den Getreidekümmel stellte, lagen einige beschriebene Blätter. Es waren vielversprechende Gedichtanfänge. Die Reime standen schon, man mußte nur noch die Lücken ausfüllen. Ich las: Herrgott – sperr doch, Gebet – vergeht, Engelszungen – wohlgelungen, niederknien – woandershin, Erbarmen – die Armen.

Mein Mitschüler Hornof stellte die mitgebrachte Torte

auf das Papier, und nach einer Weile kam der gute Pater Pohunek. Als erstes öffnete er die Flasche Kümmel und gab jedem ein kleines Gläschen zu kosten, dann ging er mit der Flasche nach nebenan, von wo man ein lautes Schlukken hörte, und dann kehrte er mit dem Glanz eines unverstandenen Heiligen auf dem Antlitz zu uns zurück und sprach mit seiner zarten Stimme: „Ja, meine lieben Kinder, hier in diesem Zimmer wird das ‚Paradiesgärtchen' geschaffen. Hier schweben die Engelein um mein Haupt, und hier, liebe Kinderchen, kommt mir ein Gedanke nach dem andern, und ich höre himmlische Musik, und schon gestalte ich in heiliger Verzückung jene schönen Gedichtchen. Die Verse fließen wie aus geheimer, aus geheiligter Musik, wie wenn die Orgel in der Stille des Gotteshauses erklingt. So ist das."

Er ging nach nebenan, und wieder tönte das Gluckern zu uns, es war tiefer und satter, ein Zeichen, daß die Flasche sich leerte.

Dann kehrte er mit einem Messer zurück, schnitt die Torte an, gab jedem von uns ein Stückchen, und so wurde auf dem weißen Bogen sein in heiliger Verzückung entstandenes großes Schaffen aufgedeckt: Herrgott – sperr doch, Gebet – vergeht, Engelszungen – wohlgelungen, niederknien – woandershin, Erbarmen – die Armen.

Und er verabschiedete sich von uns, nachdem er uns den fleißigen Bezug des „Paradiesgärtchens" empfohlen hatte, für drei Gulden jährlich würden wir mitsamt den Eltern ins Paradies gelangen.

Wie ich mich damals bemühte, dahin zu gelangen? Durch emsige Lektüre dieser schönen Zeitschrift, so daß ich mich noch heute an ihren Inhalt erinnere. Am meisten interessierte mich, daß ein Junge in einer Nummer ein Bein verlor, seinen Vater, dann noch ein Bein, dann die Mutter, darauf die Schwester, dann noch ein Bein und schließlich den Bruder – nur weil er nicht gebetet hatte. Erst diese Verluste besserten ihn, und er bettelte dann ohne seine drei Beine am Friedhof. Und dieser Junge, der kleine Hansl,

seufzte dann am Friedhof: „Was habe ich bloß angestellt, o Gott im Himmel, was habe ich getan."

Eine Geschichte trug die Überschrift „Der böse Josi". An einen größeren Schurken kann ich mich nicht erinnern. Böse Jungen in seinem Alter nehmen hier und da junge Vögel aus dem Nest, der böse Josi jedoch nahm ganze Hühnerställe aus und streckte dem Katecheten die Zunge heraus, und so wurde aus ihm ein Holzfäller. Dann ließ er sich völlig gehen, hatte eine kleine Hütte im Wald, ließ sich einen Bart wachsen bis zu den Knien, wusch sich nicht, schnitt sich nicht die Nägel, und einmal geschah es, daß in einer stürmischen Nacht ein Mönch an die Tür seiner verfallenen Hütte klopfte und um ein Nachtlager bat, der böse Josi ihn aber in die stürmische, schreckliche Nacht hinausjagte. Und in derselben Nacht schlug Gottes Bote, der Blitz, in die Hütte ein und traf den bösen Josi gerade beim schönsten Fluchen und Lästern. Die Erzählung endete damit, daß man ihn, den Josi, am Morgen verschmort fand. Verschmort, was für ein schönes Wort. Das war doch wenigstens eine ordentliche Rache.

Ich erinnere mich bei dieser Gelegenheit an einen Vers aus einem Gedichtchen in der klerikalen Zeitschrift „Der Jungmann auf dem Lande“, wo ein rechtschaffener Mann einem Lumpen ins Gewissen redet:

> Fluch nur so weiter,
> du gottloser Muschkote,
> denn wahrlich, ich würde lachen,
> wenn der Blitz mit mächtigem Krachen
> dich träf als Gottes feuriger Bote.

Im übrigen enthielten die Geschichten im „Paradiesgärtchen“ auch die Tendenz, daß man mit Ehrlichkeit am weitesten kommt. Dagegen läßt sich nichts einwenden, und ich erinnere mich gern an den Fall der armen Růženka, deren Ehrlichkeit sich über drei Fortsetzungen erstreckte. Es war am Heiligen Abend. Růženkas Eltern hatten zu Hause außer ihrer Tochter nur ein einziges Scheit Holz. Und sie schickten Růženka auf die Straße, wo sie die von den Kohlewagen gefallenen Kohlestückchen aufsammeln sollte. Sie ging also mit einem Korb dahin und weinte bitterlich, denn sie wußte, daß das eine Sünde war. Die Kohle gehörte nicht ihr, und wenn sie die Stückchen aufsammelte, so wäre das Diebstahl (vom juristischen Standpunkt allerdings nur Fundunterschlagung). Růženka hatte bisher nie gestohlen. Sie brüllte also auf der Straße, daß die Leute zusammenliefen, unter ihnen ein gutgekleideter Herr. Wörtlich stand dort, daß sein Pelz unter Brüdern den Wert eines Eckhauses hatte. Und dieser Herr im Pelz war Inhaber einer Kohlengroßhandlung. Er fragte sie also, warum sie so brülle, und als sie ihm sagte, sie solle Kohle sammeln, und das sei Diebstahl und Sünde, und sie wolle lieber erfrieren, da sagte er: „Ehrlich währt am längsten!“, ging mit in die Wohnung zu den Eltern, gab ihnen hundert Gulden, schickte ihnen einen Waggon Kohle und machte Růženkas Vater zum Pförtner seiner Prachtvilla. Ich brauche nicht zu erwähnen, daß er kinderlos war und Růženka adoptierte. Das versteht sich ja von selbst.

Im „Tschechischen Jungmann“ las ich später eine Variante dieser Geschichte. Dort hieß das Mädchen Helenka, und die Eltern schickten es nach Holz in den Wald. Die Kleine brüllte also im Walde herum. Da begegnete ihr der Herr Graf, der machte ihren Vater zum Heger und schickte Helenka in die Schule. Heute ist Helenka Kammerzofe der Frau Gräfin. Ob sie noch immer so ehrlich ist, das weiß man nicht.

Dann erinnere ich mich noch an eine Zeitschrift für die Jugend, die hieß „Missionsanzeiger für Afrika und Umgebung“. Also auch für Böhmen. In dieser Zeitschrift war die Rede von lauter heidnischen Wickelkindern, Chinesen, Negern und Indianern. Spannend war ein Artikel, wie eine chinesische Mutter ihr Neugeborenes taufen lassen will und mit welchen Schwierigkeiten das verbunden ist. Ein Aufstand bricht aus. Das Heer zieht ins Feld. Auf beiden Seiten alles voll von Toten und Verwundeten, und in diesem Wirrwarr gelingt es einem Missionar, das Kind zu taufen, und als er das getan hat, schlagen sie ihm den Kopf ab. Die Mutter spießen sie auf einen Pfahl, und dann stand dort: „Fortsetzung folgt.“

Doch die Fortsetzung bekamen wir nicht zu Gesicht, denn der Missionar, der den „Missionsanzeiger für Afrika und Umgebung“ herausbrachte, sammelte in allen Schulen die Bezugsgebühr ein und brannte mit dem Gelde durch.

Dann empfahl man uns das „Echo aus Afrika“. Als ich aber meinen Vater, Gott hab ihn selig, um Geld für diese Zeitschrift bat, da schüttelte er nur den Kopf und sagte: „Lieber Junge, das ist auch nur so eine Dieberei!“

Und dabei war er ein frommer Christ.

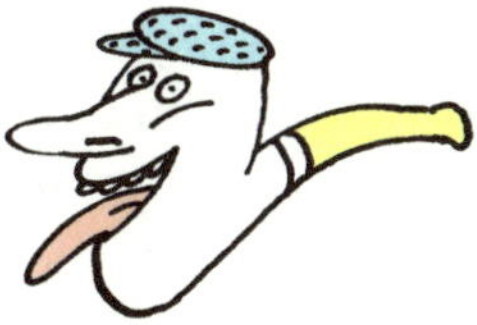

Der begabte Knabe

Alle stimmten darin überein, daß Wilhelm ein sehr begabter Knabe mit schneller Auffassungsgabe war. Sein Großvater, der Kommerzienrat Zahel, sprach feierlich, als er Wilhelm meiner Erziehung anvertraute: „Wilhelm ist ein zartes, unschuldiges Gewächs, aus dem ein starker und machtvoller Sproß unseres Hauses heranwachsen wird, der den Namen der Zahels gewiß mit Ruhm bekränzen wird, denn er ist ein sehr geistreicher Knabe. Sorgen Sie dafür, Herr Professor, ich bitte Sie inständig darum, daß Wilhelm, dieser begabte Knabe, in allen Bereichen des menschlichen Wissens hervorragend bewandert sei."

Das zarte, unschuldige Gewächs Wilhelm war ein Lümmel von fünfzehn Jahren, der, auf einen Stuhl gefläzt, mit dem Finger in der Nase bohrte, gähnte und sich gelangweilt umschaute. Seine Mutter, die Frau Horat, blickte in diesem feierlichen Augenblick auf meine Schuhe.

Dann war noch eine Tante da, die sich die Tränen aus den Augen wischte, Wilhelm streichelte und ihm aus ihrem Handtäschchen Zuckerzeug in den Mund stopfte.

Der alte Kommerzienrat packte mich am Rockärmel und sagte noch: „Ein Fehler von Wilhelm ist es, daß ihm die Grundbegriffe fehlen, obzwar ich Ihnen versichern kann, daß er sehr begabt und geistreich ist. Gehen Sie mit ihm spazieren, dann werden Sie sehen, was alles in ihm schlummert."

„Kommen Sie, Wilhelm", sagte ich ernst. Der Lümmel erhob sich langsam und folgte mir. Mit uns ging seine Tante.

Als wir in den Park kamen, fragte Wilhelm plötzlich, nach mir schielend: „Bitte, Herr Professor, liegt Afrika in Asien oder in Australien."

Ich erklärte ihm aufs freundlichste, wieviel Erdteile es gibt, was also Afrika ist, und fragte zum Schluß: „Nun sagen Sie mir, Wilhelm, wie viele Erdteile gibt es, und wie heißen sie?"

Er überlegte keine Sekunde: „Erdteile gibt es zwölf: Amerika, Europa, Böhmen, Österreich, Mähren, Asien, Schlesien, Afrika, Křivoklát, Ungarn, Türkei, Slaný und Frankreich."

Die Tante sagte: „Gut, Wilhelm!" und meinte, sich an mich wendend, voller Stolz: „Da sehen Sie, was für ein begabter und talentierter Knabe unser Wilhelm ist und wie er gleich alles im Kopf parat hat. Sie können anklopfen, wo Sie wollen, er weiß alles."

Mir rieselte es kalt über den Rücken.

„Wissen Sie, Wilhelm", versuchte ich es noch einmal, „Sie haben alle Erdteile richtig aufgeführt, aber Böhmen, Mähren, Slowakei, Křivklát, Ungarn, Türkei, Slaný und Frankreich, das sind keine Erdteile. Was ist Böhmen?"

„Böhmen ist eine Markgrafschaft."

Die Tante nickte beifällig.

„Fast erraten. Aber vorläufig ist Böhmen noch ein Königreich, und eine Markgrafschaft ist was?"

„Ungarn."

„Nein, Ungarn ist gleichfalls ein Königreich, Wilhelm, Mähren ist eine Markgrafschaft, während Schlesien was ist?"

„Eine Burggrafschaft", entgegnete der begabte Knabe rasch.

„Sehr gut", sagte die Tante.

„Ein Herzogtum, Wilhelm. Kennen Sie noch andere Herzogtümer in Österreich?"

„Křivoklát."

Er sagte das ganz unschuldig, und deshalb fragte ich: „Und warum, wenn Sie das so genau wissen?"

„Weil dort ein Burggraf ist."

„Und wenn nun Křivoklát nur eine Burg wäre, Wilhelm?"

Er geriet in Verlegenheit.

„Křivoklát ist keine Burg."
„Was ist es dann?"
„Eine Ziegelei."

Ich schaute den begabten Knaben wütend an. „Unterhalb von Křivoklát ist eine Ziegelei", sagte die Tante, „sie gehört meinem Schwager."

Wir setzten uns auf eine Bank im Park. Es war höchste Zeit, denn ich hatte das Gefühl, als würde ich gleich umfallen.

Als wir saßen, sagte die unermüdliche Tante: „Erzähl dem Herrn Professor etwas aus Geschichte, vielleicht von dem Indianer Wolfsherz."

„Ich will nicht", widersprach Wilhelm. „Ich möchte lieber wissen, ob Vögel stottern."

Diese heikle Frage versuchte ich ihm auszureden: „Welche Vögel kennen Sie, Wilhelm?"

„Vor allem kenne ich das Schnabeltier und die Fledermaus. Die Fledermaus singt, und das Schnabeltier kann nicht fliegen. Fledermäuse kann man essen, aber Schnabeltiere nicht, die haben giftiges Fleisch, und wenn wir eins fangen wollen, dann beißt es. Es ist so groß wie eine Ringelnatter."

„Sprich nicht von solchen häßlichen Tieren", ermahnte ihn die Tante.

„Das Schnabeltier ist kein häßlicher Vogel", wandte der begabte Knabe ein. „Es hat einen Kopf wie ein Hahn und schwarze Augen. Es hat Vogellippen und Federn wie ein Strauß. Es legt einmal in zehn Jahren Eier, aber dafür sehr viele. Es nährt sich von Bananen."

Ich wischte mir den Schweiß von der Stirn. „Wissen Sie, was Bananen sind, Wilhelm?"

„Freilich, eine Banane ist eine Maus ohne Schwanz, so daß das Schnabeltier sie besser verschlingen kann."

Die Tante bedeckte ihr Gesicht mit den Händen. „Das ist ja schrecklich, was für Tiere es auf der Welt gibt."

„Ich kann nichts dafür, Tantchen", sagte Wilhelm. „Ich kenne noch ein anderes Tier, den schaurigen Vielfraß. Der

lebt im Meer und verschlingt Schiffe. Ansonsten ist er unschädlich, nicht wahr, Herr Professor?"

„Wer hat Ihnen das erzählt, Wilhelm?"

„Mein vorhergehender Hauslehrer."

Ich konnte mir den guten Mann lebhaft vorstellen. Als er sah, daß er mit diesem Burschen in keiner Weise zu Rande kam, schwamm er mit dem Strom und erklärte ihm den verschiedensten Unsinn, weil mit ihm kein vernünftiges Wort zu reden war.

Das war kein schlechter Gedanke. Wenigstens quälte er sich nicht, und als er der Komödie überdrüssig war, ging er einfach. Von diesem Augenblick an nahm ich mir vor, mich nach meinem Vorgänger zu richten. Wozu mir das Leben mit dem erfolglosen Unterricht dieses Lümmels vergällen!

Von Stunde an erzählten wir einander den größten Unsinn. Bei ihm war jeder Stein ein Kiesel. Es war einfach unmöglich, ihm die Unterschiede zwischen den Mineralien zu erklären. So erzählte ich ihm eben von dem Kalkkiesel, dem Feldspatkiesel, dem Granitkiesel und dem Gneiskiesel.

Von den Pflanzen erkannte er auf den ersten Blick nur die Rose. Eine Rose konnte dieser begabte Knabe auf den ersten Blick von Getreide unterscheiden. Es versteht sich von selbst, daß er die einzelnen Getreidearten nicht auseinanderhalten konnte. Ihm war es völlig egal, wie was hieß, und die Gerste nannte er Tausendschönchen. Eine Eiche nannte er gewöhnlich Lärche. Pappel und Kiefer waren ihm ein und dasselbe.

Auch im Rechnen war er nicht sehr stark. Ich ließ ihn zum Beispiel die beiden Zahlen 12 345 und 67 890 addieren, da nahm er ruhig den Bleistift und schrieb hin: 9 783 567 2396,13 – so wie es ihm gerade einfiel, und als ich ihm sagte: „Teilen Sie hundertzwanzig durch fünf!", sagte er: „Also das müssen wir multiplizieren, eins und zwei ist sieben, minus fünf ist dreizehn."

Was sollte ich tun? Ich sagte also: „Gut, Wilhelm", ließ ihn auf seinen Lorbeeren ruhen und war in jedem Fall überzeugt, daß er es trotz seiner ungewöhnlichen Begabung nie schaffen würde, die Entfernung von Sibirien zum Saturn auszurechnen.

In Geschichte kannte er nur die Indianer und die Türken. Er bildete sich ein, daß die Türken und Indianer untereinander Krieg führten. Um also seine historischen Kenntnisse zu vervollständigen, erzählte ich ihm von den Kriegen der Türken und Deutschen gegen die Eskimos und wie die Eskimos einmal Bayern eroberten.

Es versteht sich von selbst, daß der begabte Knabe Bayern ins Meer verlegte. Für ihn war das eine Insel bei Asien.

In Physik konnte er am besten mit Steinen schmeißen.

Was die Grammatik betrifft, so deklinierte er zum Beispiel: „Die Kinder, der Kinderchen, den Kinkerlitzchen".

Von den Gendarmen behauptete er, sie seien dazu da, um die Erdkugel zu drehen. Ich hielt es zwei Monate bei ihm aus, und dann floh ich vor dem begabten Knaben.

Heute ist Wilhelm, mein ehemaliger Schüler, Botschafter der österreichisch-ungarischen Monarchie in Berlin.

Vor dem ersten Weltkrieg

1

Genau vor zwanzig Jahren forderte Professor Mommsen in der „Neuen Freien Presse“ in dem wunderschönen Artikel „An die Deutschen in Österreich“ die Deutschen dazu auf, die harten tschechischen Schädel einzuschlagen. Das österreichische Parlament wurde Zeuge von Wirtshausszenen. Der betrunkene Abgeordnete Schönerer drosch um sich, und jemand begoß ihn mit einem Glas Wasser. Am Freitag, dem 26. November, war das sanfteste Schimpfwort, welches die deutschen Abgeordneten bei der Debatte über die Sprachengerechtigkeit gebrauchten, das Wort „Rindvieh“. Vor dem Präsidium entbrannte eine regelrechte Rauferei. Dem Präsidenten Abrahamovicz wäre fast von einem schweren eisernen Tintenfaß der Schädel eingeschlagen worden, was man für einen gelungenen Scherz hielt. Die Polizei führte zwölf Abgeordnete aus dem Parlament ab.

Als Kaiser Franz Josef von der Erzherzogin Marie Valerie von Wallsee über die Mariahilferstraße in die Hofburg zurückkehrte, erschallten aus dem Publikum Pfiffe. Die deutschen Blätter schrieben, es seien tschechische Arbeiter gewesen, die gepfiffen hätten, was wohl der Wahrheit entsprach.

Der Kaiser ließ den Baron Gautsch zu sich rufen und sagte ihm, daß Graf Badeni die politische Arena verlassen müsse, weil er Slawe sei und zu den Tschechen halte.

So wurde Graf Badeni gestürzt. Die Deutschen veranstalteten sogleich Festumzüge, schossen Feuerwerke ab und brannten schließlich die Häuser der tschechischen Hopfenbauern im Saazer Land nieder. Sie zerschlugen den tschechischen Bewohnern der Gegend von Brüx und Dux die Möbel, womit sie ihre Begeisterungsbekundung krönten.

In den Straßen Prags randalierten deutsche Burschenschaftler, die von der Deutschen Mensa Academica unter dem Absingen der „Wacht am Rhein“ über den Wenzelsplatz marschierten.

In Prag brachen antideutsche Stürme aus. Im Handumdrehen war Prag von den deutschen Aufschriften gesäubert.

Am 1. Dezember 1897 brannte das Holzlager des Deutschen Pleschner in Nusle ab, es kam zu Zusammenstößen zwischen dem Volk, dem Militär und der Polizei, die österreichischen Doppeladler wurden heruntergerissen und die Fenster in staatlichen Gebäuden eingeworfen.

Am 2. Dezember verkündete Baron Gautsch in Prag das Standrecht, dessen Opfer ich wurde. Das war der schönste Tag in meinem Leben.

Ich war damals fünfzehn Jahre ...

2

Als junger Gymnasiast war ich sehr wißbegierig, was mir später zum Glück verging. Auf dem Gymnasium in der Korngasse waren wir eigentlich nur zwei dieser Art; außer mir beschäftigte sich am ganzen Gymnasium mit den Naturwissenschaften lediglich der Professor Hansgirg. Beide hegten und pflegten wir die Mineralien. Professor Hansgirg hütete die Mineraliensammlung der Anstalt, ich besorgte ihm die benötigten Mineralien, und er ritzte mit ungewöhnlicher Liebe Kennzeichen ein.

Am 31. November rief er mich in sein Kabinett und sagte: „Ich habe festgestellt, mein lieber Junge, daß sich in Vršovice in der Palacký-Straße ein neues Geschäft mit Mineralien befindet, das einem gewissen Herrn Hafner gehört. Als ich ihn vor einigen Tagen aufsuchte, habe ich für unser Kabinett eine Sammlung von Quarzgesteinen bestellt, die ich vorausbezahlt habe, und darüber habe ich eine Quittung erhalten. Indem ich dir diese Quittung aushändige, fordere ich dich auf, zu ihm zu gehen, die bestellten Steine in Empfang zu nehmen und sie mir zu bringen. Paß auf dich auf, auf der Straße sind Krawalle."

Um elf Uhr kam der Direktor in die Klasse und erklärte, die Schülerschaft werde nach Hause entlassen, und im Hinblick auf die Ausschreitungen werde in den Zeitungen bekanntgegeben, wann der Unterricht wieder aufgenommen werde. Und jetzt brachen Tage voller Seligkeit an. Am Abend des 31. November warf ich Fenster im Deutschen Theater und an vielen anderen Stellen ein. Am 1. Dezember schlug ich wieder viele Fenster ein und half auch mit, das Holzlager des Herrn Pleschner in Brand zu stecken, wofür ich von ihm noch fünfhundert Kronen zu bekommen habe, weil er eine Bekanntmachung in die Zeitung setzen ließ, wonach jeder, der ihn auf die Spur des Täters führte, mit diesem Betrag belohnt wurde. (Ich habe, Herr Pleschner, dort auch eine Flasche Petroleum hingetragen, weil Ihr nasses Holz nur schwer Feuer fangen wollte.)

Es waren paradiesische Zeiten. Bei Pleschners Holzlager schloß ich mich einem Trupp an, der die Polizeiexpositur Nusle in Klump hauen wollte.

Bis heute höre ich, wie ein älterer Herr im Zylinder, während er mir einen Ziegelstein reichte, gutmütig sagte: „Da hast du, Jungchen, hau drauf auf den Adler!"

In Nusle war es jedoch langweilig, weil sich dort nichts in Klump hauen ließ, denn dort gab es keine Deutschen. Wir zogen also weiter nach Michle, wo der Pächter des Gutes ein Deutscher war; zum Anzünden der Strohschober kam ich zu spät. Die Erwachsenen waren mir zuvorgekommen, was mich bis heute wurmt, aber ich hoffe, das eines Tages wettzumachen.

Dann kehrten wir nachts nach Prag zurück, und der neue Trupp, dem ich mich hinzugesellte, hielt bloß noch Nachlese. Ich hatte eben Pech. Zerschlagen ließ sich nichts mehr, alles war schon zerschlagen, was auch nur annä-

hernd mit Behörden und den Deutschen zu tun hatte. Das Palais Aehrenthal löschte man bereits, und wir mußten uns mit dem Durchschneiden der Feuerwehrschläuche begnügen. Dabei brach mein Taschenmesser ab.

Auf dem Karlsplatz wurden Drähte gespannt, die Dragoner fielen von den Pferden. Munter wurde mit Steinen geworfen, und ich erinnere mich, daß ich einen Leutnant am Kopf traf, er aber nicht vom Pferd fiel, sondern kehrtmachte und zurückritt.

Spät erst kam ich heim und redete mich dahingehend aus, das ich mit meinem Mitschüler Balík Geometrie und Griechisch repetiert hatte, daß die Straßen gesperrt waren, so daß ich zu ihm zurückkehren und warten mußte, bis sich alles beruhigt hatte. Tags darauf, am 2. Dezember, wurde in Prag das Standrecht ausgerufen. Darüber hörte ich das erstemal vom Hausmeister, der sagte, in Prag sei das Staatsrecht ausgerufen worden, er brachte es nur ein bißchen durcheinander.

„Endlich haben wir eben doch etwas errungen", sprach er erfreut, unser Hausmeister war so ein lauterer, reiner Optimist.

Mir fiel ein, daß ich noch andere Pflichten hatte als Fenster einzuschlagen und Dragoner mit Steinen zu beschmeißen, wozu mich offenbar meine Neigung zur Mineralkunde verführt hatte.

Ich begab mich also am Vormittag nach Vršovice zu dem Mineralienhändler Hafner, um die vom Professor Hansgirg gekaufte Quarzsammlung abzuholen und zugleich nachzuschauen, wie es auf den Straßen zuging, ob man eventuell noch einem Deutschen die Fenster einschlagen könnte.

In dieser Hinsicht wurde ich enttäuscht. Das von dem Hausmeister so genannte Staatsrecht erwies sich, wie aus Bekanntmachungen hervorging, als Standrecht. Vor den Bekanntmachungen standen immer nur zwei Menschen, weil, sowie es drei waren, die Polizei sie sogleich auseinanderjagte, denn das lateinische Sprichwort lautet: „Tres faciunt collegium – drei bilden ein Kollegium." Bei Herrn Hafner war ich mit meiner Mission bald fertig. Er überreichte mir die Quarze für die Mineraliensammlung unserer Schule, ich steckte sie in die Manteltaschen und begab mich heimwärts.

An der Klicperstraße in Vinohrady stand ein Kordon, unweit hatte sich provokativ eine kleine Gruppe von Vršovicern versammelt.

Eine berittene Polizeistreife kam gerade durch die Palacký-Straße. Aus der Gruppe der Vršovicer warf jemand einen Stein auf die Soldaten. Ich versichere, daß ich es nicht war. Ich war es nicht, das schwöre ich.

Die Polizei griff ein, es entstand ein Handgemenge, und bevor ich mir bewußt wurde, was vorging, stand ich allein mitten auf der Straße, und rings um mich lauter berittene Polizei.

Zu mir kam ein Schutzmann gelaufen und tastete meine Taschen ab. Bevor ich ihm erklären konnte, daß es sich um eine Mineraliensammlung handelte, hatte sich der Kreis von berittenen Polizisten schon um mich geschlossen. Vierundzwanzig berittene Polizisten führten mich, einen fünfzehnjährigen Gymnasiasten, auf die Polizeidirektion.

Meine kleine Gestalt verlor sich zwischen den Pferden. Ich kam mir vor wie ein Blümlein zart unter Brennesseln.

Ringsum eine Schwadron routinierter Gesetzeshüter und in ihrer Mitte ein edel aussehender Jüngling mit unschuldigen Kinderaugen, einem aufrichtigen Gesichtchen und die Taschen des Mantels mit allen möglichen Quarzen beschwert.

Die Gesichter aller vierundzwanzig strahlten vor Befriedigung. Es war zu sehen, daß die Polizisten einen Erfolg brauchten, damit alles offenbar wurde, was sich in ihnen verbarg.

Die Leute auf dem Gehsteig blieben stehen, schauten sich das hübsche Bild an und ließen alle möglichen Bemerkungen fallen. Ich hörte einen Deutschen, der sich zu zischen traute: „Aufhängen!" Und eine Frau, die mitleidig zu einer anderen sagte: „Der wird das Tageslicht nie mehr sehen, wo wir doch das Standrecht haben."

Auch erfuhr ich von einem Briefträger, der in der Spalená-Gasse stand, ein schönes Detail über mich: „Das ist der, der auf die Vršovicer Kaserne geschossen hat."

Und auch auf dem weiteren Weg beobachtete man uns mit Interesse. Und die Schwadron zog über die Ferdinandsgasse zur Polizeidirektion. Vierundzwanzig berittene Polizisten hatten sich eines fünfzehnjährigen Gymnasiasten bemächtigt.

3

Auf der Polizeidirektion verhörte mich ein älterer Herr, der sich furchtbar streng gebärdete und mir eigenhändig die Mineralien aus der Tasche holte, wobei er jeweils triumphierend fragte: „Und das ist kein Stein, he, was ist das?" Ich antwortete: „Das ist ein Kristall, das ist ein Morion, das ist ein Chalzedon, das ist Schwarzer Onyx und das Achat, und das ist ein Karneol."

Der strenge Herr streckte sich, zwirbelte seinen Bart und sagte mit furchterregender Stimme: „Und für den Kristall, Chalzedon, Onyx, Achat und Karneol, für das alles gilt das Standrecht, die Kugel oder der Strick. Abführen!" Sie steckten mich in Einzelhaft, eine Zelle mit einem Strohsack drin.

Nach einigen Stunden ging die Tür auf, und darin erschien ein Schutzmann gutmütigen Aussehens, ergraut in den Diensten des Staates.

„Hören S' zu", sagte er mit zitternder Stimme, „morgen wern S' erschossen. Dös kommt vors Militärgericht. Ham S' Eltern?"

Ich sagte ja, und ich würde ihnen gern etwas mitteilen, und ob er nicht einen Bleistift und ein Blatt Papier dahätte.

Er holte sein Merkbuch hervor, in das ich die Adresse meiner Eltern und folgende Sätze schrieb: „Liebe Mutter! Koch morgen nicht für mich und erwarte mich nicht zum Mittagessen, denn ich werde erschossen. Dem Herrn Professor Hansgirg sag bitte, daß der Herr Hafner in Vršovice eine schöne Amethystdruse für die Schulsammlung zum Verkauf hat und daß die bestellten Mineralien auf der Polizeidirektion sind. Wenn mein Freund Vojtíšek Hornof zu uns kommt, dann sag ihm, daß mich vierundzwanzig berittene Polizisten abgeführt haben. Wann mein Begräbnis sein wird, weiß man noch nicht."

Als sich das der gutmütige, in den Staatsdiensten ergraute Polizist durchgelesen hatte, schluchzte er auf, die Tränen traten ihm in die Augen, und er verschwand. Eine halbe Stunde später wurde ich dem Polizeirat Olič zur Vernehmung vorgeführt.

Auf seinem Tisch lag meine Mitteilung an die Eltern, und der gute Herr Olič fragte mich mit bewegter Stimme: „Also wie war das nun, junger Mann?" Als ich ihm alles geschildert hatte, sagte der Herr Rat Olič, die Mineralien betrachtend: „Ich hab zu Hause auch eine Mineraliensammlung. Bei Turnov und Jičin hab ich voriges Jahr im Urlaub eine beachtliche Menge Achate und Chalzedone gefunden. – Stecken Sie die Quarze wieder schön in die Tasche. Sie können nach Hause gehen."

4

Ich habe gelesen, daß ein sechzehnjähriger Gymnasiast wegen der neulichen Demonstrationen in Pilsen zu nur vierzehn Jahren Kerker verurteilt wurde.

Mich wollten sie dazumal als fünfzehnjährigen Delinquenten erschießen.

Die Zeitung „Bohemia" hat recht, wenn sie sich beklagt, daß das Polizeiregime in Böhmen sich bedenklich gelokkert hat.

Aus der alten Drogerie

Der erste Tag in der Praxis

Als ich Drogist zu lernen begann, rief mich am ersten Tag meiner neuen Berufstätigkeit der Chef, Herr Kološka, in sein Kontor, wie der durch einen Holzverschlag abgetrennte Raum zum Laden hieß.

Herr Kološka, ein älterer Herr mit Bart, von sehr kleiner Statur, so daß ich, ein Junge von fünfzehn Jahren, ihn um Haupteslänge überragte, setzte sich auf den Stuhl hinterm Schreibtisch, heftete seine kleinen, scharfen Augen auf mich und legte los:

„Er ist also ab heute mein neuer Praktikant, und als solcher wird Er sich gewissenhaft ein paar Worte anhören, nach denen Er sich sein ganzes Leben lang richten sollte. Vielleicht kennt Er das Sprichwort: Ein gutes Wort ist Goldes wert. Spitz er also die Ohren und hör Er zu, was ich Ihm zu sagen habe. Sein neuer Beruf ist ein sehr schwerer Beruf. Er hat noch vor kurzem die Schule besucht, und dort hat Er sich um nichts anderes gekümmert, als etwas auswendig zu lernen. Das alles nützt Ihm gar nichts bis auf das Latein, von dem Er als Quartaner vielleicht eine Ahnung hat und das Er als Drogist brauchen wird. Im Geschäft fragt niemand, wann dieser oder jener König geherrscht hat oder wie dieses oder jenes heißt und was Geometrie ist und derlei. Im Geschäft will keiner wissen, wie weit ein Stern von uns entfernt ist, und im Geschäft will auch keiner wissen, ob sich Henne mit einem oder mit zwei n schreibt. Ins Geschäft kommt ein Kunde, und der will nicht wissen, ob Er richtig tschechisch spricht oder nicht, und Er kann den Kunden auch nicht danach fragen. Ihm muß es genügen, wenn Er den Kunden versteht und bedient, wie es sich gehört. Im Geschäft genügt es, wenn Er

rechnen kann, um sich nicht übers Ohr hauen zu lassen, und wie Er es ausrechnen muß, das ist richtiger Geschäftssinn. Er ist ein junger Mensch, der durch Anschauung lernen muß und nicht aus Büchern wie in der Schule. Er muß zuhören, wenn ein Kunde kommt, und wenn dieser das Blaue vom Himmel will, dann muß Er in den Himmel klettern und das Blaue herunterholen. Über einen Kunden kann Er sich denken, was Er will, aber sagen darf Er ihm nichts. Ein Kaufmann, das merk Er sich, nährt sich vom Publikum. Er muß, wenn jemand in den Laden tritt, schreien: Habe die Ehre, Euer Gnaden! Küß die Hand, gnädige Frau! Habe die Ehre, mein Fräulein!

Und wenn der Kunde geht, wieder genauso höflich, auch wenn er nichts gekauft hat. Und wenn Er verkauft, das wird erst nach längerer Zeit geschehen, daß merk Er sich für alle Zukunft, daß Er folgendermaßen sprechen muß: ‚Geruhen zu wünschen, womit kann ich dienen' oder so ähnlich und springen, sich drehen, rasch bedienen und niemals was stehlen. Und wenn was nicht am Lager ist, dann etwas anderes anbieten, bloß nicht den Käufer ziehen lassen. Wenn der Käufer schon mal im Laden ist, ihm aufzwingen, was es auch sei. Wenn er zum Beispiel kommt und eine Zahnbürste verlangt, ihm gleich auch Zahnpulver aufschwatzen, und wenn er Zahnpulver will, ihm auch gleich eine Zahnbürste verkaufen und sagen, das sei ein Gelegenheitskauf. Und lügen muß Er, was ihm nur die Spucke auf die Zunge trägt, das alles lernt Er im Laufe der Zeit. Es versteht sich von selbst, daß Er nur den Käufer belügen darf, aber nicht mich. Zu mir muß Er sich wie zu einem Vater verhalten, und wenn ich ihn auch ausschimpfe, darf Er nicht widersprechen, weil ich jähzornig bin. Wenn ich ihm was befehle, muß Er es gleich tun. Bei mir muß es zugehen wie bei den Soldaten. Er muß ehrlich sein, das brauch ich ihm wohl nicht zu sagen, darf nicht naschen, darf nichts zerschlagen, muß fleißig arbeiten, das alles ist nur zu Seinem Guten. Das alles sag ich Ihm, als wär ich Sein Vater. Am Morgen kommt Er immer zu mir in die Wohnung, das Kästchen mit den Schlüsseln holen, dann geht Er zum Laden. Es kommt der Gehilfe, ihr macht beide den Laden auf. Dann wischt Er Staub, damit's überall sauber ist, und wenn ich um acht komme, werde ich Ihm sagen, was Er zu tun hat. Um zehn Uhr erscheint Er jeden Tag bei mir im Kontor, ich geb Ihm Geld. Und Er holt mir einen halben Liter Bier, zwei Semmeln und eine Sardelle. Um ein Uhr kann Er zum Mittagessen gehen, um zwei ist Er wieder da. Um vier Uhr kommt Er wieder ins Kontor, ich geb Ihm Geld, und Er holt mir im Kaffeehaus einen Kaffee. Er muß reichlich Sahne verlangen. Um acht Uhr sperrt Er mit dem Gehilfen den Laden ab. Die Schlüssel tut Er ins Kästchen, der Gehilfe schließt das Kästchen zu, nimmt den Schlüssel zu dem Kästchen an sich, und ihr beide bringt das Kästchen und den Schlüssel zu mir in die Wohnung. Jeden zweiten Sonntag erlaube ich Ihm, zwischen zehn und elf in die Kirche zu gehen, und eins sag ich

Ihm noch: Halt Er's mit mir und nicht mit dem Personal, das ist die Hauptsache. – Heute wird Er nichts anderes tun als Flaschen reinigen. Und wenn Er sie reinigen wird, schau Er sich gut die Aufschriften an, lateinisch und tschechisch, damit Er weiß, was in die Flaschen gehört, so wird Er langsam alles verstehen lernen. So, jetzt merk Er sich das alles gut und geh Er!"

Ich verließ gerührt das Kontor. Die Ermahnungen wirbelten mir im Kopf herum, und als ich an den Verkaufstisch trat, sprach zu mir der Gehilfe Tauben: „Der hat Sie angeödet, unser alter Radix?"

„Wer?" fragte ich zaghaft.

„Na, unser Kološka", antwortete der Gehilfe. „Wir nennen ihn Radix, das ist lateinisch und heißt Wurzel. Solche Spitznamen finden Sie bei uns Drogisten, junger Mann. Wissen Sie, unser Radix ist ein bißchen, wie man so sagt, mit dem Klammerbeutel gepudert, aber ansonsten ein guter Kerl. Sie meinen, was er Ihnen gesagt hat, ist auf seinem eigenen Mist gewachsen! Weit gefehlt, junger Mann! Die ganze Predigt hat er auswendig lernen müssen, so wie es ihm seine Frau vorgesagt hat. Seine Frau nennen wir Acidum, Säure. Sie dürfen zu unserem Alten nicht aufschauen wie zum lieben Gott. Er ist eigentlich ein Nichts, alles ist seine Frau. Wenn die hier erscheint, dann werden Sie sehen, wer eigentlich der Herr im Hause ist. Und deshalb, junger Mann, immer schön zu uns halten. Der Alte hat Ihnen sicher gesagt, Sie sollen heute Flaschen reinigen. Reinigen Sie sie, aber nicht ruckzuck. Immer schön langsam. An die Arbeit geht man nicht hopphopp ran. Da würde er Sie bald um den Finger wickeln. Wenn Sie bis heute abend fünfzehn Flaschen reinigen, haben Sie genug geschafft. Die ganze Woche werden Sie Flaschen reinigen, immer schön langsam. Nur nicht zu sehr rackern, dann würde er Ihnen immer mehr aufladen. Und wenn seine Alte erscheint, dann laufen Sie zu ihr und küssen ihr die Hand. Wenn der Radix Sie zu einer Firma nach was schickt oder wenn Sie mit uns irgendwohin gehen, dann nicht rennen, schön langsam gehen, als wär's ein Spaziergang, ich hab das auch so gemacht. Nur nicht so bald wiederkommen. Da würde Sie der Radix in einem fort losschicken und würde sich dran gewöhnen, daß Sie schnell wieder da sind, wissen Sie, junger Mann, und am Ende würde er denken, Ihnen liegt das Rennen im Blut.

Herr Tauben verstummte, und dann sagte er: „Wissen Sie was, junger Mann. Sie sind, wie ich sehe, anstellig, hier haben Sie Geld für zwei Liter Bier, gehen Sie nach hinten ins Lager, dort in dem Faß, Sie sehen es von der Tür, ist ein Krug. Den nehmen Sie, gehen durch den Hinterausgang über den Hof in den Ausschank. Sie kaufen zwei Liter Bier. Den Krug mit dem Bier stellen Sie zurück ins Faß. Trinken können Sie nach Belieben. Ich weiß, wie das ist. Ich war auch mal Praktikant."

Herr Tauben gab mir Geld, und ich erfüllte seinen Wunsch. Als ich das Bier gebracht und den Krug im Faß versteckt hatte, kehrte ich in den Laden zurück und reinigte so langsam Flaschen, wie man sich das nur vorstellen kann.

Nach einer halben Stunde rief mich der Herr Kološka in sein Kontor.

„Eines habe ich vergessen", sagte er. „Wenn Ihn der Herr Tauben vielleicht nach Bier schickt, dann sag Er mir das gleich. Dieser Herr Tauben schickt, hör ich, die Praktikanten gern nach Bier . . ."

Zu den Ereignissen dieses Tages muß man noch hinzufügen, daß ich für Herrn Tauben insgesamt fünfmal das verbotene Bier holte und daß ich hörte, wie der Herr Tauben auf die Frage des Ladendieners: „Na, wie ist unser neuer Praktikant?" antwortete: „Er ist schon unseres Glaubens und nennt den Alten Radix . . ."

Der Herr Tauben belehrt mich

An den folgenden zwei Tagen reinigte ich laut dem Rat des Herrn Tauben die Flaschen langsam.

„Wenn der Radix kommt", sprach zu mir Herr Tauben, „und fragt Sie, warum Sie mit den Flaschen noch nicht fertig sind, dann sagen Sie ihm, daß Sie auf die Aufschriften achten, übrigens können Sie jetzt aufhören damit, ich werde Sie durch den ganzen Betrieb führen."

Herr Tauben führte mich also durchs Haus. Der Laden des Herrn Kološka war in einem alten Gebäude untergebracht. Dieses Haus steht heute nicht mehr. Darin herrschte der typische Geruch nach getrockneten Kräutern, ein Gestank, der mich in den ersten Tagen betäubte und so gründlich meine Kleider durchdrang, daß jedermann schon von weitem riechen konnte, daß ich Drogist lernte.

Dieses alte Haus hatte einen besonderen Reiz. Mir kamen Alchimistenwerkstätten und mittelalterliche Apotheken in den Sinn, von denen ich gelesen hatte. Der Eindruck wurde verstärkt durch die im Lager befindlichen Mörser und einige Retorten, die ebenso verstaubt waren wie die Postamente, auf denen sie standen.

Aus dem Lagerraum führte mich Herr Tauben in die Toreinfahrt, deren Decke sich über Trögen, Bottichen, Nudelwalzen und verschiedenen anderen zum Gewerbe gehörenden Gerätschaften wölbte, das hier in der Toreinfahrt eine auf einem Stuhl nahe dem Ausgang zur Straße sitzende Frau betrieb.

„Das ist die Böttchersfrau Kroupová", erklärte mir der Gehilfe, „ihr Mann ist ein großer Taugenichts, und alles, was sie an einem Tag einnimmt, versäuft er nebenan im Ausschank. Er sitzt dort den ganzen Tag, und wenn er kein Geld mehr hat, geht er zu seiner Frau und fragt: ‚Hast du was verkauft?' Die Böttchersfrau sagt zum Beispiel: ‚Einen Zuber.' Und ihr Mann darauf: ‚Das reicht nur für acht Glas Bier.' Er rechnet alles in Gläser um. Und wenn

Sie, junger Mann, älter sind, dann werden Sie verstehen, was es bedeutet, wenn ich sage: Sie läßt sich alles gefallen, weil sie mit ihm in wilder Ehe lebt."

„Wir müssen nicht so schnell gehen", fuhr Herr Tauben fort, „wenn jemand in den Laden kommt, wird der Radix ihn bedienen. Den Ausschank dort kennen Sie. Wenn's um den Zwanzigsten ist, dann werde ich Ihnen kein Geld mehr fürs Bier geben können. Sie werden es mir anschreiben lassen müssen. Der Wirt ist ein Kujon, junger Mann, passen Sie auf, daß er nicht statt zwei Liter drei aufschreibt, wie er das manchmal getan hat. Dafür ist seine Frau nett. Wenn sie in den Laden Sprit kaufen kommt, dann geben Sie ihr, wenn Sie nach einiger Zeit zum Verkaufen zugelassen sind, guten Sprit, nicht mit Wasser verdünnt, wie wir es den anderen Kunden andrehen. Sie setzt selber Kirschlikör an, und ich kehre manchmal dort ein, der soll also stark sein. Der vorige Praktikant hat ihr einmal gemischten eingegossen, und fragen Sie nicht, wie der Kirschschnaps dann geschmeckt hat. Und wenn Sie später verkaufen werden und der Wirt kommt und verlangt Magentropfen, dann geben Sie sie ihm umsonst, er wartet mit meinen Schulden ja auch bis zu drei Monaten.

Dort, wo die schmutzigen Fenster sind, wohnt die Hausmeisterin Pazděrková, die kommt jeden Morgen zu uns auf ein Gläschen Kümmel. Der müssen wir den Kümmel umsonst geben, wie der Radix sagt, sonst hetzt sie das ganze Haus gegen uns auf. Seit Sie hier sind, die ganzen drei Tage, hat sie sich noch nicht blicken lassen, da wird sie wohl krank sein. Sie ist immer krank, wenn der Lehrer ihren Sohn, den rothaarigen Francek, nachsitzen läßt. Der Schlingel ist erst elf, aber ein Gassenjunge sondergleichen. Er läßt niemanden in Ruhe. Verübt lauter Lausbubenstreiche, aber bestrafen darf man ihn nicht. Einmal habe ich ihn erwischt, wie er den Ölkanister anbohrte, und hab ihm eine Ohrfeige verpaßt. Na, und dann stürmte die alte Pazděrková in den Laden und verlangte, daß der Radix mir auf der Stelle kündigt! Und erst der Krawall auf der Straße vor dem Laden! Das Volk lief zusammen, die Mutter hielt den rothaarigen Francek an der Hand, der Junge brüllte, und sie schrie, im Laden sei ein Gewalttäter, der ein unschuldiges und wehrloses Kind so geohrfeigt habe, daß dieses in Ohnmacht gefallen sei. Da mußten wir sie zu einem Kümmel einladen und dem Francek Zuckerzeug geben. Der Schlingel hat mich schon was geärgert. Und im Sommer, da sehen Sie auf dem Hof das reinste Theater. Der rothaarige Francek zieht sich aus, und so wie ihn der Herrgott geschaffen hat, steigt er mitten auf dem Hof in den Waschtrog und plätschert darin von früh bis abends. Oben im er-

sten Stock wohnt eine alte Jungfer, und als die mal den nackten Francek in der Wanne baden sah, ist sie in Ohnmacht gefallen. Für die Hausmeisterin Pazděrková sind bei uns alle Preise um die Hälfte gesenkt. In den Fenstern daneben wohnt der Fleischer Kavánek, wenn der hausgemachte Preßwurst hat, dann lädt er mich immer ein, auch unserem Ladendiener gibt er was. Er bestiehlt uns nicht und wir ihn auch nicht. Vielleicht kennen Sie die deutsche Redewendung: Leben und leben lassen. Wir verkaufen ihm zwar Gewürz zu dem normalen Preis, aber merken Sie sich: Wenn der Herr Kavánek kommt und ein Kilo von diesem oder jenem Gewürz verlangt, dann wiegen Sie ihm anderthalb Kilo ab, berechnen ihm jedoch nur ein Kilo. Er lädt Sie dann zur Preßwurst ein. Aber vor dem alten Radix dürfen Sie sie nicht essen. Der vorige Praktikant hat sie sich auch immer mit nach Hause genommen. Das alles werden Sie mit der Zeit kennenlernen. Und jetzt gehen wir in den Keller."

Als Herr Tauben die Kellertür öffnete und eine Laterne anzündete, drang in meine Nase der Gestank nach Säure und Moder, und ich vernahm ein schrilles Pfeifen.

„Das sind Ratten", belehrte mich der Herr Tauben, „den vorigen Praktikanten hat eine gebissen; Ratten gibt's überall in den alten Häusern. Seit unser Radix Gift ausgelegt hat, haben sie sich ungewöhnlich vermehrt. Besonders in den Sommermonaten sieht man jeden Augenblick so ein graues Mistvieh vorbeihuschen. Und Katzen halten sich hier nicht seit der Zeit, da neben dem Fleischer ein Mann eingezogen ist, der sich einbildet, er hätte die Schwindsucht. Er fängt jede Katze, zieht ihr das Fell ab und legt es sich auf die Brust. Vorsicht, daß Sie auf der Treppe nicht ausrutschen, hier ist es feucht seit der Zeit, da mir und dem Diener ein Ballon mit destilliertem Wasser kaputtgegangen ist. Wenn dann später jemand destilliertes Wasser verlangt hat, haben wir ihm Brunnenwasser eingefüllt. Jetzt haben alle Arzneitropfen eine milchige Färbung, weil statt destilliertem Wasser Brunnenwasser verwendet wurde. Und unser Radix hat schon drei Firmen die Geschäftsbeziehungen aufgekündigt, weil er denkt, sie hätten ihm gepantschtes Öl für die Tropfen geschickt. Sehen Sie, junger Mann, so muß man das machen. Der Mensch darf nie den Kopf verlieren, und die Hauptsache ist, den Alten hinters Licht zu führen, denn wir müssen stets daran denken, daß uns, wenn wir vielleicht mal Chefs sind, auch jemand hinters Licht führen wird. Ich zeige Ihnen nur aus dem Grund den Keller, damit Sie wissen, wo wir das Olivenöl haben."

Herr Tauben öffnete einen hölzernen Verschlag und sagte, auf einen Blechkanister deutend: „Sehen Sie, hier ist Olivenöl, obwohl drauf geschrieben steht: Leinöl. Wenn Sie der Radix in den Keller schickt, um eine Flasche mit Olivenöl abzufüllen, dann füllen Sie sie mit Leinöl, weil wir vor einem halben Jahr den Kanister mit Olivenöl zerschlagen haben. Die Leute bringen manchmal das Öl zurück, und der Alte hat schon viele Briefe an die Ölfirma geschrieben, warum sie eine so schlechte Sorte geschickt haben. Radix steigt nie hinunter in den Keller, er hat große Angst vor Ratten, und wenn Sie also aus dem Keller kommen, dann klagen Sie jedesmal, daß es so viele Ratten im Keller gibt, man könne es mit der Angst kriegen. Jetzt sollten wir aber raufgehen."

Als wir uns wieder am Tageslicht befanden, sprach der Herr Tauben:

„Eine Sache, junger Mann, muß ich Ihnen noch einschärfen. Haben Sie in unserer Straße hinter diesem Haus den Zuckerbäckerladen bemerkt? Die Lehrlinge aus diesem Laden holen bei uns im Sommer Rohsalz zur Erzeugung von Speiseeis. Das geben Sie ihnen umsonst, und Sie können sich dafür an Eis satt essen, ich tue es auch sehr gern, aber vor dem Alten essen Sie es nicht. Auf den Dachboden steigen wir heute nicht mehr, erst morgen, der Radix ist sowieso schon außer sich, weil er im Laden allein ist, jetzt, wo es am meisten zu tun gibt."

„Wo haben Sie sich herumgetrieben, Herr Tauben?" erboste sich der Herr Kološka, als wir wieder in den Laden kamen. „Sie bummeln in der Gegend herum, und ich kann mich abrackern wie ein Pferd."

„Verzeihen Sie bitte, Herr Chef", erwiderte Herr Tauben, „ich habe den neuen Praktikanten durch den Betrieb geführt und ihn belehrt."

„Nun, das ist etwas anderes", meinte besänftigt Herr Kološka, „sehen Sie nur zu, ihn über alles zu belehren und aus ihm etwas zu machen."

„Zu Diensten, Herr Chef", sprach Herr Tauben, „ich denke, ich werde schon was aus ihm machen."

Der Ladendiener Ferdinand

Der Herr Ferdinand war zu dieser Zeit um die Vierzig. Er hatte eine hohe, von ungewöhnlich entwickeltem Intellekt zeugende Stirn, was mir Herr Tauben mit den Worten bestätigte: „Das ist ein geriebener Bursche."

Er hatte gutmütige graue Augen, braune Haare und einen etwas dunkleren Schnurrbart, aber vor allem schlug auf den ersten Blick seine rote Nase ins Auge, die ein untrügliches Zeichen dafür war, daß der Herr Ferdinand früher einmal Diener in einem Spirituosengeschäft gewesen war.

Sein Anzug war immer fettig und schmutzig: Ölflecke, Löcher, die von Säure ausgebrannt waren, über den Rock zogen sich Streifen von Firnisfarben, auf der Weste schimmerte Bronzepulver, das sich auf den von einer Kautschuklösung stammenden Flecken festgefressen hatte. Der linke Ärmel seines Rocks stank nach Terpentinöl, der rechte hingegen duftete nach gestoßenem Zimt. Kurzum, sein Anzug war eine Mischung aus allen möglichen Drogen und Chemikalien, so daß, wie ich später erfuhr, der Herr Ferdinand, wenn er den Ausschank aufsuchte, sich auf seinen Stammplatz am Ofen setzte, wo er allein saß, und die Ofentüre aufmachte, damit der Gestank seines Anzugs nicht die übrigen Gäste vertrieb.

Aber was das Eigenartige war – Herr Ferdinand trug stets blankpolierte Schuhe. Sobald er mit einer Arbeit fertig war, ging er ins Lager, und dort wienerte er die Schuhe so gründlich, daß sie glänzten wie ein Spiegel.

Herr Kološka pflegte zwar zu sagen, der Herr Ferdinand würde das nur machen, um die Zeit totzuschlagen; sei es, wie es sei – nach jeder kleineren Arbeit putzte sich der Herr Ferdinand die Schuhe.

Und das war auch der Grund dafür, daß ich kurze Zeit nach meinem Antritt zum erstenmal in ein vertraulicheres Gespräch mit dem Herrn Ferdinand geriet.

Er kam soeben aus dem Hof zurück, wo er in einem Mörser Zimt gestoßen hatte, ging ins Lager, nahm aus einem Schrank eine Dose Schuhwichse und eine Schuhbürste, als ich auch ins Lager kam.

„Kommen Sie her, junger Mann", sprach mich der Herr Ferdinand an.

Als ich nahe bei ihm stand, sagte er: „Haben Sie reichlich Spucke, junger Mann?"

„Hab ich."

„Gut", lobte mich der Herr Ferdinand. „Mir ist's beim Zimtstoßen trocken im Hals geworden."

„Ja", sagte ich, weil ich nicht wußte, was der Herr Ferdinand wünschte.

„Wenn man die Schuhwichse mit gewöhnlichem Wasser verreibt, junger Mann", fuhr der Diener fort, „dann lassen sich die Schuhe nicht gut wienern."

„Da haben Sie recht", sagte ich.

„Mit Spucke glänzt es", sagte der Herr Ferdinand und fügte hinzu: „Na los!"

Als ich nicht reagierte, meinte der Herr Ferdinand: „Würde es Sie viel Mühe kosten, junger Mann, wenn Sie mir in die Wichse spuckten?"

„Da hätten Sie doch gleich draufkommen müssen", sagte er, als ich seinen Wunsch erfüllte, „einer muß dem anderen helfen."

„Unsereiner muß den andern unterstützen", sprach er

weiter, sich die Schuhe polierend, „so ist es auf der Welt festgelegt, junger Mann, und solange die Welt besteht, wird das immer so sein. – Und die großen Herren", schloß er mit einer plötzlichen Wendung, „wollen es den Armen verwehren, daß die sich gegenseitig unterstützen."

„Wir sind, junger Mann, noch sehr, sehr dumm", setzte er seine Betrachtungen fort, „wir fressen einander auf, am besten sehe ich das bei uns in Michle. Wissen Sie, wo Michle ist?"

„Ja."

„Also ich wohne in Michle, und neben mir wohnt auch ein Ladendiener, und weil ich pro Woche vier Gulden mehr habe als er, hat er eine Wut, daß ich vier Gulden mehr versaufen kann als er, und jeden Augenblick macht er

Krach im Hausflur, er würde mir schon einmal die Leviten lesen, daß mich das bis zu meinem Lebensende ärgern wird. Unlängst schrie er herum, ich hätte unseren Alten auf dem Zollamt bei der Faktura betrogen und er weiß, wie man das macht. Ich komm in Wut und sag ihm, jeder hat eben eine andere Methode, und ich sag ihm: ‚Pláček, nicht jeder stiehlt so ungeschickt wie du, du Mißgeburt. Wenn du in einer Fabrik wärst, tät dir der Pförtner nur die Weste aufknöpfen, und schon würde er sehen, was du nach Hause schleppst, du Dieb.‘ “

Herr Ferdinand war in sichtliche Erregung geraten, was man an seinem raschen Bürsten erkannte. Die Bürste bewegte sich auf den Schuhen mit unglaublicher Geschwindigkeit, und Herr Ferdinand runzelte seine hohe Stirn und fuhr fort: „‚Pláček, jetzt hast du das Wort‘, sag ich, und der Pláček stellt sich im Hausflur hin und fängt an zu schreien: ‚Du Drogistenknecht, auf zwei Meilen stinkst du nach eurem Scheißzeug.‘ – ‚Bleib anständig, Pláček‘, sag ich darauf, ‚ich sag ja auch nichts Schlechtes über dich, du aber kannst nur schimpfen, du Dieb.‘ Pláček stellt sich wieder in Positur und schreit: ‚Von deinem Jungen hast du die Schuhe verkauft, und der arme Kerl muß barfuß gehen. Dem Kaufmann hast du ein Kilo Pfeffer verkauft, wo hast du den her? Deiner Frau hast du den Unterkiefer ausgerenkt, du Räuber, in der Kneipe hast du einen Salznapf gestohlen, und das alles in dieser Woche.‘ Ich sage: ‚Fürs Mauldreschen gibt's eins aufs Maul.‘ “

Der Herr Ferdinand verstummte, und dann sagte er: „Und er, der schlechte Kerl, will mich jetzt wegen der paar Ohrfeigen verklagen. – Mir ist wieder die Spucke ausgegangen. Spucken Sie noch mal in die Wichse, junger Mann. Mit gewöhnlichem Wasser glänzen die Schuhe nicht so. Gut! Danke. Wir müssen einer dem anderen helfen . . .“

In den Laden zurückgekehrt, wurde ich von dem Herrn Tauben angesprochen: „Riecht der Herr Ferdinand heute nicht zu sehr nach Bier?“

„Ich weiß nicht, man kann es nicht erkennen", erwiderte ich.

„Sie haben Recht, sein Anzug ...", sagte der Gehilfe, „aber zur Sicherheit sagen Sie ihm, er soll eine Zitrone essen, er soll nämlich zum Alten kommen und mit dem Handwagen Firnis holen."

Frau Kološková

Schon der erste Eindruck, den die Gattin meines Chefs auf mich machte, bewirkte, daß ich mich nicht wunderte, warum der Herr Tauben sie mit dem lateinischen Wort Acidum nannte, was Säure heißt.

Am Tag nach meinem Gespräch mit dem Herrn Ferdinand erschien sie um die neunte Morgenstunde im Laden.

Soeben rasselte es in der alten Uhr an der Wand neunmal. Die Tür ging auf, und der Reklamehampelmann mit der Aufschrift „Willkommen" verbeugte sich. Die Glocke bimmelte, und gewichtigen Schrittes, der mich an den Schritt eines Klosterabts erinnerte, betrat eine dicke, hochgewachsene Frau den Laden, mit stark gepuderten, aber trotz ihrer Fülle noch recht hübschen Gesichtszügen, einem schreiend bunten Hut auf dem Kopf und in einem raschelnden Seidenkleid.

Herr Tauben, der vor einer Weile noch geschwatzt hatte, wurde mit einem Schlag ernst und flüsterte mir rasch zu: „Das ist unsere Alte", und sogleich grüßte er laut: „Küß die Hand, gnä' Frau."

Ich lief zu ihr und küßte ihr die Hand. Frau Kološková würdigte uns keiner Antwort, schritt zum Verkaufstisch und fragte: „Wo ist der Herr?"

„Im Kontor, gnä' Frau", antwortete der Gehilfe und eilte mit ungewöhnlicher Geschwindigkeit durch das Gäßchen zwischen dem Verkaufstisch und den Stellagen, öffnete die Glastür zu dem Holzverschlag und rief: „Mit Verlaub, Herr Chef, die gnädige Frau ist im Laden."

Der kleine Ehemann brachte seiner hochgewachsenen Gemahlin einen Stuhl, sie ehrerbietig begrüßend: „Wie geht es dir, Marouška, das ist nett, daß du uns im Laden besuchen kommst.“

„Du hast schon wieder im Kontor geschlafen“, fuhr ihn Frau Kološková barsch an. „Und dabei bemerkst du gar nicht, daß der Herr Tauben sich auf dem Pult lümmelt und gähnt.“

„Aber erlauben Sie, gnä’ Frau“, versuchte sich Herr Tauben zu wehren.

„Hab ich Sie vielleicht nicht gesehen?“ stieß Frau Kološková hervor. „Auf dem Pult haben Sie gesessen, haben nicht gearbeitet, sondern gegähnt. Ja, nach einem nächtlichen Bummel gähnt man.“

„Ich war zu Hause, gnä’ Frau“, verteidigte sich der Gehilfe.

„Haben Sie nicht eingefallene Augen?“ donnerte die Gattin des Chefs, „sieht man ihnen nicht an, daß Sie sich die ganze Nacht um die Ohren geschlagen haben?“

„Und du duldest das?“ wandte sie sich brüsk an ihren Herrn Gemahl, „wozu bist du der Chef, wenn du eine solche Kraftvergeudung in den Wirtshäusern nicht verbietest?“

„Ein nächstes Mal wird es nicht passieren“, versprach zerknirscht der Herr Kološka.

„Aber erlauben Sie, ich bin doch gestern nirgends gewesen“, protestierte der Herr Tauben, „ich hab kein Geld mehr.“

„Aha!“ Frau Kološková erzürnte sich. „Wenn Sie Geld haben, dann ziehen Sie los und verschwenden es! Da wundere ich mich nicht, daß Sie aussehen wie das Leiden Christi.“

Um der Wahrheit die Ehre zu geben: Der Herr Tauben war noch fünf Minuten vor dem Eintreffen der Frau Kološková rotbäckig und putzmunter.

„Sie vertrinken das Geld“, fuhr die Frau Kološková fort, „und dann können Sie nach einer solchen Nacht nur schlecht die Kunden bedienen. Aber dir ist das ja egal, Kološka", wandte sie sich wieder an ihren Mann, der in diesem Augenblick noch kleiner als sonst wirkte. „Hauptsache, du kannst ruhig im Kontor schlafen. Wäre ich nicht gewesen, dann hättest du schon vor zwanzig Jahren Bankrott gemacht."

„Wenn jemand kommt . . .", warf Herr Kološka zaghaft ein.

„Wenn jemand kommt, dann würde ich es auch sagen. Was hat dich damals gerettet? Die fünfzehntausend von meiner Mitgift, die halten dich immer noch über Wasser. Und wenn ich nicht obendrein noch das Geschäft beaufsichtige, wäre es ganz aus. Und was hab ich davon? Nichts. Die Bazovic haben eine Villa bei Dobřichovice, und sie haben kleinere Einnahmen als wir. Wieviel Jahre sag ich dir schon, du sollst eine Villa bauen lassen, aber du? Der Herr Kološka läßt es sich lieber selber wohl ergehen, um zehn Uhr kauft er sich ein Pilsner und eine Sardelle, nachmittags einen Kaffee mit Sahne, aber ob es auch seiner Frau besser geht, darauf achtet er nicht, obwohl er genau weiß, daß er schon vor zwanzig Jahren Bankrott gemacht hätte, wenn seine Frau nicht gewesen wäre. Da hättest du dir längst das Pilsner und die Sardelle aus dem Kopf schlagen können", schimpfte sie weiter, „da würde man dir heute keinen Kaffe mit Sahne mehr servieren. Aber komm mir noch einmal, ich soll abends das Dienstmädchen nach Bier schicken und wenn sie gegangen ist, daß du mich umarmen willst. Ich könnte mich von ganz anderen Leuten umarmen lassen als von dir, Kološka. Und wäre nicht mein Vater gewesen, dem du Geld schuldig warst, ich hätte dich nie geheiratet. Und der arme Vater hat gedacht, er kommt wenigstens so zu seinem Geld. Dein Schwiegervater ist noch viel zu gut zu dir, aber das macht er nur meinetwegen, weil er nicht will, daß ich, dein unglückliches Opfer, noch mehr unter den Zwistigkeiten und Streitereien in der Familie leide. Ich will das Buch der Tagesausgaben für die letzte Woche sehen!" befahl sie, „bring es sofort!"

Der Herr Kološka verschwand in dem Holzverschlag und kehrte nach einer Weile mit dem verlangten Gegenstand zurück.

Er legte das Buch gehorsam auf das Pult. Frau Kološková stand auf, Herr Kološka schob den Stuhl heran, sie setzte sich wieder und begann aufmerksam die einzelnen Posten der Tagesausgaben zu überprüfen.

Der Herr Kološka bot in diesem Augenblick einen ziemlich kläglichen Anblick. Welch ein Unterschied zu seinem Verhalten, als er neulich zu mir gesagt hatte: „Er ist ab heute mein neuer Praktikant." Damals war er stolz und ernsthaft aufgetreten, und heute zitterte er und war ganz bleich, und an den Verkaufstisch gelehnt, ließ er seinen gedemütigten Blick, in dem sich Folterqualen spiegelten, von einem Posten zum nächsten wandern.

Mir schien, er machte den halbherzigen Versuch, mit seinem Ellenbogen einen Posten im Buch zu verdecken.

Es herrschte Stille. Man hörte die Taschenuhr des Herrn Tauben ticken, und einmal wähnte ich, den Herzschlag des Herrn Kološka zu vernehmen.

Frau Kološková stieß den Ellenbogen ihres Mannes weg und nahm weiterhin einen Posten nach dem anderen durch.

„Was ist denn das?" stieß sie hervor, als ihr strenges Auge auf die Stelle fiel, wo vor einer Weile ihr zerknirschter Ehemann den Ellenbogen liegen hatte.

„Was ist das? Hier steht: Verschiedene Ausgaben dreiundzwanzig Gulden fünfzig Kreuzer. Was sind das für verschiedene Ausgaben?"

Bot der Herr Kološka vor einer Weile einen kläglichen Anblick, so wirkte er in diesem Augenblick noch kläglicher. Er machte den Mund auf, als wollte er etwas sagen, das Wort blieb ihm jedoch im Halse stecken. Unser Chef begann mit den Zähnen zu klappern wie ein Mensch, der aus dem warmen Wasser gestiegen ist und den plötzlich ein kalter Wind umweht.

„Was ist das?" donnerte die Frau Kološková, „wofür wurden diese dreiundzwanzig Gulden fünfzig Kreuzer ausgegeben?"

Keine Antwort. Herr Kološka zitterte nur.

„Wirst du's mir nun erklären oder nicht?"

„F-f-f-für S-sa-sa-sardinen und Pi-pi-pilsner Bi-bi-bier", stammelte der Herr Kološka zitternd, „und f-f-für S-se-semmeln und Ka-ka-kaffee . . ."

„Das redest du mir nicht ein!" schrie Frau Kološková, „du mußt eine aushalten, ein Frauenzimmer, der gibst du das Geld, und mich bestiehlst du. Alle bestiehlst du uns."

Herr Kološka holte tief Luft, und dann sagte er: „Das ist nicht wahr, Liebste – ich, ich gebe zu, ich hab deine Vase im Zimmer zerschlagen, ich mußte eine neue kaufen, damit du's nicht merkst, ich hab die neue statt der alten hingestellt . . ."

Nach diesem Geständnis flog das Ausgabenbuch über den Kopf des Herr Kološka hinweg, sein lebendes Ziel verfehlend. Frau Kološková, rot im Gesicht, obwohl sie gepudert war, stampfte zur Tür, dabei langsam und mit Nachdruck verkündend. „Zum Mittagessen komm mir bloß nicht nach Hause, und abends kannst du dich auf was gefaßt machen! Dann wirst du was erleben." Das waren ihre letzten Worte, dann riß Frau Kološková jäh die Tür auf. Die Glocke bimmelte, der Reklamehampelmann mit der Aufschrift „Willkommen" neigte automatisch den Kopf, und die Schleppe der Frau Kološková wirbelte den Straßenstaub auf, was ihren Zorn noch deutlicher machte.

Herr Kološka begann heftiger zu atmen, wie ein Mensch, der, in einem stickigen Raum eingesperrt, an die frische Luft kommt, und gesenkten Hauptes begab er sich in seinen Holzverschlag, wobei er wiederum im Ton des Prinzipals zu mir sprach: „Er kennt vielleicht das Sprichwort: Was zu Hause gekocht wird, wird zu Hause gegessen, und wenn Er es nicht kennt, dann merk Er es sich."

Herr Kološka verschwand im Kontor, woher nach einer Weile seine Stimme erschallte: „Herr Tauben, kommen S' her!"

Als Herr Tauben vom Chef wiederkam, sagte er lachend zu mir: „Der hat eine Angst. Er hat mich gefragt, ob ich nicht weiß, in welchem Hotel man am besten übernachten kann."

Und ernst setzte er hinzu: „Da staunen Sie, mein Junge! Ja, ja, Acidum ist Acidum, und Acidum bedeutet Säure."

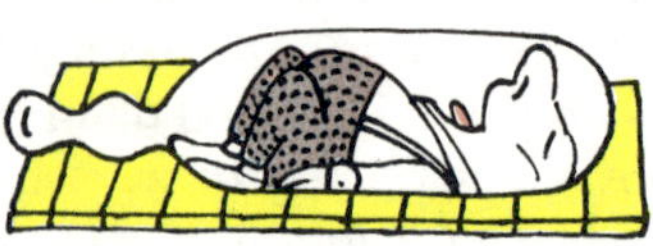

Der Praktikant Žemla

Als Jan Žemla in einer staatlichen Behörde angestellt wurde, war es sein inbrünstiger Wunsch, sich die Dankbarkeit des Herrn Präsidenten zu erwerben.

Ist ein Mensch jung und begabt, dann kommt er in einer staatlichen Behörde nur schwer vorwärts. Kein Wunder also, wenn der Praktikant Žemla bald voller Entsetzen erkannte, daß er die Gunst des Herrn Präsidenten noch nicht gewonnen hatte.

Und doch wollte Jan Žemla dem Staat nützlich sein, der ihm monatlich zweiundsechzig Kronen zukommen ließ.

So vergingen zwei Jahre, und er hatte es nicht mehr weit bis zum Wirklichen Praktikanten. Ihm war die Zukunft klar: Die Frist weiterer zwei Jahre wird vergehen, und dann ist er Wirklicher Praktikant. Dann wird er zwar nur fünfzig Kronen haben, also zwölf Kronen weniger, als er jetzt als Nichtwirklicher Praktikant hat, dafür aber den Titel Wirklicher Praktikant, womit für ihn, bei entsprechendem Wohlverhalten, eine Dauerstellung gesichert wäre. Und wieder wird er fünf Jahre lang Wirklicher Praktikant sein, und dann werden sich die Tore des Paradieses auftun. Er wird den Diensteid abelegen und Wirklicher Praktikant ersten Grades sein.

Und spielend vergehen dann weitere drei Jahre.

Nach Ablauf dieser Zeit wird er Wirklicher Praktikant ersten Grades mit Anspruch auf vierteljährliche Kündigungsfrist, im Laufe weiterer zwei Jahre wird er Nichtdefinitiver Aspirant, Anwärter auf die Stelle eines Definitiven Aspiranten.

Dann wird er gerade so alt sein, da einem normalen Menschen die Weisheitszähne auszufallen beginnen.

Dann ... Dann hatte seine Phantasie keine Bremse mehr. In Gedanken durchlief er alle Rangstufen.

„Herr Žemla", sagte der Offizial, „Sie gucken bloß Löcher in die Luft. Sie tun ja, als wären Sie der Herr Präsident."

Und an diesem Tag trug der Praktikant Žemla in seinem schwarzen Heft die erste Notiz ein: „Der Offizial Makula hat von dem Herrn Präsidenten erklärt, er tue nichts anderes, als Löcher in die Luft zu gucken."

Das war keine schlechte Idee mit seinem schwarzen Heft. Obwohl Žemla ein geduldiger Mensch war, hatte er eingesehen, daß auch noch andere Wege zum Definitiven Aspiranten führen können.

Der Staat ist unser Ernährer. Aber wenn wir in eine solche Behörde blicken, erkennen wir, daß gerade die von

ihm ernährten Menschen am meisten auf ihren Nährvater Staat und seine Vertreter im Amt schimpfen.

Eines Tages, da Jan Žemla gerade über den aufsässigen Charakter der Untergebenen nachdachte, keimte in seiner Seele der Gedanke, ein schwarzes Heft anzulegen, ein Heft über die Sünden des Personals, ein Heft, wo alle bösen Reden und Handlungen seiner Kollegen festgehalten würden, alle schlechten Gesten, Gedanken und Bewegungen, all das, was man als Aufsässigkeit, als unziemliches Verhalten, als Verhöhnung des Herrn Präsidenten bezeichnen könnte, des Vorgesetzten und Brötchengebers, des Brötchengebers all derer, die auf heimtückische Weise nicht dessen Lied singen, dessen Brot sie essen.

Alles wird dort aufgeschrieben. Alle Praktikanten, Diener, Aspiranten, die Definitiven und Nichtdefinitiven, die Adjunkten, Offiziale, alle werden dort ihre Rubrik haben.

Seiner Lebtage hatte der Praktikant Žemla nicht solche Mühe auf eine Arbeit verwandt wie jetzt auf die sorgfältige Ausfüllung der Rubriken in seinem schwarzen Heft.

Und die erste Notiz schrieb er, wie bereits gesagt, folgendermaßen ein:

Name: Offizial Makula. 14. März. Was getan: Er erklärte von dem Herrn Präsidenten, er tue nichts anderes, als Löcher in die Luft zu gucken. Welchen Eindruck hat das auf das übrige Personal gemacht? Einen schlechten, alle haben gelacht, allein der Nichtwirkliche Praktikant Jan Žemla hat nicht gelacht.

Warte nur, Freund Makula! dachte Žemla, das hast du davon, daß du rauchst und es mir nicht erlaubst, im Kontor zu rauchen!

In dem schwarzen Heft wuchsen die Anmerkungen, die ein überaus schlechtes Licht auf die dienstliche Disziplin im Amt warfen, erfreulich an.

Der Wirkliche Praktikant Jurajda mit Quartalskündigungsfrist hat am 21. März erklärt: „Hier könnte man verrückt werden.“ Alle stimmten ihm zu, nur Žemla ging hinaus auf den Flur.

Der Bürodiener Karas hat am 21. März halblaut gesagt: „Hier sollte ein Esel Diener sein." Hätten das die anderen gehört, dann hätte das einen schlechten Eindruck gemacht, und viele hätten gelacht. Der Praktikant Žemla ermahnte jedoch den Diener Karas: „Sie haben noch nicht das Definitivum, achten Sie darauf, was Sie sagen!"

Am 22. März hat der Aspirant Klučina gesagt: „Der Herr Präsident ist ein Rindvieh." Alle pflichteten dem bei, nur der Praktikant Žemla sagte kein Wort und vertiefte sich in seine Arbeit.

Am selben Tag sprach der Oberoffizial Heller unehrerbietig von der Gattin des Herrn Präsidenten: „Ich hab diese Spinatwachtel mit unserem Alten im Automobil gesehen. Der wäre bestimmt froh, wenn der Chauffeur das Vehikel in einen Teich lenkte. Da würde er sich zusammen mit dem Chauffeur retten." Der Eindruck auf den immer noch nicht Wirklichen Praktikanten Jan Žemla war furchtbar. Am meisten lachten der Bürodiener Bílek und der Konzipist Biner. Der Offizial Makula sagte: „Hört endlich auf, ich kann nicht mehr lachen."

23. März. Die Praktikanten Kander und Šeba sprachen miteinander. Šeba äußerte laut einige Worte, die das Behördensystem lächerlich machten. Das war etwas so Schreckliches, daß sich der immer noch nicht Wirkliche Praktikant Jan Žemla die Ohren zuhielt, um nicht solche Worte zu hören. „In einer staatlichen Behörde quetschen die Herren aus einem Menschen die jungen Jahre heraus, bevor er noch das ersehnte Ziel erreicht." „Sie haben recht", sagte darauf der Praktikant Kander. „Hier können sie einen Menschen nur ausnutzen, und dabei sind sie alle Esel."

Nach diesen Worten räusperte sich der Praktikant Jan Žemla und meinte: „Hier ist es aber heiß!" Darauf sagten beide laut: „Der Herr Präsident würde es verdienen, daß man ihm tüchtig einheizt!"

24. März. An diesem Tag stritt sich der Praktikant Žemla mit einem Mitarbeiter der Behörde. Dieser Mensch ist bloß ein Bürodiener, hat zwei Kinder und noch nicht

das Definitivum, und dennoch erlaubte er sich, folgendes zu sagen: „Der Herr Präsident denkt, er hat die ganze Gelehrsamkeit mit Löffeln gefressen, in Wirklichkeit ist er jedoch ein Dummkopf. Er hat mich heute nach Prager Salami geschickt und weiß nicht, daß er Wurst von Karabec gegessen hat." Als dann der immer noch nicht Wirkliche Praktikant Jan Žemla fragte, was Karabec bedeutet, wurde ihm gesagt, dies sei eine luxuriöse Pferdeschlächterei. Augenblicklich verließ Jan Žemla die Kanzlei, um sich nicht den allgemeinen Lachausbruch mit anzuhören. Hinter der Tür hörte er am lautesten den Adjunkten Klazar lachen, er rief: „Der Kerl weiß nicht einmal, was er frühstückt!"

25. März. Der Offizial Peška machte schlechte Witze und äffte den Herrn Präsidenten nach, wobei er sein Verhalten und seine Redeweise nachahmte. Er machte eine lächerliche Figur und sagte in gebrochenem Tschechisch: „Äh, äh, meine Herren, ja, ja, ja, mir freut serr, daß arbeiten Sie, äh, äh. Sein tichtig und arbeiten fleißig!" Nach diesen Worten brach allgemeine Heiterkeit aus, an welcher sich nur der Nichtwirkliche Praktikant Žemla nicht beteiligte, weil er sich wie an jedem Tag fleißig der ihm übertragenen Arbeit widmete, um rechtzeitig mit ihr fertig zu sein und keine „Reste" zu lassen, wie das andere Herren aus dieser Abteilung tun, die direkt aus den Nachtcafés und anderen Lokalen, wo man kein anständiges Wort hört, ins Amt zu kommen pflegen.

26. März. An diesem Tag kam der Oberoffizial Koudelka aus Zimmer Nummer fünf in unsere Kanzlei und sagte zu unserem Oberoffizial laut, so daß wir alles hörten: „Es ist doch wahr! Der Herr Präsident hält ein Fräulein aus. Gestern bin ich ihnen zufällig begegnet, wie sie in eine Kutsche stiegen. Wenn sich das herumspricht, kann ein schöner Skandal draus werden. Zugelächelt hat er ihr wie ein verliebter Geck . . ."

Am nächsten Tag ließ der Praktikant Žemla sein schwarzes Heft wie aus Versehen in der Kanzlei des Herrn Präsidenten liegen . . .

„Herr Žemla zum Präsidenten!“ schallte zwei Stunden danach am Telefon eine Stimme aus der Kanzlei des Herrn Präsidenten.

Von Freude beflügelt, kam der Praktikant Žemla ganz außer Atem dort an. Endlich! Die Belohnung, der Aufstieg!

„Herr Žemla“, sagte der Herr Präsident. „Alles ist hübsch geschrieben bis auf das letzte! Mensch! So was machen Sie während der Dienststunden? Sie sind aus dem Staatsdienst entlassen. Sie haben sich selber um ihre Karriere gebracht. So was statt der dienstlichen Akten zu schreiben! Machen Sie, daß Sie rauskommen, Kerl!“

Die Gerechtigkeit in Bayern

Ich erinnere mich daran, als wäre es heute. Ich brach an einem schönen Augustmorgen von Höchstädt an der Donau in Bayern auf, und in der Tasche hatte ich acht Pfennig. Vor mir zog sich die Landstraße dahin, auf der angeblich einst der heilige Adalbert aus Regensburg gen Aachen gepilgert war. Dieser Umstand half mir nicht im geringsten, und aus den acht Pfennig wurde selbst bei dieser Erinnerung keine Mark.

Und vor mir führte die Straße weiter längs der Donau, in der Ferne säumten flache Hügel die fruchtbare Ebene des Schwabenlandes.

Wie erstarrt sah ich das alles: Dort hinter den Hügeln an der Donau lag die Stadt Dillingen, wo auf dem Postamt gewiß schon seit drei Tagen fünfzig Mark auf mich warteten, und ich, statt mich zu beeilen, hatte ein zufriedenes Leben genossen, die Brauhäuser abgeklappert, hatte das berühmte Geselchte mit Kraut und Knödeln gegessen, mich in drei Dörfern an fünf Raufereien beteiligt, und jetzt saß ich hier am Kirchlein mit den letzten acht Pfennig, mit einem eingerissenen Ohr und betrachtete all die Schönheit ringsumher.

Mir gegenüber trat aus einem Garten ein bayrischer Gendarm von gutmütigem Aussehen, ohne Flinte, so wie eben die bayrischen Gendarmen durch die Gegend wandern, und sagte bieder: „Wohin, wohin, junger Mann?“ – „Nach Dillingen.“ – „Das sind vierzig Kilometer.“ – „Fünfundvierzig“, sagte ich. „Und von dort?“ – „Nach Ulm.“ „Und von Ulm?“ – „Nach Lindau in der Schweiz.“ – „Nun, dürfte ich um Ihre Papiere bitten – viele Strolche wandern heutzutage durch Bayern.“

Ich erklärte ihm, was meine Papiere bedeuteten, der Schein der Heimatgemeinde und die drei anderen Legitimationen. Er setzte sich neben mich und sagte, sein Onkel sei auch einmal in Cham, nahe der böhmischen Grenze, gewesen, und der sei mit einer Prozession von Bayern zu Fuß auf den heiligen Berg bei Příbram gepilgert. Der Gendarm erzählte, daß die Tschechen eine schöne Jungfrau Maria hätten, aber daß es viel Geld kostete, von Schwaben bis nach Böhmen zu wallfahren, weil jeder Mensch unterwegs was essen und trinken müsse, und das Bier sei heute je Maß um zwei Pfennig teurer – ob ich Geld bei mir hätte? Aufrichtig sagte ich ihm, ich hätte nur acht Pfennig, aber in Dillingen auf dem Postamt lägen bestimmt schon seit drei Tagen für mich fünfzig Mark, und ich ginge deshalb nach Dillingen, um dort das Geld abzuheben. Der Gendarm stand auf. „Das ist, mein lieber Freund, ein schlimmes Ding, stehen Sie auf, im Namen des Königs, Sie sind arretiert wegen Landstreicherei."

Dann packte er mich am Schlafittchen und führte mich zurück nach Höchstädt an der Donau. Unterwegs kaufte er mir für zehn Pfennig Semmeln und sagte immer wieder zu mir: „Armer Kerl!"

Morgenstille herrschte in den Gassen des Städtchens. Hinter dem Burggraben ragte das alte Burggebäude in die Höhe. Wir gingen um den Graben herum und gelangten vor die Fassade, wo unter dem bayrischen Wappen die knappe Aufschrift prangte: „Amtsgericht, Arrest und Untersuchungshaft".

Über den altertümlichen grasbewachsenen Hof gingen wir zum Gefängniswärter. „Ein Vagabund", sagte kurz der Gendarm.

„Armer Kerl", sagte der Gefängniswärter, „zieh die Schuhe aus, da hast du den Schlüssel vom Magazin. Du mußt über den Hof gehen und dann nach links. Dort schließt du auf, nimmst dir eine Decke und Holzschuhe. Auf der Burg darf man nicht in Straßenschuhen herumlaufen. Komm bald wieder, kriegst dann gleich eine Suppe,

damit dir warm wird. Dann sperr ich dich ein und geb dir eine Bibel in die Zelle. Du wirst ganz oben im Turm eingesperrt, weil die übrigen Räume geschont werden müssen. Dieses Gebäude ist nämlich kurz vor dem Einsturz. Also lauf!“

Ich war nach einer Weile wieder da und machte mich über die Suppe her. Seine Frau kam und bedauerte mich tief. Sie fragte mich, warum ich nicht bei Nürnberg zum Hopfenpflücken war, um mir was zu verdienen. Darauf führte mich der Gefängniswärter über eine knarrende Wendeltreppe hoch in die mir zugewiesene Zelle, wobei er die Bibel unterm Arm trug.

„Lies, armer Kerl", sagte er, als er zusperrte, „und bessere dich!"

Nach einer Stunde kam er wieder und brachte mir einen Krug Bier.

„Trink, du gehst zur Vernehmung auf die andere Seite des Gebäudes. Du mußt dich vorher stärken."

Ich stärkte mich, und wir gingen. Zuerst hinunter zum Gefängniswärter, wo ich mir wieder meine Schuhe anzog, weil man vor das Amtsgericht in Schuhen treten mußte, wie die bayrische Gerichtsordnung vorschreibt. Dann führte er mich am Kragen bis zu einer Tür. Er klopfte an, und wir traten ein. Wieder erklang das eine Wort „Vagabund", und ein freundlicher, netter, dicklicher Herr nickte mir wohltuend zu, wobei er aus einer Pfeife schwere Rauchwolken stieß. Vor ihm stand ein Krug Bier und ein tönernes Seidel.

„Arbeiten, mein lieber junger Mann", sagte er freundlich, „arbeiten, voller Lust von Ort zu Ort wandern, Geld verdienen und dabei sein Vaterland nicht verlassen. Wären Sie hübsch in Böhmen geblieben, dann würden Sie jetzt nicht verurteilt werden. Um als Ausländer unser Gerichtswesen zu begreifen, dazu bedarf es keiner besonderen Begabung. Ich bin Amtsrichter, und was Sie hier sehen, ist das Amtsgericht. Ich vernehme Sie, überdenke den Fall, schreibe das Protokoll, und im Amtsgericht werden Sie auch einsitzen. Das Protokoll über Ihre Vernehmung schicke ich per Post mit anderen Akten, die wir einmal in der Woche abschikken, ans Kreisgericht in Dillingen. Die lesen dort die Sache durch, untersuchen alles, bis sie dann die Akten wieder herschicken. Hier vernehme ich Sie dann abermals, schreibe alles auf, wäge es ab, und die Sache wird sich ganz glatt entwickeln. Sie wissen doch, daß Dillingen ungefähr fünfundvierzig Kilometer von uns entfernt ist, die Post dahin geht nur zwei Tage. Meine Entscheidung schicke ich also wiederum ans Kreisgericht nach Dillingen, dort liest man sie durch, wägt abermals alles ab, und erst dann mißt man Ihnen die Strafe zu. Die lese ich Ihnen dann vor, und

Sie verbüßen Sie hier, natürlich wird Ihnen die Untersuchungshaft auf die zugemessene Strafe angerechnet.“

Nach dieser vielversprechenden Einleitung verhörte er mich, sah alles ein, und als ich sagte, ich hätte in Dillingen Geld, erboste er sich sehr über meine mangelnde Umsicht, ich hätte es mir doch nach Höchstädt schicken lassen können. Ans Postamt Dillingen telegrafieren, ob dort wirklich Geld für mich liege, das könne und werde er nicht, weil der Paragraph eins des Gesetzes über Landstreicherei, aufgrund dessen ich verhaftet sei, besage, daß Vagabund ein jeder sei, der kein Einheimischer ist, in Bayern nicht seinen ständigen Wohnsitz habe und zum Zeitpunkt seiner Ergreifung nicht den Betrag von drei Mark bei sich trage. Hätte er nur zwei Mark und neunundneunzig Pfennig, würde man ihn auch einsperren. Darauf also komme es, wie ich sehe, nicht an, und er könne nichts dagegen tun. Gesetz sei Gesetz. Er glaube mir, daß ich in Dillingen Geld hätte, aber helfen könne er mir nicht.

So lag ich also in Höchstädt an der Donau fest. Anderthalb Monate saß ich im Gefängnis, wobei ich regelmäßig jeden Abend mit dem Amtsrichter ins dortige Bräustübl ging.

Ich aß Geselchtes mit Kraut und Knödeln, und am vorletzten Sonntag unternahm ich mit dem Gefängniswärter und seiner Familie einen Ausflug. Ich hätte tausendmal ausreißen können, aber ich wollte ihn nicht in Verlegenheit bringen.

Endlich nach anderthalb Monaten, als ich mich dick gegessen hatte und den Gefängniswärter bat, er solle mir nicht mehr so viel Fleisch und Bier geben, traf das Urteil des Kreisgerichts Dillingen ein, wonach ich zu drei Tagen Haft wegen Verstoß gegen den Paragraphen eins des Gesetzes über Landstreicherei verurteilt wurde. Weil ich jedoch in der Untersuchungshaft fünfundvierzig Tage verbracht hatte, die von der Haftzeit abgerechnet werden sollten, blieben zweiundvierzig Tage übrig, für die ich laut bayrischer Gerichtsordnung einen Ersatz von einer Mark zwanzig je Tag erhielt, also insgesamt fünfzig Mark und vierzig Pfennig. Als mich der Herr Amtsrichter auszahlte, weinte er vor Rührung und begleitete mich gemeinsam mit dem Gefängniswärter und dessen ganzer Familie eine halbe Stunde bis zur Stadt. Dort verabschiedeten sich diese guten Leute weinend von mir.

Das ist die Gerechtigkeit in Bayern.

Abstinenzler-Silvester

Ich weiß nicht, wie es geschah, daß der Präsident des Abstinenzlerbundes Voráček, sein Vizepräsident Beck und der Geschäftsführer Mašek beschlossen, wie alle Welt Silvester zu feiern, freilich auf eine den Interessen des Bundes und seiner Bedeutung würdige Weise. Man erzählte später, sie seien durch Mitglieder des Bundes aufgefordert worden, auf die Straße zu gehen, um die Ideen der Abstinenzlerbewegung zu propagieren.

Die Mitglieder des Bundes streiten das heute zwar ab, in dem auf der Polizeidirektion aufgenommenen Protokoll in Sachen der drei Abstinenzler steht jedoch, daß sie angäben, sie seien von dem gleichen Gedanken geleitet, nämlich ihre rein alkoholfreien Bemühungen zu propagieren, abends losgezogen, um die ganze Silvesternacht hindurch als Apostel eines aufklärerischen Schlagwortes zu wirken, wie es die Abstinenz sei.

Deshalb fragte gleich zu Beginn, als sie auf die Straße traten, der Herr Präsident Voráček den erstbesten Wachtmeister, ob er nicht so freundlich sein und ihm sagen könne, wo es die meisten und schlimmsten Betrunkenen gebe. Da war es erst sechs Uhr abends.

Der Schutzmann sah ihn an und sagte: „Daß Sie sich nicht schämen, schon vom Morgen an zu saufen."

„Aber erlauben Sie!" – „Nichts erlaube ich, noch ein Wort, und ich führe Sie ab!"

Die Abstinenzler zogen traurig weiter, und an der Ecke der Korngasse bemerkten sie zwei Männer, die stadteinwärts torkelten. Dem Geschäftsführer kam der Gedanke, sie würden wohl in eine Höhle des Alkoholismus streben, und er schlug vor, ihnen zu folgen.

Sie folgten ihnen nicht lange, die zwei Männer bekamen das spitz, und ergriffen die Flucht, nachdem sie ein Paket weggeworfen hatten.

Kopfschüttelnd öffnete Herr Beck das Paket und fand darin zwei Paar Schuhe. Inzwischen hatte sich ringsum allerlei Volk versammelt, und ein vierschrötiger Mann packte mit der einen Hand den Herrn Beck am Ärmel, fuchtelte ihm mit der anderen vor dem Gesicht herum und grölte, er kenne das, sie hätten Schuhe im Überfluß, aber ein Armer bei dieser Kälte . . .

Der Herr Mašek vernahm dann eine Stimme: „Schmier ihm eine!“, und das war das Zeichen zu einem Sturmangriff auf die drei Apostel, die an die Häuserreihe zurückwichen und sich dann in einen Laden flüchteten, dessen Besitzer geistesgegenwärtig hinter ihnen zuschloß.

Für alle Fälle fragte der Krämer, womit er den Herren dienen könne, bis ein Schutzmann die Leute auseinandergejagt habe.

Sie schauten sich um, und zu ihrem Entsetzen sahen sie, daß sie von kleinen Fäßchen Aufschriften angrinsten wie Teufel; Rum, Korn mit Rum, Sliwowitz, und so weiter.

„Etwas ohne Alkohol“, stieß Herr Mašek als Geschäftsführer des Bundes hervor.

„Für fünf oder zehn?“ fragte lächelnd der Besitzer der Schnapsbudike. „Besser für zehn.“ Er schenkte allen ein – sie kippten das Zeug hinunter, und Herr Voráček äußerte als erster seine Zweifel, ob darin nicht doch ein bißchen Alkohol gewesen sei.

„Was fällt Ihnen ein, von wegen Alkohol, das war nur ein echter alter polnischer Kontuschowka.“ „Erlauben Sie, das ist eine Niedertracht.“ „Was heißt hier Niedertracht, verdammter Schnapsbruder, Sie, den ganzen Tag sielen Sie sich schon in den Kneipen herum, daß Ihnen die Leute hinterherlaufen, und jetzt wollen Sie auch noch randalieren. Da fangen Sie ja Silvester schön an, marsch raus!“

Er stieß sie energisch aus dem Laden auf die Straße, wo sich inzwischen die Menge verlaufen hatte.

Der Präsident des Abstinenzlerbundes schwankte auf dem Gehsteig vor dem Spirituosenausschank hin und her, gerade als ein Herr mit einer Dame vorbeiging.

Er hörte, wie dieser Herr sagte: „Sieh mal, Anna, dieser Besoffene da ist ein gewisser Herr Voráček aus der ersten Abteilung unserer Bank. Er war früher ein ganz solider Mensch, und jetzt führt er sich so abstoßend auf."

„Bitte, mein Herr", sagte erschocken Herr Voráček und trat an den Herrn heran, „verzeihen Sie bitte, Herr Direktor, aber das ist ein Irrtum, unser Bemühen ist im Gegenteil darauf gerichtet, überall die Abstinenzlerbewegung zu propagieren, und zwar besonders heute, da sich die Menschheit den Sinn einer Silvesterfeier irrig auslegt."

Der Schutzmann, der vorhin den Menschenauflauf vor dem Schnapsladen auseinandergejagt hatte, trat an Herrn Voráček heran und sagte streng zu ihm: „Ich beobachte Sie alle drei schon lange; ich fordere Sie zum letztenmal auf, niemanden zu belästigen, sonst werden Sie Ihren Rausch auf einer Gefängnispritsche ausschlafen."

Wie nasse Hühner gingen sie ohne ein Wort davon, und der Herr Voráček erklärte seinen Gefährten, das sei ein schrecklicher Irrtum, wenn der Herr Direktor zu dem Schutzmann gesagt habe: „Aber einen mächtigen Affen hat er!"

Sie bogen um die Straßenecke, und der Kontuschowka stieg ihnen ein bißchen zu Kopf, und so plauderten sie über Justizirrtümer und Justizmorde, als sie aus einem Restaurant um die Ecke die Klänge einer Harmonika vernahmen.

„Hier ist so ein Nest, das wir bekämpfen müssen", urteilte der Geschäftsführer. „Wir werden den Leuten vorsichtig erklären, wie die Dinge stehen, wie sie Schritt für Schritt zu Tieren werden."

Sie traten ein, ließen sich je eine Flasche Sodawasser bringen und schauten sich um. Zwei, drei Frauenzimmer, über die sich die Abstinenzler sogleich ein abfälliges Urteil bildeten, saßen bei zwei Burschen auf dem Schoß, und die sahen gerade so aus, wie es im Text des Liedes hieß, das soeben die ganze Kneipe im Chor sang:

Freier kommen aufgeputzt ...

Als die Gäste zu Ende gesungen hatten, stand plötzlich Herr Mašek auf und rief mit fester Stimme, unterstützt von jenem Kontuschowka, zu den Anwesenden: „Erlauben Sie gütigst, aber eigentlich sind Sie Tiere."

Im ganzen besehen hatte er recht, denn wenn die drei Abstinenzler in einem altrömischen Zirkus den Raubtieren vorgeworfen worden wären, hätten sie in der kurzen Zeit, da sie hier als Apostel der Abstinenz weilten, nicht so ausgesehen, wie sie aussahen.

Ohne Hut, abgerissen wie nach dem Kampf mit einem Löwen, mit geschwollenen Gesichtern, so rannten sie nach dem wenig glorreichen Rausschmiß die Straße hinunter und stürzten in ein Gasthaus, um ihre Toilette notdürftig in Ordnung zu bringen. Sie trafen dort eine ähnliche Gesellschaft wie vor einer Weile an, und aus Angst, es könnte wieder so ausfallen, und um sich nicht anmerken zu lassen, welch edle Bestrebungen sie verfolgten, antworteten sie auf die Frage, was sie wollten: „Vielleicht ein Bier."

Der Kellner, ein muskulöser Bursche, beriet sich eine Weile mit dem Wirt, der dann an ihren Tisch trat und sagte, er werde ihnen nichts ausschenken, sie seien schon volltrunken.

„Darin besteht der Irrtum, unser Bemühen ist im Gegenteil darauf gerichtet, überall die Abstinenzlerbewegung zu propagieren, insbesondere heute, da die Menschheit . . ."

Er konnte nicht zu Ende sprechen, denn der Wirt packte ihn am Kragen und zerrte ihn zur Tür. „Machen Sie, daß Sie rauskommen. Das Geschäft laß ich mir von Ihnen nicht verderben!" Als Herr Mašek draußen war, expedierte der Wirt den Herrn Beck vor die Tür, und dann folgte er zusammen mit dem Kellner dem Herrn Voráček in die Küche, wohin dieser sich geflüchtet hatte und nun händeringend schrie:

„Das ist, bitte schön, ein Justizmord!"

Aber auf keinen Fall hätten sie, nachdem sie wieder auf der Straße standen, in diesem Zustand auf die Polizeidirektion gehen sollen, um dort auf den Inspektor einzureden. „Unser Bemühen ist darauf gerichtet, überall die Abstinenzlerbewegung zu propagieren, wir sind Apostel einer neuen Kultur."

Denn nun richtete der Polizeiinspektor folgende erhabene Worte an den diensthabenden Schutzmann: „Stekken S' die Kerle ins Loch, sollen S' ihren Rausch ausschlafen."

Und die Tür der Zelle ging auf und wieder zu. Zu Ende war die große Tragödie ihres Apostolats, und es sah sehr rührend aus, als nach dieser lustigen und bewegten Silvesternacht der Herr Voráček gegen Morgen auf der Pritsche erwachte und aus den Wanzen, die er zerquetschte, auf die Wand punktierte: „Der Prophet gilt nichts im eigenen Vaterland."

Er hatte recht. Zu allem Überfluß erhielten alle drei nach einer Woche gleichlautende Briefe vom Abstinenzlerbund, worin ihnen kurz mitgeteilt wurde, sie seien wegen Verstoßes gegen die Statuten für immer ausgeschlossen.

In den Statuten steht nämlich nichts von Kontuschowka, Prügeleien und einer Gefängnispritsche.

Die Heiligen und die Tiere

Oberhalb des bayrischen Regensburg in der Richtung Brod jenseits der schwarzen Wälder liegt das Städtchen Cham. Diese Stadt ist bekannt durch ihre Wallfahrtsumzüge, durch einen zauberkräftigen Brunnen mit Wasser, das Typhuskeime enthält, sie hat ein großes Krankenhaus, in das man die bayrischen Wallfahrer einliefert, wenn sie von dem zauberkräftigen Wasser getrunken haben, aber weniger bekannt ist, daß sich im Klostergarten ein kleines Denkmal des Mönches Augustin Falterstack befindet, ein kunstloses Standbild, um welches die Figuren eines Pferdes, eines Bären, eines Fuchses und eines Esels gelagert sind. Wodurch hat sich dieser Benediktinermönch hervorgetan, warum sind um ihn symbolisch diese Tiere gelagert? Wenn Sie in die Klosterbibliothek gehen, finden Sie dort in einer Ecke des Saales ein in Pergament eingebundenes altes Buch mit der lateinischen Aufschrift:

DIE HEILIGEN UND DIE TIERE
von dem Benediktinermönch und Priester
Augustin Falterstack
aus dem hiesigen Kloster

Das Buch wurde laut Impressum der bischöflichen Druckerei in München im Jahre 1782 herausgegeben. Betrachten Sie die einzelnen Seiten, und Sie erkennen die große Bedeutung dieses Werkes für die Tiere, denn der Pater, Gott hab ihn selig, bringt mit jeder Zeile dem christlichen Volk das Leben der Tiere näher und spricht von Wundern, die geschahen, als die Heiligen mit Tieren der verschiedensten Gattungen in Berührung kamen. Die Tiere vollbrachten solche Wunder, daß ein frommer

Bayer, wenn er die modernen Nachdrucke dieses Werkes, im Kloster für drei Mark fünfzig angeboten, liest, gottesfürchtig jede Seite umblättert und sich vor jedem Bildchen in die Irre gegangener, aber durch die Heiligen wieder auf den richtigen Weg gebrachter tierischer Geschöpfe bekreuzigt. So zum Beispiel erfährt er dort, was dem heiligen Eustachius widerfuhr. Dieser gute fromme Mann begegnete im Wald einem Bären. Der Bär ging in seiner Dreistigkeit so weit, daß er den Heiligen fressen wollte. Die klerikalen Blätter würden schreiben, der Bär sei ein Freidenker gewesen. Eustachius jedoch zog dem Bären eins mit dem Stock über und befahl ihm, ihn nach Rom zu tragen. Der Bär neigte den Rücken, der heilige Eustachius setzte sich auf ihn und gelangte so glücklich bis nach Rom. Der Bär wurde dann vom Papst in Sonderaudienz empfangen, nach der Audienz wurde er ausgestopft und wird bis heute in den vatikanischen Sammlungen gezeigt.

Die Tiere hatten es überhaupt auf die Heiligen abgesehen. Die größeren und die kleineren. So quälten den heiligen Eusebius in seiner Klosterzelle die Wanzen. Damals waren leider noch keine Wanzentinkturen bekannt, auch kein persisches Insektenpulver, und die Wanzen fraßen an Heiden und Christen bei Tag und Nacht. Am meisten litt im damaligen Jahrhundert der heilige Eusebius, der, wie das Buch berichtet, in seiner Zelle zweihundertachtzigtausend dieser gefährlichen, blutdürstigen Geschöpfe beherbergte. Und er flehte in seinen Gebeten, von dieser Plage befreit zu werden, und so sahen die Bewohner der Stadt Antiochia eines Morgens, wie die zweihundertachtzigtausend Wanzen in perfekter Marschordnung aus der Zelle des Mönchs zogen, hin zum Meer, wo selbst sie in der Brandung des Salzwassers in dem größten Massenselbstmord endeten, dessen die Menschheitsgeschichte je gedenkt.

Es gibt jedoch eine ganze Reihe anderer Tiere, die sich nicht scheuen, mit großer Hartnäckigkeit fromme Katholiken zu quälen. Im zehnten Jahrhundert nach Christus lebte in einer Stadt des fränkischen Reiches die fromme Jungfrau Cölestina. Sagen wir es ohne Umschweife: Diese Jungfrau hatte Flöhe. Sie wandte sich jedoch voller Vertrauen an den Bischof von Reims und vertraute ihm in jungfräulicher Schamhaftigkeit ihre Qualen an. Der Bischof gelangte zu der Ansicht, daß jene Flöhe nichts anderes seien als vermummte Teufel, welche die Jungfrau Cölestina deshalb so stachen, damit sie nicht ungestört im Gebet verweile und ihre Gedanken an himmlische Dinge auf rein menschliche Angelegenheiten gelenkt werden. Und er ordnete ein allgemeines Gebet an, und die Flöhe verschwanden, im Kämmerlein der Jungfrau Cölestina lediglich ein bißchen Gestank nach Schwefel und Pech hinterlassend. Ein ungläubiger Deutscher aus Württemberg, mit

dem zusammen ich mir jenes Buch anschaute, bemerkte ganz zynisch, dieser Bischof habe offenbar persönlich an der Jungfrau Cölestina die Flöhe gefangen.

Sehr interessant ist der Bericht über einen italienischen Kapuzinermönch, der an einem Teich entlangging und dabei an der Geschichte von Jonas und dem Walfisch zu zweifeln begann. Er muß ein sehr gelehrter Mann gewesen sein, der aus der Naturkunde wußte, daß sich Walfische im Hinblick auf ihre kleine Rachenöffnung nur von Fischbrut und Meeresweichtieren ernähren, nicht jedoch von jüdischen Propheten. Und als er schließlich vollends im Glauben schwankte, da verschluckte ihn ein Karpfen. Der Vorfall hatte einen Menschenauflauf zur Folge, und der Mönch Augustin Falterstack schreibt darüber mit der Glaubwürdigkeit und Exaktheit eines Lokalberichterstatters, daß erst als eine Bittprozession zu dem Teich veranstaltet wurde, der Karpfen den Zweifler wieder ausspie.

In dieser schönen Schilderung fehlt nur der trockene, aber tragische Nachsatz des Journalisten: „Der Leichnam wurde ins Institut für Gerichtsmedizin eingeliefert."

Weniger schrecklich ging es mit dem Gerbermeister Johann Pilling aus Regensburg aus. Dieser Unglücksmensch konnte nicht begreifen, daß die Erde nicht rund ist, wie man im Jahre 1482 von den Kanzeln im ganzen Römischen Reich verkündete. Dafür stachen ihn auf der Stelle die Wespen so, daß er überall dick anschwoll und, wie der Verfasser jenes Buches über die Heiligen und die Tiere ironisch bemerkt, der angeblich runden Erdkugel glich.

Weniger bekannt ist jedoch, daß Bischof Alanus II., der den König Chlodwig zwang, sich taufen zu lassen, an einem Bandwurm litt. Man darf sich darüber nicht wundern, weil damals keine fliegenden Gesundheitskommissionen existierten, die auf den Märkten trichinenverseuchtes Fleisch beschlagnahmten. Eines Nachts hatte dieser Bischof Alanus II. eine Vision. Ihm träumte, daß an sein Lager aus Wolfsfellen eine hehre Gestalt trat, ihm kameradschaftlich auf die Schulter klopfte und im schönsten

Kirchenlatein rief: „Unternimm eine Wallfahrt ins Heilige Land und iß in Palästina ein bißchen Erde von geweihtem Boden, trink Wasser aus dem Toten Meer und zerkaue eine Zedernuß vom Libanon." Auf diese sonderbare Weise kurierte sich der Bischof, weil damals weder das Santonin bekannt war noch die Arekanuß.

Über das Heilergebnis äußert sich der Mönch Augustin Falterstack wie folgt: „Und es ging aus dem Bischof ein Bandwurm 769 Fuß und 12 Daumenbreiten lang. Jedes Glied dieses Ungetüms trug einen schimmernden Stern, aber unter dem Stern eine schwarztätowierte Teufelshufe. Als der Bandwurm den Leib des Bischofs verließ, schrie der Würdenträger fürchterlich, bis die Diener des Bischofs den Wurm totgeschlagen hatten. Er wurde in der Stadt Genua verbrannt, bei welcher Gelegenheit ein von der Lähmung aller Glieder betroffener Mann genas, und seine Krücken sind in den Fundamenten des Domes eingemauert, welcher an diesem Ort von Joseph, dem Dogen der Republik Genua, erbaut wurde."

Der ehrenwerte Schriftsteller berichtet ferner von einer Kuh. Diese Kuh stammte vom Landgut der Nürnberger Patrizierfamilie Münzhübl. Im Jahre 1619 wütete in der Umgebung von Nürnberg die Rinderpest, welcher auch der dortige Bürgermeister zum Opfer fiel. Daraus ist ersichtlich, daß diese Rinderpest nicht einmal die Vornehmsten der Bürgerschaft verschonte. Die erwähnte Kuh erkrankte gleichfalls schwer und verendete durch Gottes Fügung. Da zog aber gerade eine Prozession vorbei, geführt von dem Vikar Maximilian, und da erwachte die Kuh wieder zum Leben, damit die Geduld des Lesers nicht länger strapaziert wird.

Und noch ein Fall vermag zu fesseln. Das ist die Geschichte von der gezähmten Schlange des heiligen Serapion. Eine sehr gute Schlange, so eine Schlange wird heute nicht mehr geboren. Vier Jahre lang nährte sie den Einsiedler in der Wüste mit ihrer Milch, die offenbar einen ungewöhnlichen Nährwert hatte, denn der heilige Serapion wurde während dieser Zeit in seiner Höhle so dick, daß man sie aufbrechen mußte, als man ihn herausziehen wollte.

Aus diesen Beispielen ist ersichtlich, warum das Kloster Cham dem Mönch Augustin Falterstack ein Denkmal setzen ließ. Ihm gelang es, die Tiere zu rehabilitieren, und so vollbrachte er ein Kulturwerk für die politischen Kämpfe, weil es sich jetzt vielleicht doch die Nationalsozialen überlegen werden, ihre politischen Gegner weiterhin mit Namen aus dem Tierreich zu titulieren. Damit würden ja diese Unglücksmenschen die Kirche beleidigen.

Das Kynologische Institut

Ich hatte schon seit jeher eine Vorliebe für Tiere jedweder Art. In zartem Kindesalter schleppte ich Mäuse nach Hause, und einmal spielte ich sogar mit einer toten Katze, bloß weil ich die Schule schwänzen wollte.

Ich interessierte mich auch für Schlangen. Einst fing ich auf einem steinigen Hang im Wald eine Schlange und schickte mich an, sie heimzutragen, um sie der Tante Anna, die ich nicht leiden konnte, ins Bett zu legen. Zum Glück kam ein Forstmann dazu, der konstatierte, daß es sich um eine Kreuzotter handelte, sie erschlug und mitnahm, um sich die gesetzliche Belohnung zu holen. Von meinem achtzehnten bis zum vierundzwanzigsten Lebensjahr bekundete ich eine Vorliebe für recht große Tiere. Mich interessierten vor allem Kamele und Elefanten.

Zwischen dem vierundzwanzigsten und dem achtundzwanzigsten Lebensjahr sank dieses Interesse allmählich und wandte sich mehr und mehr dem Rindvieh und den Pferden zu. Ich wünschte mir ein Gestüt zu besitzen oder eine Zucht des Simmentaler Rindes. Dieses blieb ein bloßes Ideal, und ich konnte nicht umhin, meine Liebe auf Tiere kleineren Formats zu beschränken. Den Hunden gab ich den Vorzug vor den Katzen, und um mein dreißigstes Lebensjahr entstanden zwischen mir und meinen Verwandten gewisse Zwistigkeiten. Mir wurde vorgeworfen, ich verdiente nicht regelmäßig und hätte es bisher noch nicht geschafft, mich auf eigene Beine zu stellen. Kurz entschlossen erklärte ich meinen Verwandten, ich würde mir im Hinblick auf meine Interessen und meine Vorliebe für Tiere einen Hundehandel zulegen.

Es ist vielleicht der Erwähnung wert, daß sie darüber keinerlei Freude empfanden.

2

Gründet jemand ein Geschäft, dann steht es außer Zweifel, daß man einen Firmennamen annehmen muß, der ausdrucksvoll die Art des Geschäfts bezeichnet. Für diese Art ist die Bezeichnung „Hundezwinger" üblich, was mir aber ganz und gar nicht zusagte im Hinblick darauf, daß einer meiner entfernten Verwandten in einem Ministerium tätig war und dagegen protestieren könnte.

Die schlichte Bezeichnung „Handel mit Hunden" sagte mir ebenfalls nicht zu, denn meine Intentionen gingen dahin, meinen Handel auf eine gehobenere Art zu betreiben. Im Lexikon fand ich das Wort „Kynologie", was die Lehre von den Hunden bezeichnet. Dann ging ich an einem landwirtschaftlichen Institut vorbei, und das Unglück war perfekt. Ich gab meinem Geschäft den Namen „Kynologisches Institut". Das war eine stolze, gelehrte Bezeichnung, die genau das erfaßte, was ich in Inseraten drucken ließ: „Zucht, Verkauf, Tausch und Kauf von Hunden auf kynologischer Grundlage."

Diese Inserate, in denen ich das Wort „Kynologisches Institut" so oft wiederholte, versetzten mich selbst in stumme Bewunderung. Endlich bin ich der Besitzer eines Instituts! Wer das nicht erlebt hat, weiß nicht, wieviel Stolz und welcher Reiz darin liegen. In den Inseraten versprach ich fachmännische Beratung in allen die Hunde betreffenden Angelegenheiten: Wer ein Dutzend Hunde auf einmal kauft, kriegt einen Welpen gratis als Zugabe. Der Hund ist, wie ich verlauten ließ, das passendste Geschenk zu Geburtstagen, Namenstagen, zur Konfirmation, Verlobung, Hochzeit und jedwedem Jubiläum. Für Kinder ist er ein Spielzeug, das nicht so leicht zerbricht oder zerreißt. Ein treuer Begleiter, der einen nicht im Wald überfällt. Alle

Hunderassen ständig auf Lager. Direkte Verbindung mit dem Ausland. Dem Institut ist eine Erziehungsanstalt für unartige Hunde angeschlossen. In meinem Institut gewöhnt sich der wütendste Hund binnen vierzehn Tagen das Bellen und Beißen ab. Wohin mit Ihrem Hund in den Ferien? Ins Kynologische Institut. Wo lernt ein Hund binnen drei Tagen Männchen machen? In meinem Kynologischen Institut.

Als ein Onkel von mir diese Inserate las, schüttelte er bedenklich den Kopf und sagte: „Nein, mein Junge, du bist nicht gesund, tut dir nicht manchmal der Kopf weh?"

Ich jedoch blickte hoffnungsvoll in die Zukunft, und ohne bislang einen einzigen Hund zu besitzen, wartete ich begierig auf eine Bestellung und suchte durch ein Inserat einen ehrlichen, ordentlichen Gehilfen, einen schlichten Haudegen, der, wenn ihm die Hunde ans Herz gewachsen seien, nicht einfach davongeht.

3

Auf das Inserat „Gehilfe für Zucht und Verkauf von Hunden gesucht" ging eine Menge von Angeboten ein, von denen einige sehr aufrichtig abgefaßt waren. Ein pensionierter Dorfpolizist versprach mir, er werde, falls er diese Stelle bekäme, allen Hunden beibringen, über einen Stock zu springen und auf dem Kopf zu gehen.

Ein anderer Bewerber schrieb, er könne mit Hunden umgehen, weil er jahrelang beim Budweiser Abdecker beschäftigt gewesen und wegen zu nachsichtigen Umgangs mit den Hundekadavern entlassen worden sei.

Ein Bewerber verwechselte das Kynologische mit einem gynäkologischen Institut und schrieb, er sei Stationsgehilfe in Frauenkliniken und Entbindungsheimen gewesen.

Fünfzehn Bewerber hatten die juristische Fakultät absolviert, zwölf waren Absolventen der Lehrerbildungsanstalt. Außerdem traf auch eine Zuschrift vom Verein zum Wohle entlassener Strafgefangener ein, ich möge mich betreffs eines Postens als Gehilfe an sie wenden, sie hätten für mich einen sehr ordentlichen entlassenen Safeknacker. Einige Gesuche waren sehr traurig und hoffnungslos: Obwohl ich schon vorher mit Bestimmtheit weiß, daß ich diese Stelle nicht kriege ...

Unter den Angeboten stammte eins von einem Mann, der Spanisch, Englisch, Französisch, Türkisch, Russisch, Polnisch, Kroatisch, Deutsch, Ungarisch und Dänisch konnte.

Ein Schreiben war lateinisch abgefaßt.

Und dann traf ein schlichtes, aber aufrichtiges Stellengesuch ein. „Sehr geehrter Herr! Wann soll ich meinen Dienst antreten? Hochachtungsvoll Ladislav Čížek, Košíře bei Medřický." Da der Bewerber direkt fragte, blieb mir nichts anderes übrig, als ihm zu schreiben, er solle Mittwoch früh um acht kommen. Ich fühlte mich ihm zu großem Dank verpflichtet, weil er mich der langwierigen, schwierigen Auswahl enthoben hatte.

Am Mittwoch früh um acht trat also mein Gehilfe seinen Dienst an. Er war ein Mann von kleiner Statur, pockennarbig, sehr rege, der, als er mich erblickte, mir die Hand reichte und fröhlich sagte: „Das Wetter wird sich wohl bis morgen nicht erholen, haben Sie schon gehört, daß um sieben Uhr früh wieder zwei Straßenbahnen in der Pilsner Allee zusammengestoßen sind?"

Dann zog er aus der Tasche eine kurze Pfeife und erklärte, er habe sie von einem Chauffeur der Firma Stibral bekommen und er rauche nur ungarischen Tabak. Dann teilte er mir mit, bei Banzet in Nusle sei eine Kellnerin namens Pepina, und er fragte mich, ob er nicht mit mir in die Schule gegangen sei.

Dann fing er an von Dackeln zu erzählen, die man, wenn ich sie kaufte, umfärben und denen man ein bißchen die Beine verkrüppeln müsse.

„Sie verstehen also was von Hunden?" fragte ich erfreut.

„Das möchte ich meinen, ich hab selber schon Hunde verkauft und hatte deswegen Scherereien mit dem Gericht. Einmal hab ich einen Boxer mit heimgenommen, und plötzlich hält mich ein Herr auf der Straße an, das sei angeblich sein Hund, er sei ihm vor zwei Tagen in der Obstgasse abhanden gekommen. ‚Wie wollen Sie wissen, daß das Ihr Hund ist?' – ‚Weil er Mupo heißt. Komm her, Mupo!' Sie können sich gar nicht vorstellen, wie freudig mein Hund an ihm hochsprang. ‚Bosko', ruf ich ihm zu, ‚Bosko, pfui!' Und da sprang er erfreut an mir hoch. Ein blöder Kerl war das. Das schlimmste war, daß ich vorm Gericht vergessen hatte, daß ich ihn damals Bosko genannt hatte. Aber er hörte auch auf den Namen Buberle und verhielt sich genauso erfreut. Soll ich mich nach einem Hund umsehen?"

„Nein, Čížek, mein Geschäft wird reell geführt. Wir warten auf Käufer, und inzwischen lesen wir die Inserate in der Rubrik Tiermarkt durch, wer was verkauft, welche Hunderassen. Schauen Sie, hier will eine Frau aus Platzmangel einen einjährigen weißen Spitz verkaufen. Sind denn Spitze so groß, daß sie in der Wohnung hinderlich sind? Gehen Sie also in die Schulstraße und kaufen Sie ihn, hier gebe ich Ihnen dreißig Kronen!"

Er verabschiedete sich von mir mit der Versicherung, er werde so bald wie möglich wiederkommen, aber er kam erst nach drei Stunden zurück und in welchem Zustand! Den steifen Hut hatte man ihm bis über die Ohren gestülpt, er schwankte furchtbar von einer Seite auf die andere, als ginge er bei Sturm über ein Schiffsdeck, und seine Hand umschloß einen Strick, den er hinter sich herzog. Ich blickte zum Ende des Stricks – dort war nichts.

„Nun . . ., wie . . . gefällt er Ihnen . . ., ein schönes Stück, was? Ich bin schnell . . . mit ihm . . . wieder da" – er fing an zu rülpsen, wobei er gegen die Zimmertür torkelte – „schauen Sie sich . . . seine Ohren an . . . also komm, du Lümmel . . ., der sieht aus, was? Sie wollte ihn gar nicht verkaufen."

Da drehte er sich um und starrte auf das Ende des Stricks. Er riß die Augen auf, nahm das Strickende in die

Hand, betastete es und stammelte: „Vor... einer Stunde... war er noch dran..."

Er setzte sich auf einen Stuhl, fiel augenblicklich herunter, und sich an meinen Beinen zum Stehen aufrappelnd, sagte er triumphierend, als hätte er eine fabelhafte Entdekkung gemacht: „Da wird er uns wohl ausgerissen sein." Er setzte sich wieder hin und fing zu schnarchen an.

So trat er am ersten Tag seinen Dienst an.

Ich sah durchs Fenster auf die Straße. Dort rannten verschiedene Hunde herum. Mir fiel ein, daß bestimmt etliche von ihnen zu verkaufen wären, während der Bursche neben mir so grausig schnarchte. Ich versuchte ihn zu wekken, von der fixen Idee besessen, ein Kunde werde kommen und nicht einen, sondern ein ganzes Dutzend Hunde kaufen wollen.

Es kam jedoch niemand, und außerdem war es fruchtlos, Čížek wecken zu wollen. Ich erreichte nur, daß er vom Stuhl rutschte. Nach drei Stunden erwachte er von selber, rieb sich die Augen und sagte mit heiserer Stimme: „Ich glaube, ich hab was Schlimmes angestellt."

Er begann sich an die einzelnen Details zu erinnern, sprach vom Spitz, wie schön er war und wie billig ihn die Frau verkauft hatte. Zehn Kronen hatte er dafür gegeben, weil er ihr sagte, der Hund komme in sehr gute Hände. Dann erzählte er, daß der Hund nicht mitgehen wollte und wie er ihn verdroschen hatte. Er ging dann schnell zu dem Punkt über, daß er einen Wirt unten in Smíchov gut kenne und daß er dort eingekehrt sei. Dort waren auch noch ein paar andere Bekannte. Sie hatten Wein und Likör getrunken.

„Gut", sagte ich. „Wie Sie wissen, haben Sie dreißig Kronen bekommen, geben Sie mir also zwanzig wieder."

Er ließ sich nicht in Verlegenheit bringen. „Ich sollte Ihnen wirklich zwanzig Kronen zurückgeben, aber ich hatte gedacht, ich mach Ihnen eine Freude. Da bin ich auch in die Švihanka eingekehrt, und dort hab ich einem gewissen Kratký als Vorschuß für Welpen zehn Kronen gegeben.

Sie haben dort so eine interessante Hündin, und die ist trächtig. Ich bin sehr gespannt, was für Welpen sie werfen wird. Hauptsache, wir haben sie schon bestellt und angezahlt. Dann bin ich an der Paliárka vorbei, dort haben sie einen schönen Rammler zu verkaufen ..."

„Besinnen Sie sich, Čížek, ich hab doch keinen Kaninchenhandel."

„Hab ich Rammler gesagt?" sprach mein Diener, „das ist ein Irrtum. Ich wollte sagen, eine schottische Schäferhündin. Die ist auch trächtig, aber dort hab ich keinen Vorschuß für die Welpen gezahlt, sondern hab die zehn Kronen als Anzahlung für die Hündin gegeben, die Welpen bleiben dem Besitzer, und die Hündin holen wir uns, wenn sie geworfen hat. Dann bin ich durch die Krocinastraße gegangen ..."

„Da hatten Sie kein Geld mehr ..."

„Ja richtig, Geld hatte ich keins mehr. Hätte ich Geld gehabt, ein Herr Novák hat dort einen großen struppigen Hund zu verkaufen, dem hätte ich auch eine Anzahlung gegeben, damit der Hund uns zur Disposition steht. Jetzt geh ich los, nochmals in die Schulstraße. Der Spitz ist bestimmt schon wieder zu Hause, nachdem er mir ausgerissen ist. In einer Stunde bin ich mit ihm wieder da."

Čížek hielt Wort, er kam noch vor einer Stunde wieder, stocknüchtern und außer Atem. Zu meiner großen Überraschung schleppte er einen schwarzen Spitz an.

„Sie Unglücksmensch", rief ich, „die Frau hat doch inseriert, sie verkauft einen weißen Spitz."

Eine Weile betrachtete er verdutzt den Hund, und dann lief er ohne ein Wort mit ihm hinaus.

Zwei Stunden später war er wieder da mit einem furchtbar dreckigen weißen Spitz, der sich sehr wild gebärdete.

„Das mit dem Spitz war ein Irrtum", sagte Čížek. „Die Frau in der Schulstraße hatte zwei Spitze, einen schwarzen und einen weißen. Hat die sich gefreut, als ich ihr den schwarzen wiederbrachte."

Ich schaute mir die Hundemarke an. Es war eine aus

Žižkov. Mir war plötzlich zum Weinen, aber ich beherrschte mich. Čížek nahm inzwischen die Marke ab, wobei er bemerkte, sie dranzulassen sei gefährlich.

In der Nacht weckte mich ein Kratzen an der Tür. Ich machte auf, und der schwarze Spitz, der alte Bekannte vom Nachmittag, stürzte freudig bellend in die Wohnung. Vielleicht hatte er Sehnsucht nach uns, oder er hatte es weit nach Hause. Sei es, wie es sei, ich hatte jetzt schon zwei Hunde, mir fehlte nur noch ein Käufer.

4

Der erste Kunde stellte sich am nächsten Morgen gegen zehn Uhr ein. Er schaute sich in der Wohnung um und fragte: „Also wo haben Sie die Hunde?“

„Ich habe sie nicht im Hause“, sagte ich, „außer zwei Spitzen, einen weißen und einen schwarzen, die ich erziehe und die für den Herrn Erzherzog nach Brandýs vorbestellt sind. Meine Hunde halte ich auf dem Lande, damit sie an der frischen Luft sind und nicht unter Ungeziefer und Blattern leiden, wogegen sich in der Stadt selbst der umsichtigste Hundehändler nicht wehren kann. Grundsatz unseres Kynologischen Instituts ist es, unseren Hunden freien Auslauf zu gewähren, und so läßt sie draußen, wo ich meinen Zwinger habe, der Gehilfe jeden Morgen ins Freie, und die Hunde kommen erst abends zurück. Das hat auch den Vorteil, daß die Hunde sich angewöhnen, selbständig zu handeln, denn sie müssen sich tagsüber ihre Nahrung selber suchen. Wir haben für sie ein großes Jagdrevier gepachtet, wo sie sich von Wild aller Art ernähren können, und Sie sollten sehen, wie komisch das ist, wenn so ein Zwergpinscher mit einem Hasen kämpft.“

Dem Herrn gefiel das sehr, denn er nickte eifrig und sagte: „Da haben Sie also sehr böse, zum Wachen abgerichtete Hunde zu verkaufen?“

„Gewiß. Ich habe so schreckliche Hunde auf Vorrat, daß

ich nicht mal mit ihrer Fotografie dienen kann, denn sie hätten den Fotografen beinahe in Stücke gerissen. Ich habe Hunde auf Lager, die bereits mehrere Diebe zerfleischt haben."

„Genau einen solchen möchte ich", sagte der Kunde. „Ich besitze ein Holzlager, und jetzt im Winter möchte ich mich gern mit einem guten Wachhund versehen. Können Sie einen aus Ihrem Zwinger für morgen vormittag heranschaffen, damit ich ihn mir anschauen kann?"

„O bitte sehr, ohne weiteres, ich schicke gleich den Gehilfen hin. Čížek!"

Er tauchte mit einem freundlichen Lächeln auf und vermutete gleich, den Herrn schon einmal irgendwo gesehen zu haben.

„Čížek", sagte ich und gab ihm ein Zeichen, „gehen Sie los und holen Sie den schärfsten Wachhund. Wie heißt er gleich?"

„Fabian", sagte Čížek mit eisiger Ruhe, „seine Mutter war Hexa, eine entsetzliche Hündin. – Fabian hat schon zwei Kinder zerfleischt und aufgefressen, weil man ihn irrtümlicherweise den Kindern zum Spielen gegeben hat und sie auf ihn draufsteigen wollten. Was die Anzahlung betrifft . . ."

„Ach ja", sagte der Kunde, „hier sind vierzig Kronen Anzahlung, was wird er kosten?"

„Hundert Kronen", sagte Čížek, „und einen Gulden Schwanzgeld, wir haben auch einen billigeren, für achtzig Kronen, aber der hat einem Herrn, der ihn streicheln wollte, drei Finger abgebissen."

„Lieber den schärferen."

Und Čížek machte sich mit den vierzig Kronen auf, um einen Wachhund zu suchen, gegen Abend führte er einen räudigen Hund herbei, der sich kaum noch auf den Beinen halten konnte.

„Der ist ja kurz vorm Verrecken", rief ich entsetzt.

„Er ist aber billig", sprach Čížek, „ich bin einem Fleischer begegnet, der ihn gerade zum Abdecker bringen wollte, weil er den Karren nicht mehr ziehen will und anfängt zu beißen. So denke ich, aus ihm wird ein vortrefflicher Wachhund. Übrigens, wenn sich ein erfahrener Einbrecher findet, wird der ihn sowieso vergiften, und der Herr wird sich einen neuen bei uns kaufen."

Eine Weile debattierten wir darüber, dann kämmte Čížek den Hund und kochte ihm Reis mit Flechsen. Er fraß zwei Näpfe leer, sah aber immer noch kläglich aus. Er leckte uns die Schuhe, trottete ohne jedes Interesse im Zimmer hin und her, und man sah ihm an, daß er sich ärgerte, weil sein Herr eben doch nicht mit ihm bis zu dem Schinder gegangen war.

Čížek unternahm noch einen Versuch, ihn furchteinflößender zu machen. Weil der Hund gelb und weiß war, eigentlich grau, malte er ihm mit Tusche große schwarze Streifen über das Fell, so daß er aussah wie ein Hyäne.

Als der Herr, der ihn am nächsten Tag abholen wollte, ihn erblickte, wich er entsetzt zurück.

„Das ist ja ein schrecklicher Hund!" rief er.

„Den Leuten aus dem Hause tut er nichts, er heißt Fox, versuchen Sie ihn zu streicheln."

Der Kunde sträubte sich, so schleppten wir ihn im wahren Sinne des Wortes an das Scheusal heran und zwangen ihn, es zu streicheln. Der Wachhund leckte ihm die Hand und folgte ihm wie ein Lämmchen.

Bis zum Morgen hatten sie den Herrn völlig ausgeraubt.

5

Weihnachten nahte. Inzwischen hatten wir den schwarzen Spitz mit Hilfe von Wasserstoffsuperoxid gelb gefärbt, und aus dem weißen Spitz hatten wir durch Anstrich mit einer Silbernitratlösung einen schwarzen gemacht. Beide Hunde heulten bei dieser Prozedur fürchterlich, es hörte sich an, als ob mein Kynologisches Institut über mindestens sechzig Hunde disponierte.

Dafür hatten wir eine Fülle von Welpen. Čížek litt allem Anschein nach an krankhaften Vorstellungen, wonach die Welpen die Grundlage unseres künftigen Wohlstands seien, und so trug er in den Taschen seines Wintermantels lauter junge Hunde herbei. Ich schickte ihn los, eine Dogge zu holen, und er brachte mir junge Dackel, ich schickte ihn nach einem Pinscher, und er brachte mir einen kleinen Foxterrier. Wir hatten insgesamt dreißig Welpen, und für weitere hundertzwanzig hatten wir Vorschüsse gezahlt.

Ich kam auf den Gedanken, noch vor den Feiertagen in

der Ferdinandsgasse einen Laden zu mieten, Weihnachtsbäume hineinzustellen und dort junge Hunde feilzubieten, alle schön geschmückt mit bunten Bändern unter dem Schlagwort: „Das freudevollste Weihnachtsfest bereiten Sie Ihren Kindern, wenn Sie ihnen ein gesundes Hündchen schenken."

Den Laden mietete ich. Das war eine Woche vor Weihnachten.

„Čížek", sagte ich, „bringen Sie die Welpen in unseren Laden, kaufen Sie einen recht großen Christbaum, plazieren Sie dort im Schaufenster schön die Hündchen und kaufen Sie Moos. Kurz und gut, ich verlasse mich darauf, daß Sie das geschmackvoll arrangieren, verstehen Sie?"

„Gewiß, Sie werden Ihre Freude daran haben." Er fuhr die jungen Hunde in Kisten auf einem Handwagen weg, und nachmittags ging ich hin, um mir anzuschauen, welche Freude er mir bereitet und wie schön er das Schaufenster dekoriert hatte.

Die Menschenmenge vor dem Laden belehrte mich, daß für die Welpen ein riesiges Interesse bestand. Als ich aber näher trat, vernahm ich aus der Menge wütende Rufe: „Das ist ja eine unerhörte Rohheit, wo ist die Polizei, wir wundern uns, daß so etwas geduldet wird!"

Als ich mich zum Schaufenster durchdrängte, knickten mir beinahe die Beine weg. Um alles schön zu arrangieren, hatte Čížek zwei Dutzend junge Hunde an den Zweigen des großen Weihnachtsbaumes aufgehängt, als wäre es Zuckerzeug. Die armen Kerlchen hingen da mit herausgestreckter Zunge wie die im Mittelalter an Bäumen aufgehängten Räuber . . . Und darunter stand geschrieben: „Das freudevollste Weihnachtsfest bereiten Sie Ihren Kindern, wenn Sie ihnen gesunde, niedliche Welpen kaufen."

Und das war das Ende des Kynologischen Instituts.

Meine teure Freundin Julča

1

Ich kenne wahrlich keine entzückenderen Wesen als die Hundskopfaffen, auch Paviane genannt. Ich wundere mich sehr über die Leoparden, daß sie sich vor diesen Affen fürchten, und über den seligen Brehm, der sie so übel verleumdete, indem er sie Scheusale nannte.

Es stimmt, wenn man einem Pavian zum erstenmal begegnet, kommt er einem vor wie ein Tier aus der Apokalypse oder von den Zeichnungen der Spiritisten, aber wenn man sich an sie gewöhnt hat, sieht man, daß unter der Haut dieses Satans ein guter Charakter steckt und daß den Pavian nur jene Menschen als Scheusal bezeichnen, die ihn nicht verstehen.

Deshalb sei mir als einem Mann, der sich mit Zoologie beschäftigt, die Bemerkung erlaubt, daß der Pavian der einzige Affe ist, dessen Fell nicht stinkt. Im Verlaufe meiner durch den Handel mit Tieren gewonnenen Praxis war ich gezwungen, viele Vorwürfe meiner Kunden wegen des scheußlichen Gestanks der verschiedenen Affenarten einzustecken.

Gerade darum kann ich mit den Worten meines Gehilfen Čížek sagen: „Ich erlaube mir, den Herrschaften den Pavian zu empfehlen."

2

Mein Pavian hieß Julča. Es war eine Äffin, eine ungewöhnliche Schönheit. Sie hatte eine längliche Nase, ein silbrigbraunes kurzes Fell mit dem Duft nach Moschus, braune Augen und einen kleinen intelligenten Schwanz, so kurz, daß dies zu den Hoffnungen berechtigte, ihre Nachkommenschaft werde im Verlaufe weiterer Generationen den Schwanz völlig verlieren.

Julča gelangte durch einen sonderbaren Zufall in meinen Besitz. Ein Affendresseur hatte sie bei Hagenbeck in Hamburg-Stellingen gekauft. Julča genoß bei ihm eine gründliche Erziehung. Innerhalb zweier Jahre lernte sie sich allein eine Ballgarderobe mit langer Schleppe und eine Tirolertracht mit einer Feder am Hut anziehen. Dann brachte man ihr bei, auf einem kleinen Fahrrad im Kreis zu fahren, mit Messer und Gabel zu essen und aus einer Flasche zu trinken. In diesem Pensionat lernte sie auch, Kirschkerne sehr kunstvoll auf eine Zielscheibe zu spukken. Fräulein Julča gedieh an Geist und Körper, und es bestand die Hoffnung, daß sie sich abgewöhnen würde, in Gesellschaft Flöhe zu fangen, am Hintern zu kratzen und Läuse auf dem Haupt ihres Lehrers und anderer Menschen ihrer Umgebung zu suchen.

Der aufopferungsvolle Dresseur beschloß dann, seine Schülerin in einem Prager Varieté vorzuführen. Zuerst wollte er sie der Reklame halber in den Redaktionen der Tageszeitungen vorstellen. Davon nahm er jedoch Abstand, nachdem Julča in der ersten Redaktion einen wichtigen Artikel auffraß, der für die Abendausgabe gedacht war, und den Chefredakteur mit Tinte begoß. In dieser Redaktion war man danach um die Erfahrung reicher, daß sich Affendresseure leichter hinausschmeißen lassen als ihre lieben Tiere. Julčas Besitzer befand sich schon längst auf dem Flur, da war Julča immer noch in der Redaktion. Sie hockte oben auf dem Bücherschrank und beschaute sich einen Atlas, den sie vom Tisch stibitzt hatte, und mit sichtlichem Interesse fetzte sie eine Karte nach der anderen heraus. Der Chefredakteur schloß sich mit zwei Redakteuren in der Telefonzelle ein, und dort beratschlagten sie, was sie mit diesem Ungeheuer mit dem furchtbaren Gebiß anfangen sollten, das unterdes das Haustelefon heruntergerissen hatte und gerade verschiedene Manuskripte vom

Tisch des Chefredakteurs durchs Fenster auf die Straße warf. Julča machte sich dann jedoch voller Würde selber die Tür zum Flur auf, schlang ihre Arme um den Hals ihres Lehrers und verließ mit ihm das Gebäude.

Seitdem suchte der Herr Hardey mit ihr keine Prager Redaktionen mehr auf und sah mit Grausen ihrem Auftritt im Varieté entgegen.

Glänzend fiel dieser nicht aus. Als er Julča in ihrer Tirolertracht auf die Bühne geführt und sich verbeugt hatte, was Julča sehr artig nachmachte, hielt er eine kurze Ansprache an das Publikum, in der er Julča das achte Weltwunder nannte.

Julča beobachtete zuerst gleichgültig ihre Umgebung, dann starrte sie hinunter ins Orchester und verschwand zwischen den Musikern. Aus dem Orchester sprang sie aber sehr rasch zwischen die vordersten Tische im Zuschauerraum, mit einer Geige in der Hand, und setzte sich auf einen Tisch vor einen älteren Herrn, der sie vor lauter

Schreck durchs Opernglas betrachtete. Das Publikum klatschte Beifall, denn es dachte, dies gehöre zum Programm. Zufrieden mit diesem Erfolg, schmetterte Julča dem Herrn die Geige auf den Kopf und bemächtigte sich seines Opernglases. Dann sprang sie von Tisch zu Tisch, zerriß einer Dame die Bluse, warf das Opernglas nach dem Oberkellner, kletterte auf die Galerie, von wo sie Hüte ins Parkett warf. Das Publikum geriet in Panik.

Vergeblich schrie Herr Hardey von der Bühne herab, man solle sich nicht fürchten, Julča sei eine sehr zahme Äffin, und er werde das Publikum anschließend durch die Vorführung eines dressierten Tigers entschädigen. Der Saal leerte sich schnell. Endlich drangen Saaldiener auf die Galerie vor und fesselten Julča nach erbittertem Kampf.

Sie biß dabei mit ihren kräftigen Zähnen einen der Saaldiener so sehr, daß ihn der Rettungsdienst ins Krankenhaus bringen mußte. Als alles wieder in Ordnung war und die Polizei die wütend das Eintrittsgeld zurückverlangenden Massen von den Kassen abgedrängt hatte, hielt es der Herr Hardey für angebracht, mich anzurufen.

Er sagte ohne Umschweife: „Hallo, ich habe erfahren, daß Sie gern sensationelle Tiere kaufen, das kann ich nur loben, Sie können mir vertrauen, ich will Sie in keiner Weise betrügen. Haben Sie schon mal einen Affen gesehen, der sich die Nase mit einem Taschentuch schneuzt?"

Ich antwortete ihm mit ja, denn mir war es selbst gelungen, einem Rhesusaffen so etwas beizubringen. Dieser trug sogar ein kleines Taschentuch ständig bei sich, und zwar in den Backentaschen seiner Schnauze. Wenn er sich die Nase putzen wollte, zog er einfach das Taschentuch aus dem Maul, wischte sich damit die Nase und steckte das Taschentuch wieder ins Maul. Ich verkaufte ihn dann einer Baronin, die wegen des bewundernswerten Affen einen Magenkatarrh bekam.

„Hallo", fuhr Herr Hardey fort, „bei mir fängt die Dressur dort an, wo Sie sie beendet haben. Haben Sie schon mal einen Affen gesehen, der mit Messer und Gabel ißt?"

„Ja, Herr Impresario, wir hatten einen schwanzlosen Magot, der verschlang sogar Messer. Als wir ihn sezieren ließen, erhielten wir ein komplettes Besteck für sechs Personen zurück."

„Hallo", meldete sich eine andere Stimme am Telefon, das war der Sekretär des Varietés. „Hallo, kürzen wir das als Geschäftsleute ab. Es handelt sich um einen sehr zahmen Affen, einen Pavian. Wissen Sie, das ist die zauberhafte Julča, wie's auf den Plakaten stand. Sie fährt Rad, trinkt aus der Flasche, zieht sich ein Ballkleid mit Schleppe oder eine Tirolertracht an und vollführt viele andere scherzhafte Stückchen. Wir überlassen sie Ihnen mitsamt Zubehör für zweihundert Kronen. Wir geben sie nicht gerne weg, aber sie kann sich ans Publikum nicht gewöhnen. Übrigens sind wir gleich bei Ihnen."

Nach einer Viertelstunde brachten sie mir die wie ein Schwerverbrecher gefesselte Julča. Wir steckten sie in die Küche, wo für ein Dutzend Hunde gekocht wurde. Die Welpen krochen vor Angst in einen Winkel, wo sie unter kläglichem Winseln der kommenden Dinge harrten.

Ich handelte den Preis für Julča auf hundertsechzig Kronen herunter, ihre Garderobe gaben sie mir umsonst, und dann verabschiedeten sie sich auffällig rasch von mir. Darauf rief ich Čížek und befahl ihm, den Pavian zu entfesseln. Der Gehilfe fiel vor mir auf die Knie und schwor, er müsse für seine Mutter sorgen, was nicht der Wahrheit entsprach, denn er war vor längerer Zeit von zu Hause ausgebüchst. Als er sah, daß ihm alle Ausreden nichts nützten, verlangte er einen Vorschuß von fünf Kronen und bemerkte, daß er sich für ein so ernstes und gefährliches Unternehmen gehörig stärken müsse. Er gab sich jedoch mit zwei Kronen zufrieden und zog los, um sich Mut anzutrinken.

Čížek kam erst nach drei Stunden wieder. Ich sah, wie er das Gartentor aufmachte und dann im Hause verschwand. Eine Weile hörte man Lärm, und dann war es still. Ich schaute noch nach, ob ich für Čížek die Unfallversicherung bezahlt hatte, und nachdem ich mich überzeugt hatte, daß dies geschehen war, ging ich beruhigt hinunter.

Vorsichtig öffnete ich die Küchentür. Man sah, daß Čížek seinen Auftrag ausgeführt hatte. Bei dem schwachen Licht der Petroleumlampe bot sich mir ein rührendes Bild. Von dem Mut, den er sich angetrunken hatte, übermannt, lag Čížek auf dem Bett, nachdem er vorher Julča losgebunden hatte, die offenbar dachte, diese Fesselung sei ein neues Kunststück, das man ihr beibringen wollte. Sie hatte also die Stricke, von denen sie befreit war, dazu benutzt,Čížek zu einem Bündel zu schnüren, der arme Kerl war dabei eingeschlafen und lag wie leblos auf dem Bett. Julča hatte alle Welpen, die sie fand, auf dem Bett zusammengetragen und suchte jetzt etwas in Čížeks Haaren. Die Welpen warteten still und ergeben, bis die Reihe an sie käme.

Und dann machte Julča meine Bekanntschaft. Ich band Čížek los, wobei die Äffin mir half, und dann nahm sie mich an die Hand und ließ mich nicht mehr los, so daß ich sie, ob ich wollte oder nicht, mit nach oben nehmen mußte. Dort gab ich ihr einen Apfel und ein Stück Brot. Fortan wäre sie keinen Schritt von meiner Seite gewichen, wenn ich gekonnt hätte, was sie konnte. Ich schaffte es jedoch nicht, von Baum zu Baum zu springen, vom Baum auf den Sims und über den Sims aufs Dach. Ich bemerkte auch, wie sehr es sie ärgerte, daß ich nicht am Kronleuchter schaukeln konnte.

Am Abend, als sie zu uns kam, sprang sie gleich auf den Kronleuchter und versuchte vergeblich, mich zu verlokken, ihr zu folgen. Er hätte uns beide jedoch sicherlich nicht getragen, denn er riß bereits unter der Last des Pavians vom Haken. Der große Petroleumlüster fiel runter, die Lampe explodierte, einzelne Möbelstücke fingen Feuer, dann die Gardinen und der Fußboden. Während ich nach der Feuerwehr telefonierte, flüchtete Julča durchs Fenster und beobachtete von einem Baum gegenüber die ungewohnten Flammen.

Als die Feuerwehr anrückte, mußte man Čížek hinaustragen, weil er immer noch sehr ruhig schlief. Julča erschwerte die Rettungsarbeiten, weil sie sich der Spritze näherte und abwechselnd auf beiden Pumpenarmen schaukelte. Die Anwesenden behaupteten, Julča habe löschen geholfen. Ich zweifle sehr daran. Die Leute konnten genausogut behaupten, als sie später eines Nachts einen Ausflug in eine Friedhofskapelle unternahm und dort auf der Glocke schaukelte, sie hätte jenem Angestellten der Straßenbahn das Sterbeglöckchen geläutet, dem sie kurz vorher begegnet war und die Mütze weggenommen hatte, wovon den guten Mann der Schlag traf. Aber alles in allem war sie ein liebes Geschöpf. Damit ich mich nicht ärgerte, brachte sie mir damals vom Friedhof eine Blechtafel mit der Aufschrift mit: „Hier ruht mein geliebter Gatte. – Freue dich aufs Wiedersehen."

Als der Brand gelöscht war, begab ich mich mit Čížek und Julča in das einzige von dem Feuer verschonte Zimmer im Erdgeschoß. Julča setzte sich verständig aufs Sofa und zerriß langsam eine Weste, derer sie sich bei dieser Panik irgendwo bemächtigt hatte. Sie gehörte keinem von uns, und so wehrten wir ihr nicht in ihrem Tun.

Čížek saß ruhig und schweigend am Tisch und beobachtete Julča. Plötzlich sagte er mit überzeugender Stimme: „Hundertsechzig Kronen sind nicht zuviel für sie. Ich würde sagen, sie ist sehr billig."

Ich gab ihm eine Kopfnuß. Und so saßen wir alle still da, ich, Čížek und Julča mit der fremden Weste, jeder dachte über seine Angelegenheiten nach, bis elf Uhr nachts.

Dann nahmen wir Julča an die Hand und führten sie in den Garten, in den großen Käfig des Straußes, den uns eines Nachts die Ratten aufgefressen hatten. Als wir sie einsperren wollten, griff sie sich ins Maul, holte von dort eine Taschenuhr hervor und reichte sie mir.

Wir sperrten sie trotz dieses Bestechungsversuchs ein, und ich sagte, Čížek die Uhr übergebend: „Was sagen Sie dazu?"

„Das ist sonderbar", antwortete er. „Ich würde es nicht

schaffen, eine Uhr so lange im Mund zu behalten." Auf die Uhr erhob niemand Anspruch. Ich habe sie bis zum vorigen Jahr getragen. Sie ging sehr genau und hatte ein Schlagwerk. Ich schloß daraus, daß sie einem vermögenden Schaulustigen gehört hatte, der sehen wollte, wie schön es bei uns brannte.

Julča gewöhnte sich allmählich an ihr neues Heim, nur die Haushälterin Fanny mochte sie nicht. Offenbar deshalb, weil diese mehr Garderobe besaß als sie. Die arme Julča hatte nur einen einzigen Rock, zwar mit Schleppe, aber eben nichts weiter, und so geschah es, daß sie sich eines Tages in Fannys Zimmer schlich und ihre Garderobe besichtigte. Da lag ein schönes neues Kleid über einem Stuhl. Julča sagte anfangs die Bluse mehr zu als der Rock. Sie zog sich die Bluse über, aber weil diese an ihr schlotterte, versuchte sie es andersherum. Sie zwängte sich also mit dem Kopf in einen Ärmel, der aufplatzen mußte, damit die Bluse richtig saß. Die halbe Bluse schleppte sie hinter sich her. Sie versuchte sie also wieder auszuziehen, streifte sich den zerrissenen Teil des Ärmels über die Füße und schlang sich den Rest kunstvoll als Turban um den Kopf. Auch das gefiel ihr nicht, wie Čížek behauptete, der sie interessiert durchs Fenster beobachtete, voller Neugier, ob Julča bei dieser Toilette auch den neuen Rock von Fräulein Fanny zerreißen würde. Er ging dann in die Küche und teilte unserer Haushälterin knapp und bündig mit: „Fräulein Fanny, es ist schon passiert." – „Was ist passiert?" – „Sie ist schon drin." – „Wer ist drin?" – „Julča in Ihrem neuen Kleid. Eine halbe Stunde hat es gedauert, bis sie sich endlich reingezwängt hat. Dort geht sie gerade zum Hundezwinger."

Ich kam dazu, als sich Julča stolz in der neuen Garderobe einem Dutzend neugieriger Hunde vorstellen wollte. Sie ging mit einem Knüppel in der Hand an den Käfigen entlang. Die Hunde bekundeten ihre Freude durch lebhaftes Gebell. Sie genossen ja auch ein schönes und interessantes Schauspiel. Aus dem Rock von Fräulein Fanny hatte sich Julča eine Toga gemacht, die sie über eine Schulter geworfen hatte. Von der anderen hing das Vorderteil der Bluse mit den glänzenden Knöpfen wie ein Husarendolman herab. Der Ärmel bildete den dazu passenden Turban, und insgesamt machte Julča den Eindruck eines verkrachten Patriarchen.

Fräulein Fanny stürzte sich mit grausigen Flüchen auf Julča. Noch nie hatte jemand gesehen, daß einer Frau der Rock so schnell heruntergerissen wurde! Das arme Fräulein Fanny! Sie wollte die Reste ihres neuen Kleides retten und büßte dabei noch eine Schürze und einen Rock ein, hatte aber zum Glück Reformhosen an, die sie sich aus den Radfahrerhosen ihrer Jugendzeit geschneidert hatte.

Julča sprang in aller Seelenruhe mit der Schürze und dem Rock über den Zaun und lief über die Straße in den Park. Sie kam erst spät in der Nacht wieder, da hatte sie aber nichts mehr an.

An einem Telefondraht in der Bělohorská hing noch lange der schwarze Rock von Fräulein Fanny wie ein zerschlissenes Banner. Fräulein Fanny verließ uns noch am selben Tag. Sie hinterließ einen kurzen Brief, in dem sie, außerstande, sich richtig auszudrücken, schrieb, ihre Ehrbarkeit sei öffentlich ins Wanken gebracht worden.

3

Zuweilen geschah es, daß mir meine Freundin Julča außer freudigen auch bittere Stunden bereitete, weil sie nicht verstand, was ich eigentlich wünschte. Wenn ich im Garten saß, begriff sie oft nicht, wie der Gegenstand aussah, den sie mir bringen sollte. Wenn ich heute an jene Ereignisse zurückdenke, gelange ich zur Überzeugung, daß ich nicht systematisch genug vorgegangen bin. Obwohl sie überaus schlau war, verstand sie einige Begriffe nicht sofort, und ich gebe zu, daß das an meiner falschen Erziehung lag. Da geschahen manchmal Dinge, die sich nicht wiedergutmachen ließen. Sollte mir jedoch mal ein anderes Exemplar des entzückenden Pavians in die Hände geraten, so werde ich alles tun, damit wir beide uns vernünftiger anstellen.

Es geschah nämlich eines Sonntagnachmittags, daß uns zwei Zirkusartisten besuchten, die nach einem besonderen Tier Ausschau hielten.

Sie sprachen zuerst auf dem Hof mit Čížek, der seiner Phantasie freien Lauf ließ und ihnen eine sehr brave Riesenschlange anbot, die wir einem Bauern unweit von Prag in Pflege gegeben hätten, damit sie nicht die Staupe bekäme. Ich betone, das war am Sonntagnachmittag, als Čížek vor dem Haus unter den Bäumen saß, um seine sechs Flaschen Bier zu trinken.

Dann und wann brüllte er zum Hundezwinger hinüber, wo Hunde aller Rassen die Ausflügler ankläfften, die sich durch den Staub der Bělohorská bewegten: „Wollt ihr wohl!"

Die Hunde stimmten freilich ein noch lauteres Gebell an, und sie schimpften so lange, bis Čížek es aufgab, sie zu ermahnen.

An diesem Tag waren es jedoch mehr als sechs Flaschen, und deshalb wurde Čížek in Anwesenheit der Zirkusleute redselig. Ich hörte, wie er auf das einhöckrige Kamel zu sprechen kam, das bei einer Familie in Pilsen in Pflege sei.

Der ältere der Artisten nickte überzeugt mit dem Kopf, wogegen der jüngere unablässig sagte: „Das ist nicht möglich, ich behaupte, das ist nicht möglich."

Čížek jedoch setzte die Schilderung unseres Reichtums fort, so daß mir unsere Tierhandlung vorkam wie ein unbekannter, von Tieren aller Art bevölkerter Kontinent.

„Herrschaften", hörte ich Čížek schwatzen, „wir haben ein kleines, kurzhaariges Känguruh und ein großes, zottiges. Beide gehen gern ins Wasser, das jüngere kann schon die Ohren aufstellen. Wir halten sie in einem Wildgehege, und wenn die Herrschaften es wünschen, teilen wir Ihnen per Postkarte mit, was ein Pärchen kosten würde."

„Nicht möglich, ich behaupte, das ist nicht möglich", wiederholte stur der jüngere Artist. „Na, und was haben Sie eigentlich hier auf Lager?" fragte schließlich der ältere. „Die Hunde haben wir schon gesehen, aber die sind nicht viel wert, weil ..."

Es folgte eine vernichtende Kritik unseres Hundezwingers, ihm gefiel vor allem die frischgestrichene Harlekindogge nicht. Ich hatte zwar Čížek befohlen, die draufgemalten Flecken mit Sikkativ zu bespritzen, aber er hatte es vergessen. Vormittags hatte sich die Dogge unter eine Dachrinne gestellt, und die Farbe war herabgelaufen.

Dem jüngeren Artisten hingegen gefiel der große Fleischerhund nicht, von dem Čížek behauptete, er sei das einzige Exemplar dieser Rasse in Europa. Wir hatten ihn des Eindrucks wegen mit drei schweren Ketten an einem Pfahl festgebunden, denn dieses seien die furchtbarsten Hunde, und sie würden bislang noch nicht nach Böhmen importiert, so daß es das einzige Exemplar sei, das man Interessenten zeigen könne. Der jüngere Artist war empört, weil der als beißwütig vorgestellte Hund ihn sofort die Pfote gab und freudig mit dem Schwanz wedelte.

Seine Kritik an uns war hart, und der ältere brummte dazwischen: „Na, und was werden Sie uns noch zeigen?"

Es war offensichtlich, daß Čížek sich äußerst raffiniert anstellte, um ihre Neugier im höchsten Maße zu steigern.

„Dann haben wir noch Tauben", fuhr Čížek ruhig fort.

„Was?" schrien beide drohend, und da sagte Čížek feierlich: „Ich erlaube mir, den Herrschaften einen Pavian zu empfehlen. Beide sind im Garten, der Pavian und der Herr Chef."

So machte ich schließlich auch die Bekanntschaft der Gebrüder Schneider, Zirkusartisten. Der Jüngere besaß ein dressiertes Schwein, und das hatte ihn drei Jahre hindurch ernährt. Dann verlor er das Engagement, aß das Schwein auf und spielte einen unverwundbaren Fakir. Einmal aber verletzte er sich wirklich, bekam Blutvergiftung, hängte den Fakir an den Nagel und machte zusammen mit seinem älteren Bruder den dummen August. Ausführlich erklärte er mir, daß sie für ihre Programmgestaltung ein Tier bräuchten.

Inzwischen war Čížek vom Schuppen zurückgekehrt. Dort war nämlich Julča eingesperrt, weil sie sich übers Piano hergemacht hatte. Sie nahm es zwar nur teilweise auseinander, aber viel schneller, als dies einem Fachmann gelungen wäre. Die gute Seele schleppte schwarze und weiße Tasten an, so daß das Piano sehr schmerzhafte Lükken aufwies. Ich war ihr dankbar dafür, denn zweimal in der Woche kam die Tochter unseres Buchhalters zu uns spielen. Der Herr Buchhalter hatte jedoch im Piano eine Flasche Schnaps versteckt, die Julča bei dieser Gelegenheit auspichelte. Man mußte also das Fräulein Julča einsperren, damit sie nicht im Rausch sonst was anstellte.

Die Rückkehr Čížeks war keineswegs freudig. Er sah gequält aus und nahm mich beiseite.

„Herr Chef", beklagte er sich, „das wird wohl nicht gehen, der Affe hat einen Affen."

Ich sagte ihm, er solle diese geschmacklosen Wortspiele unterlassen und zum Kern der Sache kommen.

„Man hat es schwer mit ihr", fuhr er verzweifelt fort, „sie will sich nicht ankleiden lassen. Zuerst habe ich ihr das Kleid mit Schleppe angezogen, da hat sie die Tirolertracht drüberziehen wollen. Dann hab ich ihr gesagt, sie kann das tun, wenn sie vor den Herren als Tiroler auftreten möchte, sie soll aber warten, bis ich ihr das Damenkleid ausgezogen habe. Das sah sie ein, aber als sie die Tirolertracht anhatte, wollte sie die Damengarderobe darüberstreifen. Das hab ich ihr alles ausgezogen, hier bring ich's mit, damit wir den Herren wenigstens zeigen können, wie schön sie sonst herumläuft."

„Aber das ist noch nicht alles", sprach Čížek traurig weiter. „So wollte ich wenigstens, daß sie den Herren vorführt, wie sie radfahren kann, und ich brachte ihr das Rad. Sie setzte sich drauf und fuhr mit einem Male zum Tor hinaus, auf die Landstraße, und weg ist sie."

„Weg und verschwunden", fügte er niedergeschlagen hinzu, „und sie werden uns nicht glauben, daß wir überhaupt so ein Vieh im Hause haben."

Sie glaubten es uns auch nicht. Vergeblich zeigte Čížek Julčas Gewand vor, die Tirolertracht und die Flasche, aus der sie trank.

Der Jüngere wurde furchtbar frech. „Darauf geb ich Ihnen keine Anzahlung", schrie er, „das Kamel haben Sie bei einer Familie in Pilsen, die Känguruhs in einem Wildgehege, und jetzt entwischt Ihnen auf einmal der Pavian auf dem Fahrrad. Das ist ein gottverdammter Zufall, Herr."

Der Ältere sagte etwas von Betrug und rief ironisch: „Die Herrschaften zeigen uns sogar die Flasche, aus der er trinkt, aber das ist doch nur eine gewöhnliche Bierflasche."

Sie verließen uns mit schroffen Ausdrücken über die mangelhafte Solidität unseres Unternehmens. Im Tor drehte sich der Jüngere noch einmal um, hielt einen völlig fremden Herrn an, zeigte auf mich und sagte: „Dem Herrn dort ist ein Pavian davongeradelt."

Bis lange in die Nacht hinein warteten wir vergeblich auf Julča. Am Morgen vernahm ich aus dem Schuppen Čížeks Stimme: „Bist du also wieder da, wo hast du das Rad? Sag, wo hast du das Fahrrad?" Julča legte kein Geständnis ab.

4

Ich saß auf der Bank vor dem Haus und konferierte mit Čížek. Er erstattete mir eine Art Wochenübersicht über unseren Betrieb, zählte verschiedene Pannen auf, die sich statt eines Lorbeerkranzes um unsere Firma schlangen.

„Als uns am Montag diese böse Bulldogge ausgerissen ist", erinnerte sich Čížek, „habe ich gedacht, die Woche fängt ja schön an."

„Wir hatten ihretwegen viel Scherereien."

„Gewiß, Herr Chef, ich hab's ja gleich gewußt, daß was passieren wird – als ich mich aufmachte, sie einzufangen.

Ich hab's nicht gewußt, daß ich einen fremden Hund herbrachte. Die Bulldogge hatte doch den gleichen Kopf wie unsere und war so böse, als ich sie von dem Laden wegzerrte, wo sie auf ihre Herrin wartete. Das wurde ja dann auch in der Zeitung widerrufen, daß wir Hunde stehlen, der Kommissar auf der Wachstube sagte zwar zu mir: ‚Irren gilt nicht', aber ich möcht gern wissen, ob er eine Bulldogge von der anderen unterscheiden kann, wenn er nicht mal 'n Schuldigen von einem Unschuldigen unterscheiden kann."

Čížek wischte sich praktischerweise mit dem Ärmel die Nase und eine Träne zugleich ab: „Das sag ich immer, Herr Chef, wenn mir am Montag ein Hund ausreißt, dann verschwindet die Woche über einer nach dem anderen. Wie gleich darauf am Dienstag der Pinscher, den uns ein Ingenieur anvertraut hatte, damit wir dem Hund für zehn Kronen das Beißen abgewöhnen. Ich habe doch gleich gesagt, daß der sich's nicht mal für zwanzig Kronen abgewöhnen wird, nach den Leuten zu schnappen, der Herr hätte ihn lieber zu Hause behalten sollen, aber Sie sind eben so gutmütig und übernehmen alles, nur wegen der Reklame für die Firma. Also ist er uns gleich am Dienstag verschwunden. Ich dachte, der Köter ist nach Hause gelaufen, und hab den Herrn Ingenieur angerufen, daß sein Hunderl schon unterwegs ist, aber heute ist Samstag, und er ist immer noch nicht zu Hause. Daraus wird eine große Verwicklung, Herr Chef, ich will damit nichts zu tun haben, heute vormittag hat der Herr Ingenieur angerufen, er denkt, wir haben den Hund verkauft, so wie die Söhne Jakobs ihren Bruder Josef.

Am Mittwoch mußten wir die Reste der Angorakatze verscharren, die uns die Frettchen aufgefressen haben. Ich hab's doch gleich gesagt, Herr Chef, wir sollen die Frettchen in Eisenkäfige sperren, die werden sich aus der Kiste durchbeißen zu der Angorakatze, sie wollen Fleisch und nicht nur Salatblätter. Man sah ihnen die Blutgier an den Augen an. Wenn ich ihnen Salat in die Kiste warf, machten sie sich draus ein Nest, und aus dem Nest guckten sie mich so an, daß ich's mit der Angst kriegte, und dabei könnte man fünf dieser Tierchen auf einen Ritt verputzen, so klein sind sie."

„Sie haben sie gegessen?"

„Nur die drei, Herr Chef, die ich neben der Katze totgeschlagen habe. Die übrigen sind mir entwischt. Zusammen mit dem Kutscher hab ich sie mir mit Zwiebeln gebraten. Das Fleisch ist weiß, und es riecht ein bißchen nach Wild. Am Donnerstag haben wir glücklich ein Paar Zierfasane verkauft. Beim Männchen fehlten ein paar Schwanzfedern. Das kommt aufs Konto des Dackels. Ich hätt ja dem Pfau ein paar rausgerissen und dem Fasan angenäht, aber ich dachte daran, Herr Chef, was Sie dazu sagen würden, wenn Sie Samstag wiederkommen und den verhunzten Pfau sähen. Und außerdem meine ich, das wäre dann kein reelles Geschäft. Am Freitag haben wir einen russischen Windhund verkauft, und einer ist uns ausgerissen. Der Herr Buchhalter hat gesagt, das gleicht sich damit aus."

Das also war die Bilanz meiner einwöchigen Abwesenheit. Ich war nach Dresden gefahren, um etwas Geeignetes in dem dortigen Zoologischen Garten zu kaufen, der liquidiert wurde. Sie boten mir für achthundert Mark einen alten, lahmen, räudigen Löwen an. Auch wenn ich ihm gleich ein neues Fell hätte überziehen lassen, wäre er dennoch lahm geblieben. Er hatte zwar eine ruhmreiche Vergangenheit, er hatte nämlich vor zehn Jahren in einem Zirkus seine Dompteuse in Stücke gerissen, aber was jetzt mit ihm? Wer wird ihn heute kaufen? Ich hatte dennoch etwas gekauft, einen Ichneumon. Dieses Tier ist um etliches kleiner als ein Löwe. Es paßte unter meinen Mantel, so daß ich an der Grenze keinen Zoll dafür zu zahlen brauchte, aber es hatte auch den Vorteil, daß man mich mit dem Tier allein in einem Coupé ließ. Der Ichneumon ist nämlich ein sehr unglückseliges Tier. Brehm reihte es unter die iltisähnlichen Raubkatzen ein, und diese duften nicht gerade.

„Hören Sie, Čížek", sagte ich zu meinem Gehilfen, „erklären Sie mir gütigst, wie es passiert ist, daß Julča, als wir ihr diesen Ichneumon zeigten, etwas gebrummt hat und sich dann einen goldenen Zwicker aufgesetzt hat? Sie haben zwar gesagt, sie habe nichts angestellt, während ich weg war, aber ich fürchte, dieser goldene Zwicker bedeutet etwas Trauriges."

„Bitte nicht zu erschrecken", sagte Čížek, „der Zwicker gehört keinem vom Personal. Da war die Baronin Dobřenka da, um bei uns sechs Jagdhunde zu bestellen. Wir wurden ihr durch die Fürstin Colloredo-Mansfeld empfohlen, aber sobald die Baronin kam, rannte Julča herbei, sprang ihr auf den Rücken und riß ihr den Zwicker von der Nase. Als wir die Baronin wieder zum Leben erweckt hatten, fuhr sie ab und annullierte die Bestellung. Das ist ein komisches Weib, sie ekelte sich davor, den Zwicker wieder aufzusetzen. Ich meine, das ist doch nichts Ekliges."

Und so bekam Čížek eine weitere Kopfnuß.

5

Es gab Tage, da hing Čížek seinen Gedanken nach. So eine grüblerische Versenktheit war die Vorankündigung großer Ereignisse. Verband sich damit auch noch Wissensdurst, dann kündigte sich meist ein Unglück an. Einmal fragte er mich, auch so in Gedanken vertieft, was für ein Instrument sie eigentlich in den Wasserwerken hätten, daß das Wasser bis in so große Höhen gedrückt werde, wie es unser Haus sei. Ich erklärte ihm das physikalische Gesetz von den kommunizierenden Röhren.

„Gut und schön", sagte Čížek, „das versteh ich, das ist ein großer Druck, aber könnte man nicht ein Patent erfinden, wie man das Wasser abstellen kann?"

„Wie das?" fragte ich ihn.

„Folgendermaßen, Herr Chef. Ich denke, es wäre angebracht, etwas zu erfinden, was selbsttätig den Wasserstrom in der Wasserleitung anhält, wenn das Unglück passiert, daß jemand den Hahn abreißt und man das Wasser nicht mehr abdrehen kann. Das ist nämlich sehr unangenehm, wenn das Wasser das Haus überflutet."

Ich forderte ihn auf, mir zu sagen, warum er nach so abwegigen Dingen fragte.

„Glauben Sie nicht, Herr Chef", fuhr er grüblerisch fort, „mir sei das nur so eingefallen. Ich bin auf den Gedanken gekommen, als ich sah, wie Julča versucht hat, den Wasserhahn im Flur im ersten Stock abzureißen. Ich wußte, sie hat Kraft, aber daß sie ihn so schnell abkriegt, das hab ich nicht erwartet. Ich dachte, das macht ihr mehr Mühe, aber bevor ich noch den Kutscher holen konnte, damit er sich's auch anschaut, hatte sie den Hahn schon abgerissen und sich aufs Dach gesetzt, auf den Steg zum Schornstein. Sie glauben es vielleicht nicht, Herr Chef, aber das Wasser läßt sich nicht abstellen. Das läuft die Treppen runter wie ein Wasserfall; unten in der Küche schwimmt schon der Hokker. Die Bank ist schwerer und der Tisch auch, die halten sich noch aufrecht, obwohl's schon über eine Stunde plätschert. Weil der Kutscher meinte, die Decken werden runterfallen, haben wir uns in Sicherheit gebracht."

Er zeigte mißmutig auf seinen Koffer am Zaun.

Ich stellte fest, daß Čížek die Situation zu schwarz gemalt hatte. Die Decken waren zwar durchnäßt, aber direkte Einsturzgefahr drohte nicht. Die Küchendecke brach erst nach dem Abgang der Baukommission ein, die uns versicherte, daß alles in Ordnung sei. In meinem Zimmer stürzte die Decke überhaupt nicht ein, man mußte sie nur mit einigen Balken abstützen. Besonders in der Abenddämmerung sah das sehr freundlich aus, wie die Säulen eines kleinen griechischen Tempels.

Einzig und allein die Möbel fielen an den Stellen auseinander, wo sie zusammengeleimt waren, und das gewährte mir an den langen Winterabenden eine schöne Kurzweil. Ich stellte nämlich die aus dem Leim gegangenen Stücke des Schreibtisches, der Wäschekommode und des Kleiderschranks zu einem neuen Typ von Möbel zusammen.

Ich gestehe jedoch, daß ich dennoch mit gewissen Befürchtungen Čížek beobachtete, ob in seinem Gesicht nicht der Ausdruck von Melancholie erschien.

Etwa einen Monat später, da Čížek schon aufgehört hatte, von dem selbsttätigen Schließen der Wasserleitung nach dem Abreißen eines Wasserhahns zu sprechen, schaute ich nach, ob Čížek einen Königspudel in Ordnung gebracht hatte, den man kahl scheren mußte, weil er furchtbar viele Flöhe hatte. Čížek hatte das dauernd hinausgeschoben, denn er bildete sich ein, die Flöhe würden bei dieser Operation allesamt auf ihn überspringen. Vergeblich versuchte ich, ihm zu erklären, daß die Flöhe umkommen, wenn er zuvor den Pudel gründlich badet. Er stritt sich mit jedem, daß die Flöhe am Leben bleiben würden. Er dachte sich über sie phantastische Einzelheiten aus. Ich hörte, wie er es der Köchin erzählte und sogar beschwor, daß er einen Hecht gekannt hätte, der, als man ihn aus dem Wasser zog, eine Menge Flöhe an sich hatte.

Endlich entschloß er sich doch, den Pudel draußen während eines furchtbaren Sturms zu scheren. Er erklärte das damit, daß die Flöhe ein sehr leichtes Ungeziefer seien und der Wind sie wegpusten würde.

Als ich Čížeks Stimme sagen hörte: „Halt still!", bemerkte ich wieder diesen grüblerischen Ausdruck auf Čížeks Gesicht. Er blickte noch trauriger drein als der verunstaltete Pudel, der aussah, als wäre er gerade aus seiner Haut gefahren.

„Ich dachte", sagt Čížek, „ich würde damit fertig sein, bis Sie wieder da sind. Da sind wieder Sachen passiert, Herr Chef."

Er seufzte tief. „Eben ist mir eingefallen, ob es nicht besser wäre, wenn ein Affe nur zwei Hände hätte. Vier Hände sind für einen Affen zuviel."

Das sagte er sehr schwermütig. „Ich hätte nicht davon angefangen, aber wenn die hinteren Hände Julčas mit den vorderen sich um den Revolver streiten, dann könnte leicht ein Unglück passieren. Es ist zwar Ihr Revolver, Herr

Chef, aber sie ist mit ihm schon über alle Berge. Es war ein sehr schöner Revolver."

Ich beruhigte ihn, der Revolver sei nur mit Platzpatronen geladen.

„Das mag schon sein, Herr Chef, aber sie hat Ihnen außer dem Revolver auch eine Handvoll scharfer Patronen aus dem Nachtkästchen gestohlen."

„Was Sie nicht sagen, Čížek!"

„Es ist so, Herr Chef, sie hat sich dazu sogar angezogen. Den ganzen Nachmittag war sie brav und hat die Tirolertracht getragen. Etwa vor einer Stunde fing sie an, im Haus rumzustreunen. Dann verschwand sie mit dem Tirolerhut in Ihrem Zimmer, ich geh hin und sehe, wie sie Ihr Nachtkästchen aufmacht. Bevor ich mich besinne, hat sie sich schon die Tasche mit Patronen vollgestopft und geht mit dem Revolver auf mich los. Was sollte ich tun? Sie gab mir die Hand, also schüttelte ich sie und tätschelte ihr den Rükken, damit sie mir nichts tat. Sie kletterte in den Garten runter und über den Zaun auf die Straße und sprang auf die Parkmauer gegenüber. Sie wird dort wohl rumspazieren. Bis jetzt hat sie keinen Schuß abgegeben. Aber ich denke, wenn sie die Platzpatronen verschossen hat, wird sie den Revolver mit scharfen laden. Und dann wird was passieren", schloß er prophetisch.

Inzwischen war es dämmrig geworden. Es war eine bedrückende Situation, und mir fiel nichts anderes ein, als daß dieser Pavian keinen Waffenschein hatte, und wenn er Jagd auf den Parkwächter machte, würde er erst recht Scherereien kriegen, eben weil er keinen Jagdschein hat, zumal die Dokumente bei dem Revolver gelegen hatten.

„Nur keine Sorge, Herr Chef", beruhigte mich Čížek, als ich meine Befürchtungen äußerte, „den Waffenschein und den Jagdschein hat sich Julča ins Maul gesteckt."

Den ganzen Abend saß Čížek bei mir im Zimmer. Beide schwiegen wir. Spät in der Nacht schien es mir, daß Čížek wieder mal angestrengt über etwas nachdachte. Bevor ich ihn fragen konnte, woran er dachte, ließ er sich im Brustton der Überzeugung vernehmen:

„An Ihrer Stelle, Herr Chef, würde ich sofort Prag verlassen."

Ich schickte ihn ins Bett und legte mich gleichfalls nieder. Mir war, als hörte ich Schüsse. Es war jedoch nur Čížek, der mich durch Klopfen an die Tür weckte.

„Was ist, Čížek?"

„Julča ist wieder da. Sie hat sich im Stall verkrochen und hockt dort ganz verstört. Den Revolver hab ich in ihrer Hosentasche gefunden, als ich ihr die Tirolertracht auszog. Vor Entsetzen stehen ihr noch die Haare zu Berge, auf dem Kopf und am ganzen Leibe. Sie sieht aus wie ein Igel. Im Revolver fehlt eine Patrone."

Ich ging mir Julča anschauen. Sie sah wirklich so aus, wie Čížek berichtet hatte. Sie hockte in einem Winkel auf dem Stroh, und als ich zu ihr trat, streckte sie mir die Hand entgegen, wobei sie einen Laut ähnlich einem „Hu" hervorstieß.

„Sie will wohl sagen, bumm", analysierte das philosophisch Čížek.

Am nächsten Tag stand in den Zeitungen: „Rätselhafter Raub- und Mordüberfall in Košíře." Die langen Artikel, bei denen sich die Lokalredakteure alle Mühe gegeben hatten, indem sie die Überschriften auch anders stilisierten, zum Beispiel „Versuchter Raubmord", waren in den Details sehr interessant. Es handelte sich demnach um einen alten Tabakhändler. Er trug den Tageserlös für Tabakwaren bei sich, und als er in seiner bescheidenen Stube im Erdgeschoß angeheizt und Licht gemacht hatte, öffnete er das Fenster, um die Stube zu lüften, und da schwang sich ein Mann aufs Fensterbrett und schoß auf ihn, gerade als er im Ofen zulegen wollte.

Hier gingen dann die Berichte auseinander, denn gut fünfzig Prozent der Tageszeitungen schrieben, daß der Mordanschlag auf den alten Mann in dem Augenblick verübt wurde, als er den Lampendocht höher schrauben wollte. Ob nun so oder so, in einem waren sich die Journalisten einig, daß nämlich der Anschlag bis ins letzte durchdacht war und daß der Angreifer den Zeitpunkt abgepaßt hatte, da die anderen Hausbewohner ins Kino gegangen waren. Nach dem Schuß erschrak jedoch der Täter durch den Schrei des Überfallenen, und da er vielleicht fürchtete, den Lärm könnten, weil das Fenster offenstand, die Straßenpassanten hören, nahm er von seinem Vorhaben Abstand und entfernte sich eiligst. Der überfallene Tabakhändler begab sich augenblicklich in Begleitung des Hausmeisters aufs Polizeirevier, wo er den Angreifer beschrieb. Es handele sich um einen unrasierten Mann von kräftigem Wuchs, kleiner Figur, gekleidet in eine Tirolertracht. Auf dem Kopf trage der Täter einen grünen Hut mit Feder. „Mit dieser Beschreibung", so schrieben die Zeitungen, „dürfte es wohl möglich sein, dieses abscheulichen Individuums habhaft zu werden, falls sich der Angreifer angesichts des auffälligen Kostüms nicht ein anderes besorgt. Es ist wahrlich an der Zeit, daß in den Vorstädten wirksame Sicherheitsmaßnahmen eingeführt werden."

Eine einzelne Zeitschrift, das möchte ich beiläufig anmerken, entrüstete sich bei dieser Gelegenheit auch darüber, daß bislang die Straße von der Remise bis zu den Häusern der Straße, in der die Tat verübt wurde, noch nicht gepflastert sei.

Die Nachmittagsausgabe der Tageszeitung brachte am Tag darauf folgenden Bericht:

„Täter des Raubüberfalls in Košíře gefaßt.

Der Polizei gelang es, auf dem Hauptbahnhof den Täter des gestrigen Raubüberfalls in Košíře festzunehmen. Der Verhaftete heißt Romuald Jägerle und stammt aus Bozen in Tirol. Obwohl er hartnäckig leugnet, paßt die Beschreibung, die der überfallene Tabakhändler abgegeben hat, haargenau auf ihn. Bei ihm wurde ein kleinerer Geldbetrag und eine Zither gefunden. Er gibt an, heute morgen in Prag angekommen zu sein, um nach Litoměřice weiterzureisen, wo er als Zitherspieler in einem Nachtcafé engagiert sei. Verdächtig ist, daß er sich nicht erinnern kann, in welchem Nachtcafé in Litoměřice er engagiert ist. Weil bei ihm kein Revolver gefunden wurde, glaubt die Polizei, er habe die Waffe bei der Flucht weggeworfen. Er wurde in Untersuchungshaft genommen. Bei der Konfrontation mit dem Überfallenen identifizierte dieser den Jägerle als den Täter."

Am selben Tag stand in den Abendzeitungen: „Jägerle, der vermeintliche Täter bei dem Raubmordüberfall in Košíře, wurde auf freien Fuß gesetzt, weil er sein Alibi durch den Zugschaffner nachweisen konnte, dem er zur Zeit des Überfalls auf den Tabakhändler im Zug zwischen Linz und Budweis auf der Zither vorgespielt hatte. Die Polizei untersucht den ganzen Fall von neuem."

Seit dieser Zeit stellten wir Julča auch unter dem Namen Jägerle vor.

In einer naturwissenschaftlichen Zeitung

Die Saison der Seeschlangen dauert in den Tageszeitungen nur einige Wochen, mich aber als Redakteur der Zeitschrift „Die Welt der Tiere“ beschäftigte diese Saison dauernd. Im Laufe der Jahre hatten die früheren Redakteure des Blattes alles mögliche Material über Tiere ausgekramt, und als ich die Redaktion übernahm, erkannte ich, daß es kein Tier gab, über das man in der Zeitschrift noch nicht geschrieben hatte.

Ich sah mich also gezwungen, mir Tiere auszudenken, was mir weniger Arbeit und Mühe bereitete, als über längst entdeckte Tiere zu schreiben.

Meine erste Tat war die Entdeckung des grausamen Vielfraßes, von den Eingeborenen der Glücksinseln „Ajaroro“ genannt, eines Tieres, das von zehn Uhr morgens bis vier Uhr nachmittags im Meer lebt. Den Rest des Tages verbringt es dann auf den Inseln mit dem Verschlingen von Kindern.

„Selbiges Tier ist nicht groß, aber wegen seiner Grausamkeit sehr gefährlich. Der Naturforscher Dr. Ewerich, ein bekannter Freund unseres Blattes, sandte uns aus San Francisco folgende Beschreibung des grausamen Vielfraßes: Er gehört, nach der Untersuchung der Knochen zu schließen, zu den Echsen. Ich vermute, daß dies die einzige Echsenart ist, die sich aus der Zeit der Großechsen wie der Ichthyosaurier und anderer vorsintflutlicher Riesentiere bis in unsere Zeit erhalten hat. Auf der Bauchseite des Panzers befinden sich Deckflügel, die das Tier aneinanderreibt, wenn es erregt ist, wodurch ein auf zwei englische Meilen hörbares Getöse entsteht. Es gelang mir, unter Verwendung eines eingeborenen Knaben als Köder ein Exemplar dieses Ungeheuers zu fangen. In einen großen Bambuskäfig gesperrt, fraß es über Nacht den Käfig und die Hälfte der Hütte auf, in der sich der Käfig befand. Sodann entwich es ins Innere der Insel, wo es schließlich mit einem Maschinengewehr erschossen wurde. In seinem Magen fand man einen Major der Heimwehr. Der Ärmste war Hungers gestorben, eingeschlossen von den Lederwänden des Magens, auf die er mit Bleistift geschrieben hatte: Bestellt meiner armen Frau einen letzten Gruß.

Interessant ist, daß sich das Fleisch dieses Ungeheuers bei den Eingeborenen großer Beliebtheit erfreut. Erstmalig verkostete ich dieses Fleisch auf der Insel Kalalo. Sein Geschmack kommt dem des Schweinefleisches nahe. Gebraten nimmt das Fleisch eine rosige Färbung an. Der grausame

Vielfraß hat große Augen. Die Gehirnhöhle ist mit Gehirn gefüllt. Auf welche Art er sich vermehrt, gelang mir nicht festzustellen. Meinem Bericht lege ich eine Fotografie bei.

Soweit der Bericht dieses Freundes unseres Blattes. Die erwähnte Fotografie bringen wir an anderer Stelle unseres Blattes."

Ich ließ die Reproduktion eines Ichthyosauriers anfertigen. Damit eröffnete ich aufs schönste meine Tätigkeit. Zwei Lehrer abonnierten das Blatt gleich für zwei Jahre im voraus, und ich warf mich mit größtem Eifer auf weitere Tiere.

Weil es begreiflicherweise sehr schwer ist, sich immer wieder neue Tiere auszudenken, verlegte ich mich in der nächsten Nummer auf die Walfische. Ich entdeckte den Graubäuchigen Wal, der sich in den Meeren um Neugrönland herumtreibt, und um etwas noch Spezielleres zu bringen, veröffentlichte ich einige Besonderheiten aus dem Leben gewisser Tiere.

So schrieb ich, daß die Flußpferde es lieben, wenn die Eingeborenen ihnen in die Nasenlöcher pusten, und daß sich Ameisen durch die Musik aus der Oper „La Traviata" anlocken lassen. Zugleich verfaßte ich einen großen Artikel, wie man die lästigen Viehbremsen von den Rindern fernhält, indem man nämlich diese Insekten mit Terpentin einschmiert.

Eine andere Besonderheit aus dem Leben der Tiere ist, daß die Schnecken die Himmelsrichtungen unterscheiden können und daß sie, wenn der Wind aus dem Westen bläst, nach Osten kriechen. Die Termiten bauten sich ihre Nester so, daß diese mit den scharfen Kanten gegen die Passatwinde gerichtet seien, wodurch sie sie zerschnitten, was eine Wohltat für ganz Nordaustralien sei.

Diese Besonderheiten gefielen einem Professor der Naturkunde so, daß er die „Welt der Tiere" abonnierte, und er begleitete diese Entscheidung mit dem begeisterten Versprechen, diese Zeitschrift überall zu verbreiten, weil sich ihm dadurch neue Tierwelten offenbart hätten.

Durch diesen Erfolg ermuntert, verfaßte ich für die nächste Nummer einen sehr fesselnden Artikel über die rationelle Aufzucht von Werwölfen. Ich schrieb, daß man diese Tiere in ihren ersten Lebensmonaten mit Ochsenblut nähren müsse, womit man bis zum sechsten Monat fortzufahren habe, wo dann das Ochsenblut durch Treber, den Rückstand beim Bierbrauen, abzulösen sei.

„Die Werwölfe vermehren sich im Monat Juni jedes zweiten Jahres. Zur Paarungszeit muß man ihnen aus dem Wege gehen, wenn man nicht von ihnen mit einer Flüssigkeit bespritzt werden will, die mit reinem Alkohol im Verhältnis 1:25 gemischt, einen Moschusduft verströmt. Werwölfe sind sehr zutraulich, treue, gute Blindenführer und zuverlässige Wachhunde, so daß sie in jeder Beziehung die Hunde ersetzen, die sie durch ihre ungewöhnliche Intelligenz und Selbstbeherrschung übertreffen.

Wir unterscheiden den Sibirischen Werwolf und den Mandschurischen Werwolf. Ersterer hat ein silbriges Fell, während das des letzteren eine goldene Tönung hat."

Dieser Artikel hatte ungeheuren Erfolg. Etwa nach einer Woche erschien in der Redaktion eine schwarzgekleidete junge Dame, die den Wunsch äußerte, ein Pärchen junger Sibirischer Werwölfe käuflich zu erwerben.

Ich war gerade nicht anwesend, so verwies man sie an die Administration des Blattes. Der Buchhalter, der natürlich keine Ahnung hatte, was Werwölfe sind, ging mit ihr zum Redaktionsassistenten. Wir verkauften nämlich Tiere aller Art, und der Assistent, der von Werwölfen ebensowenig Ahnung hatte wie der Buchhalter, sagte: „Bitte sehr, gnädige Frau, Sie können ein wunderschönes Pärchen bekommen. Wir haben es nicht hier, weil wir hier nur Hunde halten, sondern auf dem Lande zur Dressur. Sie sind etwa vier Monate alt."

Die Dame sagte, sie wünsche sich sechsmonatige Werwölfchen.

„Natürlich, gnädige Frau", sagte bereitwillig der Assistent, „wir haben auch sechsmonatige Werwölfe."

„Sind es Sibirische?"
„Nur Sibirische."
„Beißen sie auch nicht?"
„Ach wo, gnädige Frau, unsere Werwölfe sind völlig zahm, sie sind brav wie Kinder und laufen wie Hündchen ihrem Herrn hinterher. Das ist etwas Ungewöhnliches."
„Gut", sprach die Dame in Trauer, „mich hat Ihr Artikel über die Werwölfe sehr interessiert, denn ich liebe Tiere. Seit ich darüber mit meinem Vater sprach, will mein fünfjähriger Karli nichts anderes als einen Werwolf und schreit jeden Morgen: ‚Mutti, ich will einen Werwolf.' So wagte ich also die Reise von Olmütz nach Prag."
„Gnädige Frau, sobald wir besseres Wetter haben, schikken wir Ihnen die Werwölfe per Nachnahme", sagte zuvorkommend der Assistent, „geben Sie uns bitte Ihre Adresse."
Es vergingen vierzehn Tage, als in der Redaktion ein Herr mit langem weißem Bart erschien.
„Ich komme in der Angelegenheit der Werwölfe", sagte er mit strenger Miene. „Meine Tochter hat sie bei Ihnen bestellt, aber bis jetzt haben Sie uns noch keine geschickt. Alle Bekannten freuen sich sehr darauf. Ich will sie sogleich sehen."
„Es ist uns leider nicht möglich, Ihnen die Tiere zu schikken", sagte ich freundlich. „Die österreichische Regierung hat die Einfuhr von Werwölfen verboten, weil bis jetzt der Handelsvertrag zwischen Rußland und Österreich noch nicht erneuert worden ist, in dem ein besonderer Artikel der Lieferung von Werwölfen aus Sibirien gewidmet ist. Sobald der Vertrag erneuert ist, lassen wir von uns hören."

Nach einiger Zeit ging ich im Olmützer Stadtpark spazieren. Auf der Bank, auf die ich mich setzte, saß bereits eine schwarzgekleidete Dame, die auf dem Schoß einen hübschen Jungen hatte, der schrecklich weinte. Mich machte das nervös, und als ich mich zum Gehen anschickte, hörte ich, wie der Junge gerade unter Tränen zu seiner Mutter sagte: „Mutti, ich will den Werwolf, wann kommt denn der Werwolf?"

Eiligst verschwand ich, in der Tasche den Brief eines Landwirts aus Böhmen, der schrieb, daß er die Viehbremsen mit Terpentin eingeschmiert habe, wie in der „Welt der Tiere" geraten worden sei, daß sie sich aber trotzdem auf die Kühe setzten und daß er uns deshalb in der Redaktion aufsuchen werde.

Ich hatte noch mehr solcher Briefe in der Tasche, darunter den eines Lehrers, in dem dieser schrieb, er habe vierzehn Tage lang beobachtet, ob Schnecken wirklich die Himmelsrichtungen unterscheiden könnten, und er werde uns nun einen Besuch abstatten, um sich zu informieren, von welcher Art Schnecken wir geschrieben hätten.

Weil ich in Olmütz den kleinen Jungen getroffen hatte, der unbedingt die Werwölfe haben wollte, ist es verständlich, daß ich vor diesen Naturkennern nach Mähren floh, wo ich nun eine neue naturwissenschaftliche Zeitung zu gründen gedenke, in der ich über die seelischen Eigenschaften der Tausendfüßler schreiben werde.

Der Maler als Philosoph

Aus dem Leben der Prager Boheme

Der Maler Kubín war nicht nur Maler, sondern auch Philosoph. Er pflegte zu behaupten, der Höhepunkt der menschlichen Glückseligkeit sei jener Zustand, den er „Trostlosigkeit“ nannte. Nur dann sei der Mensch wahrhaft glücklich, wenn er wisse, daß ihn nichts freue. Ein solcher Mensch erlebe nie eine Enttäuschung.

Ansonsten war Kubín ein Stoiker. Nichts überraschte ihn, über nichts wunderte er sich, und nichts fürchtete er. In den Zeiten, da er keinen Kreuzer in der Tasche hatte, gelangte er zu der Ansicht, daß alles Trug sei, behauptete von sich, er existiere nicht, und entschloß sich, alles zu leugnen. Er erklärte, es gäbe keine Farben auf der Welt. Dies alles hinderte ihn indes nicht, blaue Hunde und rote Bäume zu malen. Die Leute, die sich seine Bilder anschauten, verfielen nach und nach in den Zustand der Trostlosigkeit, das Ideal seines Lebens . . .

Auch in den Zeiten, da er Geld hatte, bemühte er sich eifrig, in den Zustand der Trostlosigkeit zu versinken. Und das geschah sehr rasch. Er suchte einige ihm bekannte Künstler in einer noch bekannteren Kneipe auf. Nachdem er mit ihnen sein Geld durchgebracht hatte, kehrte er fröhlich in sein Atelier zurück und ließ sich in ein Gespräch mit dem Hausmeister ein, dem er schon oft des Nachts, wenn dieser ihm die Haustür öffnete, nachgewiesen hatte, daß er, der Maler Kubín, eigentlich nicht existiere, sondern nur eine Vorstellung sei, eine Wahnidee des Herrn Hausmeisters.

„Na gut“, sagte der Hausmeister, „wer hat dann aber nach mir geklingelt, junger Herr?“

„Sie existieren doch auch nicht!“ versuchte Kubín den armen Hausmeister zu überzeugen. „Alles auf der Welt ist Trug. Sagen Sie mir, was haben Sie vor vierzehn Tagen zu Mittag gegessen? – Sie wissen es nicht, na also, da haben wir's ja. Sie haben nicht gegessen, weil Sie nicht sind. Die Welt, mein lieber Herr, besteht nur aus Wahnvorstellungen. Ich räume die Möglichkeit ein, daß irgendwann einmal ein Mensch gelebt hat, aber das ist schon Millionen Jahre her. Jetzt leben statt der Menschen nur die geistigen Vorstellungen. So ist es. Gute Nacht."

Der arme Hausmeister wußte nach solch einem Gespräch wahrhaftig nicht mehr, woran er war. Er weckte hinterher immer seine Frau, und erst wenn sie ihn auszuschimpfen begann, weil er sie nicht schlafen lasse, glaubte er wieder, daß er auf der Welt war. Dann trank er stets noch einen Rum, und wenn ihm dieser den Magen wärmte, ging er zufrieden zu Bett in der Gewißheit, daß er eben doch existiere.

Ähnliche philosophische Gespräche führte Kubín auch mit den Herren Hauswirten, denen er die Miete nicht zahlte. Er begründete sein Verhalten damit, daß für ihn, wenn man ihn auf die Straße setzte, der ideale Zustand der Trostlosigkeit eintrete . . .

Seine Gläubiger haßte und bekämpfte er, weil sie, wie er erklärte, den Menschen zu Dingen zwängen, die seiner Natur zuwiderliefen, nämlich zur Bezahlung von Schulden.

Einem Hauswirt, der ihn wegen der Miete mahnte, sagte er, die Gewohnheiten der einzelnen Hauswirte seien unterschiedlich, so daß niemand mit Bestimmtheit sagen könne, was Wahrheit und was Recht sei.

„Die Wahrheit ist, daß Sie mir die Miete schuldig geblieben sind", sagte der Hauswirt.

„Da irren Sie sich aber sehr", entgegnete freundlich Kubín, „es gibt keine Wahrheit auf der Welt; Wahrheit ist nur das, was mir oder einem anderen als Wahrheit erscheint. Auf die Ansichten des einzelnen haben unterschiedliche Verhältnisse Einfluß. Und da ich keinen Kreuzer besitze, kann ich Ihnen auch nichts schuldig bleiben, das ist meine Ansicht. Ihre Ansicht ist, daß ich Ihnen etwas zahlen soll. Wie hervorragend bestätigt sich wieder einmal die Lehre der Skeptiker: Die gleichen Begriffe lösen bei unterschiedlichen Naturen ganz verschiedene Sinnesgefühle und Vorstellungen aus. Die Menschen sind körperlich und seelisch sehr unterschiedlich ..."

Nach diesen Worten wurde Kubín aus der Wohnung des Herrn Hausbesitzers rausgeworfen.

„Würde es Ihnen Genuß bereiten, wenn ich meine Miete zahlen würde?" fragte er einen anderen Hauswirt.

„Natürlich, Herr Kubín."

„Es ist sehr traurig, Herr Hausbesitzer, daß Sie eine so niedrige Auffassung vom Leben haben! Brr! Es ist geradezu furchtbar, wenn ich daran denke, daß ich mit Ihnen unter einem Dach lebe! Mit Ihnen, verstehen Sie, der Sie nie so etwas wie Glück empfinden."

„Bezahlen Sie wenigstens für ein Quartal!"

„Um so schlimmer für Sie, mein Herr. Ich dachte, Sie seien ein größerer Lebenskünstler und fänden Ihr Glück in der Selbstbeherrschung, aber Sie wollen, daß ich bezahle. Wenn ich jedoch bezahlte, könnte ich mir das nie verzeihen, denn ich würde Ihnen nur einen vergänglichen Genuß bereiten. Ich empfehle Ihnen, mein Herr, den Zustand der Trostlosigkeit ..."

Kubín wurde mit allem, was er besaß, auf die Straße gesetzt, was allerdings eine kühne Behauptung ist. Was konnte man bei Kubín schon auf die Straße setzen? Lange bevor man ihn exmittierte, hatte er bereits seine gesamten Habseligkeiten zu einem Freund geschafft. Der Gerechtigkeit wurde jedoch Genüge getan. Man trug sein Waschbecken vor die Haustür, eine Blechschüssel mit der tiefsinnigen Inschrift „Das Wasser dient zum Waschen", ein Pfeifenrohr, völlig durchtränkt mit Tabaksaft, und ein Blechgefäß, in dem Kubín, wenn er Gäste hatte, Grog kochte oder besser Rum heiß machte, und schließlich seine Schuhbürste, auf deren Holzseite die Aufschrift prangte:

„Als Geschenk erhalten von Chervat, meinem treuesten Freund, der sie mir vor drei Jahren gestohlen hatte."

Eine Woche später mietete sich Kubín anderswo ein Atelier. Das Glück war ihm hold. Der Hausmeister in diesem Haus war Spiritist und glaubte an die Seelenwanderung, was zur Folge hatte, daß bereits zwei Mitglieder seiner Familie im Irrenhaus gestorben waren. Dieser Hausmeister war der einzige Mensch, der Kubíns philosophischen Ergüssen über die wahre Glückseligkeit des Menschen, die Trostlosigkeit, lauschte. Es gelang Kubín, ihm den Grundsatz einzuprägen, daß die Welt sich nur aus Vorstellungen zusammensetzt. Eine solche Vorstellung sei der Gulden. Vorstellungen könne man sich ausleihen, und deshalb, „Herr Hausmeister, leihen Sie mir einen Gulden."

Zu dieser Zeit beteiligte sich Kubín mit Erfolg an einem von einer Brauerei ausgeschriebenen Wettbewerb um das beste Plakat. Er hatte seinen Entwurf mit Liebe gemalt.

Als man ihm im Kontor der Brauerei den ersten Preis für seine Arbeit auszahlte und er die schönen goldenen Zehnguldenstücke sah, begann er in seiner philosophischen Lebensauffassung wankend zu werden . . .

„Meine Herren", sagte er zu den Herren im Kontor, „wissen Sie, was der berühmte Philosoph Fichte gesagt hat? Alles, was ist, bin ich. Und deshalb bitte ich um ein Belegexemplar."

Der löblichen Leitung der Brauerei gefiel dieser Scherz, und sie schickten ihm ein Fäßchen Bier, so eins, wie er es auf dem Plakat abgebildet hatte.

Sobald Kubín Geld hatte, verkündete er, daß er ein Anhänger jener philosophischen Lehre sei, die behaupte, daß das höchste Gut, das höchste Ziel des Lebens die Kummerlosigkeit sei. Er verkündete also das Gegenteil der Trostlosigkeit und ging sogar so weit, dem Hausmeister den geborgten Gulden zurückzugeben und dem Hauswirt vielleicht zum erstenmal in seinem Leben die Monatsmiete in Höhe von zwölf Gulden zu bezahlen. Mögen auch diese beiden keinen Kummer kennenlernen!

Eines Tages brachte er eine Ringelnatter mit nach Hause, eine große, quicklebendige Schlange. Warum er sie in der Tierhandlung gekauft hatte, wußte er nicht, auch dann nicht, als er ein wenig nüchterner geworden war. Er wußte nur so viel, daß er sich am Tage zuvor ein paar Möbel für sein Atelier hatte kaufen wollen: zwei Stühle, einen Tisch, und er träumte auch von einem Kanapee, doch statt dessen brachte er die Ringelnatter heim.

Als er wieder zu sich kam, gewann er die Überzeugung, daß der Alkohol beim Kauf der Ringelnatter eine gewisse Rolle gespielt hatte. Als er dann seine Taschen durchsuchte, fand er in der einen in Papier eingewickelt einen toten Salamander.

Er besaß also eine lebende Ringelnatter und einen toten Salamander. Warum den Salamander?

Er grübelte bis endlich ... Den Salamander hatte er gekauft, damit die Ringelnatter etwas zu fressen hatte. Er warf ihn ihr also vor. Sie rührte ihn gar nicht an.

„Leichen frißt sie nicht“, sagte er sich mit einem Seufzer, „eine Ringelnatter ist keine Hyäne.“

Dann zählte er seine Barschaft und konstatierte, daß der gestrige Abend ihn in den Zustand der Trostlosigkeit versetzt hatte.

Kann jemand kummerlos sein, wenn er nicht mehr als zwei Kreuzer in der Tasche hat?

Verflixt! Er hätte sich selber an den Ohren ziehen mögen. Gewissenlos hatte er seine Prinzipien verraten und vorgestern dem Hauswirt die Miete von zwölf Gulden bezahlt! Hat selbst nichts zu beißen und bringt noch eine solche Schmarotzerin wie diese Ringelnatter nach Hause!

Sie frißt Salamander, und ein Salamander kostet einen Fünfer! Wenn er schon ein lebendes Wesen in seinem Atelier haben wollte, warum hat er sich dann nicht eine Maus gekauft? Er hat genug alte, abgetragene Schuhe – bevor die Maus die aufgefressen hätte, hätten sich seine Finanzen erholt. Aber eine Ringelnatter, die zehn Salamander zu je fünf Kreuzern pro Tag frißt!

Ihm kam es vor, als halte er eine Ballettratte.

Untröstlich setzte er sich auf seinen eisernen Stuhl und überlegte, was er mit der Ringelnatter anfangen sollte. Er fand in seiner Tasche einen Zigarrenstummel, zündete ihn an und sann darüber nach, wie er dem Hauswirt so gedankenlos zwölf Gulden hatte bezahlen können.

„Aber was soll's", sagte er nach einer Weile, „man darf sich über nichts wundern und sich vor nichts fürchten. Ich geh zum Hauswirt und nehme die Schlange mit."

Die Frau des Hauswirts wiegte sich nach dem Mittagessen im Schaukelstuhl, der Wirt schlürfte schwarzen Kaffee und las laut die letzten Wahlergebnisse vor, als der Maler Kubín eintrat, in der Hand ein Tuch und darin die Ringelnatter.

„Hochverehrter Herr", sprach er ehrerbietig, „tiefer Gram erfüllt den Menschen, wenn er Abschied von dem nehmen muß, was ihm das Teuerste ist. Unlängst war ich finanziell ausgezeichnet situiert, aber heute bin ich sozusagen ein Bettler. Es geht jedoch nicht um mich, sondern um diese Schlange."

Vor den entsetzten Augen der Eheleute zog er das Tuch von der Ringelnatter, die im hellen Tageslicht zu zischen begann.

Die Frau des Hauswirts starrte verstört den Maler an, der sich inzwischen zu den beiden setzte. Der Hauswirt hörte auf, seinen Kaffee zu schlürfen, und kalter Schweiß trat auf seine Stirn.

„Diese Schlange", fuhr Kubín fort, „ist mir ans Herz gewachsen. Auch Nattern sind manchmal treu, aber ich glaube, dieses Geschöpfchen ist keine Natter. Finanzielle Schwierigkeiten zwingen mich, mich an Euer Hochwohlgeboren als an einen Mäzen zu wenden, der Künstlern bereitwilligst seine Hilfe gewährt. Ich bitte Sie ergebenst, mein Herr, könnten Sie mir nicht für einige Zeit zwölf Gulden leihen? Als Pfand gebe ich Ihnen diese Schlange. Ich lasse sie hier, und sie wird es sich bald in Ihrem Bett bequem machen. Sie schläft am liebsten in Betten. Sie frißt das da ..."

Er zog den toten Salamander aus der Tasche und legte ihn gelassen auf den Tisch.

„Herr Kubín!“ riefen fast gleichzeitig flehend die beiden Gatten, vor Entsetzen halbtot.

„Herr Kubín“, stammelte die Frau des Hauswirts, „mein Mann leiht Ihnen gern die zwölf Gulden, das Tier aber nehmen Sie bitte wieder mit, wir wollen kein Pfand, und das andere Viech können Sie auch behalten.“

Der Hauswirt gab Kubín die zwölf Gulden, und der Maler ging langsam von dannen, das Tuch mit der Ringelnatter schwenkend.

Auf dem Tisch ließ er den toten Salamander und am Tisch das halbtote Ehepaar zurück . . .

Der Maler Kubín fährt jetzt mit dem Dampfer nach Chuchle, wo er die Ringelnatter freilassen und sie aus dem Zustand der Trostlosigkeit in den der Kummerlosigkeit zurückversetzen wird.

Er hat soeben ein Gespräch mit einem Fräulein angeknüpft, dem er erklärt, daß das Nichtvorhandensein von Leidenschaften für den Menschen gut sei.

Das ist doch Unsinn, denkt das Fräulein und wendet sich von Kubín ab, der den neben ihm sitzenden Herrn nach dessen Ansicht über Kriechtiere befragt.

Der Dampfer nähert sich Chuchle ...

Über den Herrn Petránek

Aus den Erinnerungen eines verkrachten Literaten

Von dem Hauswirt Petránek trennte ich mich auf sehr einfache Art und Weise.

Er besuchte mich in meinem Zimmer, sprach ziemlich erregt mit mir und sagte schließlich: „Mit Ihnen verfahre ich wie mit jedem anderen niederträchtigen Lumpen!"

Auf mein „Aber erlauben Sie mal!" erwiderte er sehr grob und unlogisch: „Wenn Sie was sagen wollen, halten Sie's Maul!"

Danach öffnete er die Tür und sagte zu einem verdächtig aussehenden Burschen, der mit hochgekrempelten Hemdsärmeln im Flur stand: „Helf Er mir, den Herrn auf die Straße zu setzen!"

Dann stülpten sie mir den Hut auf den Kopf, und ich flog hinaus, laut schreiend: „Und wo sind Ihre menschenfreundlichen Prinzipien geblieben, Herr Hauswirt?"

So trennte ich mich also nach dreimonatigem freundschaftlichem Verkehr von ihm, zwei Monate, nachdem ich bei ihm eingezogen war, und obwohl, wie man sieht, unsere Trennung sich ein wenig grob vollzog, kann ich mich der Tränen nicht erwehren, wann immer ich an diesen liebenswürdigen Herrn denke, mit dem die Geschichte des Restaurants „Zum Schwarzen Ochsen" so eng verbunden ist, daß ich mich fragte, ob ich nicht über dieses Restaurant schreiben sollte, aber in Erwägung, daß mein Vetter das als Plagiat seines „Blauen Kamels" betrachten könnte, schreibe ich nur über den Hauswirt Petránek . . .

Die Bekanntschaft des Hauswirts Petránek machte ich, wie die aller übrigen Stammgäste des „Schwarzen Ochsen", dank meiner Beredsamkeit, wobei ich auch den Wirt

Ramba nicht ausnehme, der schon manches auf der Welt gehört und gesehen hat und sogar beim Militär war, bei den Dragonern, wo man, wie er bescheiden erklärte, ihm Riemen aus der Haut geschnitten habe.

Anfangs hockte ich in einer Ecke und lauschte den abgedroschenen Witzen, die am Tisch gegenüber erzählt wurden, all diesen Scherzrätseln, die so blöd waren, daß alle lachten, und von denen mir nur eins im Gedächtnis haftengeblieben ist: „Wie fängt man auf die beste Art zwei Löwen?" – „Man fängt drei und läßt einen wieder laufen."

Aber als ich mich dann am Gespräch beteiligte, waren, das leugne ich nicht, alle ganz hingerissen.

Zuerst, so erinnere ich mich, mischte ich mich in die Unterhaltung ein, als es um Politik ging, wobei der Gastwirt Ramba das Wort „Gaunerei" gebrauchte.

Ich erklärte knapp und sachlich, daß der verstorbene Thomas Kempensky nicht ganz richtig im Kopf gewesen sei, als er schrieb, es sei gut, in der Untertänigkeit zu leben.

Dann sagte ich ihnen, daß ein Mann namens Doucha diesen Thomas Kempensky ins Tschechische übersetzt habe, und als der Kutscher Pejzar freudig erklärte, er habe einen gewissen Doucha beim Umzug gefahren, hatte ich mit einem Schlage die Sympathie aller gewonnen.

Die größten Sympathien aber gewann ich bei Herrn Petránek, der sich dahingehend äußerte, er habe noch nie jemanden so gescheit reden hören.

Kurzum, er war hingerissen. Und von diesem Abend an lauschte er meinen Ausführungen mit frommer Ehrfurcht und wagte nicht einmal, die dicke Frau Ramba auf den Hintern zu patschen . . .

Ich erfreute mich bei ihm einer solchen Wertschätzung, daß er sich nach vierzehn Tagen erkühnte, mir das Streichholz anzuzünden, und einen Dank stammelte, als ich mich nach einer Woche revanchierte.

Und drei Tage, nachdem ich der ganzen Gesellschaft von den ägyptischen Studenten erzählt hatte, die ein König in eine Pyramide einmauern ließ, bat er mich, ob ich ihm nicht freundlicherweise erlauben würde, mein Bier auf seinem Untersatz anschreiben zu lassen.

Nach längerem Zögern, was sehr gut wirkte, sagte ich: „Ich kenne ein Sprichwort, das in Neapel im Schwange ist: ‚Chi riceve un beneficio, perda la libertá' – was in der Übersetzung heißt: ‚Wer eine Wohltat annimmt, verliert die Freiheit.'" Ich sprach deshalb über die Bedeutung des Wortes „Wohltat", natürlich sehr gescheit und verständlich. „Eine Wohltat – das ist, wenn jemand jemandem etwas Gutes erweist, ohne dafür eine Belohnung zu verlangen. – Ich hoffe jedoch", fuhr ich fort, „daß Ihr Angebot eine bloße freundschaftliche Geste ist, eine reine Höflichkeit, und deshalb stimme ich zu, daß meine Striche auf Ihrem Untersatz gemacht werden, hochverehrter Herr!"

Als nachher unter allgemeiner Erregung der Gastwirt Ramba die Striche auf den Bieruntersatz des Herrn Hauswirtes kritzelte, sagte ich: „Ich erinnere mich jetzt an eins meiner Gedichte.

Zu Ende das Spiel, verstummt die zitternden Saiten,
das Schicksal schreibt Runen, die mich geleiten,
schon schweigt das Spinett, ich denk an Gefährten,
die kennenzulernen mir noch die Nonnen verwehrten . . ."

Das fiel mir nur so ein, und es hatte keinerlei Zusammenhang mit dem Vorangegangenen, aber die Wirkung meiner Rezitation war umwerfend. Der Kutscher Pejzar weinte; dem Pikkolo sträubten sich die Haare; Herr Ramba, um seine innere Erregung zu verbergen, zog ihn am Ohr und schrie: „Das Gas brennt schlecht!", der Ofensetzer Kulísek steckte die Zigarre mit dem brennenden Ende in den Mund, und der Hauswirt Petránek stammelte: „Sehr schön, sehr schön, Herr Schriftsteller und Dichter!"

Von Stund an himmelte mich dieser gute Mann an, was

mich mit einer zarten Hoffnung für die Zukunft erfüllte, denn Herr Petránek besaß ein dreistöckiges Mietshaus, zwei Sparkassenbücher und eine Tochter mit Namen Zdenka, ein entzückendes, hübsches Mädchen, dessen feines Gesicht nichts davon verriet, daß ihr Vater früher mit Borstenvieh gehandelt hatte. Er war Schweinehändler, wie er stolz erklärte.

Ich war also restlos glücklich, obwohl ich sagen muß, daß ich mit Zdenka noch kein Wort gewechselt hatte. Ich erwähne diese Sache einzig und allein deshalb, weil es Leute gibt, die, wenn sie etwas lesen, sagen: „Da muß aber auch ein Mädchen drin vorkommen!"

Es war also lediglich eine leise Zukunftshoffnung, obwohl es für mich einen großen moralischen Sieg bedeutet hätte, wenn ich, ein junger Schriftsteller am Anfang seiner Laufbahn, einzig und allein wegen meines anziehenden und rechtschaffenen Wesens der Schwiegersohn eines Mannes geworden wäre, der ein Haus mit drei Stockwerken und zwei Sparkassenbücher besitzt . . .

Dann würde ich alle meine Gedichte im Selbstverlag herausgeben, dachte ich, und das stärkte mich im Kampf mit dem Kapital.

Den Herrn Hauswirt hatte ich völlig betört. Was immer ich auch sagte, er hielt es für heilig. Er, der niemals etwas gelesen hatte, wurde ein eifriger Leser von Büchern jeder Art.

Meine Ansichten machte er sich ganz und gar zu eigen. Er bildete sich im ständigen Gespräch mit mir, zahlte Tag für Tag meine Zeche und gebrauchte in seiner Rede sogar Fremdwörter wie Idol, Idiosynkrasie, Olibanum, was Räucherharz bedeutet, und andere.

Ich redete ihm ein, daß das Rudolfinum aus einem einzigen Stein herausgehauen sei; er glaubte mir, daß die Chinesen das Latein schon früher kannten als wir; er glaubte mir, daß die Erde eine Blase sei und die Meere, Berge und Flüsse auf ihr wie Pusteln seien – alles glaubte er.

Konnte ich mir mehr wünschen?

Schließlich ermahnte ich ihn auch, er solle die Kunst ehren, und so kaufte er sich Bilder. Ich erklärte ihm, was in der Malerei Perspektive, Manier und Proportionen sind . . .

Er lebte sich so in diese Gespräche ein, daß er eines Tages dem Kutscher Pejzar unversehens erklärte, Meister Aleš habe etwas Japanisches in seinen Proportionen. (Ein Kunstkritiker, der im „Schwarzen Ochsen" verkehrte, ließ sich seitdem nicht mehr dort blicken, und es hieß, er habe sich erschossen. Er soll einen Brief des Inhalts hinterlassen haben, wenn schon ein jeder über die Kunst referiere, bedürfe man seiner nicht mehr auf dieser Welt.)

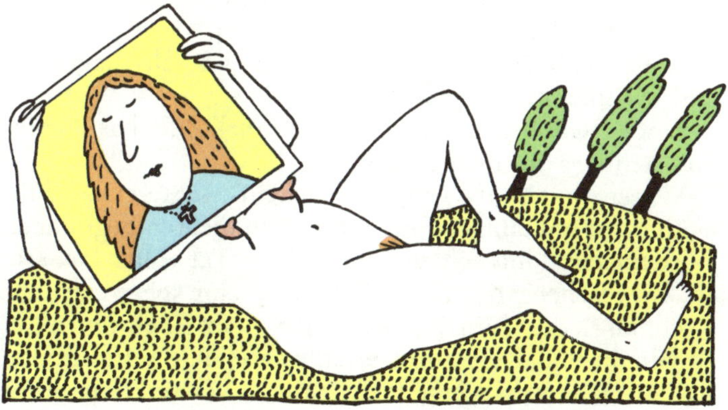

Aus Herrn Petránek wurde ein echter Mäzen. Er kaufte Bilder von den jungen Malern; bei den kleineren Bilderhändlern ramschte er eifrig Landschaften und Akte zusammen . . .

Schließlich lud er mich ein, bei ihm zu wohnen. Das war in der Zeit, da ich mein berühmtes „Bild aus dem Leben" zu schreiben begann, ein drei Abende füllendes Stück in elf Akten unter dem Titel „Ich bin ein Mörder!", das mit den Worten begann: „Ich bin ein Mörder! Ich habe die Rechte studiert. Meine Eltern rackerten sich für mich in einer kleinen Kneipe ab . . ." –

Nachdem ich zu Herrn Petránek übergesiedelt war und mich in dem Zimmer einquartiert hatte, das er mir großzügig angeboten hatte, wurden unsere Beziehungen noch freundschaftlicher. Er saß ganze Nachmittage bei mir, sah sich interessiert meine ungedruckten Manuskripte an oder plauderte mit mir über alle möglichen Dinge, die ihm gerade in den Sinn kamen.

Mit seiner Tochter hatte ich noch immer kein Wort gesprochen. Ich konnte sie auf keinerlei Art und Weise dazu bewegen, mit mir so glücklich zu sein wie ihr Vater.

„Gestern hat sie gesagt: Solche Typen bleiben in Gaststätten die Zeche schuldig, sehen häßlich aus mit ihren langen Haaren und kneifen die Kellnerin ins Kinn", vertraute mir einmal Herr Petránek an.

So urteilte Zdenka über mich! „Das gibt sich", sagte ich, und wir sprachen über Kunst.

Eines Tages brachte mir Herr Petránek Zdenkas Porträt und stellte es auf meinen Tisch.

„Mögen Ihnen ihre Augen zulächeln", sagte er zartfühlend, denn seit einiger Zeit hatte er zu dichten begonnen.

Zdenkas Bildnis schaute mich in der Tat voller Liebreiz an. Inzwischen aß und trank und rauchte ich weiter auf Rechnung des Wirtes, dem ich jetzt Lektionen in Rhythmik und Reimkunst erteilte, was eine sehr schwierige Aufgabe war, weil er auf „Krug" „Wasser" reimte.

Ich empfing auch die Besuche neidischer Freunde, die, wie sie sich ausdrückten, nicht begreifen konnten, warum sich dieser Mäzen ausgerechnet einen solchen Trottel wie mich ausgesucht hatte.

Bis mich endlich mein Freund Kubín ruinierte ...

Er kam mich eines Tages besuchen, beschaute sich alles mit größter Aufmerksamkeit, und nachdem er sich empfohlen hatte, bemerkte ich, daß das Konterfei des Fräulein Zdenka vom Tisch verschwunden war.

„Ich trage ihr Bildnis in meinem Herzen, so wie es die Ritter im Mittelalter zu tun pflegten", redete ich mich bei Herrn Petránek heraus, als er es vermißte.

An diesem Tage arbeitete der Maler Kubín bereits in seinem Atelier an dem Bild „Die Waldfee und der Waldschrat“ . . .

Das Bild des Malers Kubín gefiel sehr. Die holdselige Fee, gemalt, wie der Herrgott sie geschaffen hatte, ein schöner Akt, kam auf die Ausstellung, und in diese Ausstellung schickte ich den Herrn Hauswirt . . .

Und jetzt bitte ich die verehrten Leser, sich nicht zu langweilen, wenn ich wiederhole: Von dem Herrn Hauswirt Petránek trennte ich mich auf sehr einfache Art und Weise. Er besuchte mich in meinem Zimmer, sprach ziemlich erregt mit mir und sagte schließlich: „Mit Ihnen verfahre ich wie mit jedem anderen niederträchtigen Lumpen . . .“ und so weiter.

Dann stülpten sie mir den Hut auf den Kopf, und ich flog hinaus, laut schreiend: „Und wo sind Ihre menschenfreundlichen Prinzipien geblieben, Herr Hauswirt?“

Warum dies geschah? Einfach deshalb, weil Herr Petránek in der Waldfee seine Zdenka erkannt hatte, am Gesicht . . .

Daß mir damals Freund Kubín das Bild gestohlen hat, brauche ich wohl nicht hinzuzufügen.

Staatsstipendium für Schriftsteller

Karel Jarolímek war ein recht guter Schriftsteller, sehr belesen, und wurde von so manchem Verleger ausgenutzt und bestohlen. Wenn er sich sein Honorar für einen Erzählungsband holen wollte, geschah es, daß ihn der Verleger beschimpfte und erklärte, er wundere sich selber, wie er solch ein dummes Zeug drucken konnte. In den Erzählungen von Karel Jarolímek dufteten die Auen, der blaue Himmel wölbte sich über stillen Hainen, die Sonne ging darin in ungewöhnlich leuchtenden Farben in der Abendstille unter, es verstummte der Gesang der Vögel, und es geschahen andere schöne Dinge, die sicherlich darauf berechnet waren, daß sich Karel Jarolímek zum Abendessen ein geräuchertes Eisbein kaufen konnte. Karel Jarolímek zählte beim Schreiben im Geiste die Zeilen, und deshalb schilderte er alles sehr ausführlich, poetisch und in satten Farben.

Er nannte in seinen Erzählungen jedwede Blume auf dem Feld mit Namen, war willens, den Spatzen zu beschreiben, der über den Helden seiner Erzählung hinwegflog, aber die meiste Mühe verwandte er auf die Dialoge in jenen Fällen, wo es ums Zeilenhonorar ging. Ruhigen Sinnes saß er da und schrieb:

„Er hatte zu Recht geahnt, daß sie sagen würde: Ja, sind Sie denn nicht der gleichen Meinung?‘

‚Bin ich nicht.‘

‚Und warum?‘

‚Mit Rücksicht darauf.‘

‚Mit Rücksicht worauf, Emilie?‘ “

Und Karel Jarolímek zählte: Wieder fünf Zeilen zu je fünf Heller. (Mehr gab man ihm nie.) Das macht fünfundzwanzig Heller, gleich zwei Räucherwürste, oder wenn ich einen Heller dazulege, ein Pilsner Bier.

So war Karel Jarolímeks Leben ein ständiger Kampf mit Verlegern und Redakteuren, von denen er mit fürchterlicher Unnachgiebigkeit Vorschuß herauszuschlagen versuchte.

Eines Tages bei seiner Zeitungslektüre im Kaffeehaus kratzte er sich am Kopf. Das bedeutete, daß er über etwas sehr ernst nachdachte. Das Unterrichtsministerium hatte Staatsstipendien für Schriftsteller ausgeschrieben.

Dieser Einfall war im Kopf des ehemaligen Unterrichtsministers geboren. Er war ein guter Mensch, der nach einer Beratung mit dem Finanzminister erklärte: „Stopfen wir ihnen mal das Maul." Mit dem Wörtchen „ihnen" meinte er natürlich die Schriftsteller. Und er fügte deutsch hinzu: „Diese verfluchten Kerle!"

Karel Jarolímek suchte um ein Stipendium an. Dem Gesuch legte er Unterlagen bei, wonach er Schriftsteller sei, und wenn er des Vertrauens würdig erachtet werde, so

werde er dies dem Staat durch moralisches Wohlverhalten vergelten.

Auch ging er an diesem Tag nicht in sein übliches Nachtcafé. Bald aber kehrte er dort wieder ein, und vierzehn Tage lang überlegte er, was er mit dem Stipendium alles anfangen könnte.

In seine Träume vom Leben eines Epikureers schob sich langsam, aber sicher der Gedanke ans Besohlen seiner Schuhe. Er sah schon, wie der österreichische Staat einem tschechischen Schriftsteller die Schuhe besohlen läßt.

Es vergingen Wochen und Monate. Am Ende des fünften Monats wurde Karel Jarolímek nervös. Es verging ein Jahr, und Karel Jarolímek lächelte nur noch bitter bei der Erinnerung an jenen Tag, da er ein Gesuch um ein Staatsstipendium nach Wien geschickt hatte. Er hatte sich schon damit abgefunden, daß die fünfundzwanzig Heller für den eingeschriebenen Brief hinausgeworfen waren. Den Verlust ersetzten ihm solche Zeilen zu je fünf Heller wie:

„Oskar?"

„Was gibt's?"

„Du weißt es nicht?"

„Wohl kaum, Olga."

„Jetzt ist es aber genug, Oskar!"

Wieder verging ein Jahr, und Karel Jarolímek erhielt eine Vorladung aufs Polizeikommissariat. Ich hab doch nichts angestellt, dachte der Schriftsteller und warf die Vorladung in den Ofen. Dann erhielt er eine zweite.

Diese überbrachte ein Wachtmeister in Zivil, und wie Karel Jarolímek erfuhr, sagte dieser zum Hauswart: „Ich weiß nicht, worum es sich handelt, aber passen Sie auf diesen Kerl auf!" Worauf der Hauswart sagte: „Das mach ich."

Auch diese Vorladung verbrannte Jarolímek wieder im Ofen. Dann widerfuhr ihm etwas Unliebsames. Er kam gegen drei Uhr morgens heim und legte sich ins Bett. Um fünf Uhr knallten laute Fußtritte an die Wohnungstür, und als der erschrockene Jarolímek eine Stimme donnern hörte: „Aufmachen, im Namen des Gesetzes!", schlotterte sein Körper in Unterhosen, und er ging aufmachen. In die Wohnung drangen zwei Polizisten ein. „Wir sollen Sie mitnehmen, sind Sie Karel Jarolímek?“ – „Der bin ich, leider Gottes.“ – „Machen Sie keine dummen Witze, wir sollen Sie dem Herrn Rat vorführen, der will Sie sehen. Also los, anziehen, aber dalli, oder sollen wir Ihnen in die Hosen helfen?“ – „Aber meine Herren, um Himmels willen, ich bitte Sie, es ist doch erst fünf Uhr morgens, der Herr Rat ist bestimmt noch gar nicht da. Außerdem weiß ich von nichts.“ – „Plärren Sie hier nicht rum. Der Herr Rat hat gestern zum Herrn Wachtmeister gesagt, es soll Sie einer holen. Also müssen wir sichergehen und sie nachts aufsuchen. Wären wir erst um acht gekommen, dann wär das Nest leer und das Vögelchen ausgeflogen, das kennen wir.“

Darauf stülpten sie ihm den Hut auf den Kopf und führten ihn aus dem Haus. „Ich bitte Sie, fassen Sie mich nicht am Kragen!“ – „Maul halten!“ – „Ich werde mich beschweren!“ – „Rutschen Sie uns den Buckel runter!“ – „Das fällt mir gar nicht ein!“ – „Na, wir werden's dir schon zeigen!“

Dann führten sie Karel Jarolímek auf die Wachstube. Der Wachtmeister rauchte seine Pfeife, war verschlafen und fragte schlicht, aber ironisch: „Sie sind also dieser Karel Jarolímek, der uns auszuweichen geruht?“ – „Jawohl bitte.“ – „Und was sind Sie?“ – „Schriftsteller.“ – „Da schreiben Sie die Schulden zusammen, nicht?“ sagte der Wachtmeister, legte sich aufs Sofa, gähnte und sagte: „Durchsuchen und in die Zelle!“

Man durchsuchte ihn also und brachte ihn in eine Einzelzelle. Der Schlüssel rasselte im Schloß, und nach einer Weile saß Karel Jarolímek auf der Pritsche. Er war ganz allein, aber nach wenigen Sekunden spazierte auf ihm eine Hundertschaft von Wanzen auf und ab.

Karel Jarolímek bäumte sich auf. Er sprang von der Pritsche, lief zur Tür und schrie verzweifelt: „Laßt mich raus, ich bin Karel Jarolímek!“

„Deshalb bist du ja auch hier“, erhallte hinter der Tür eine Stimme. „Wenn du nicht still bist, kriegst du eine Zwangsjacke.“

„ Das Abenteuer des Karel Jarolímek“, schrie Jarolímek, der entmutigt wieder auf der Pritsche lag. „Der Fall Karel Jarolímek. Die Vernichtung des Karel Jarolímek. Wie Karel Jarolímek ins Unglück kam.“ Er erdachte die Titel seiner Erzählungen. Hunderte von Wanzen machten ihren regelmäßigen Rundgang und rekognoszierten das Terrain, bis auf der Haut des Herrn Schriftstellers Pusteln ausbrachen. Es war ein furchtbarer Morgen.

Um halb neun holte man ihn aus der Zelle, und so, ungewaschen, zerzaust und zerknittert, führte man ihn hoch ins erste Stockwerk zum Kommissariatsleiter.

„Bitte, Herr Rat, hier führen wir den Karel Jarolímek vor.“ Karel Jarolímek wußte nicht, ob er wachte oder träumte, denn der Herr sprach freundlich, auf einen Stuhl zeigend: „Bitte sich zu setzen.“

„Sollen wir hier warten, Herr Rat?“ fragte einer der Polizisten, aber als er sah, daß der Herr Rat diesem Individuum die Hand reichte, ging er zusammen mit seinem Kollegen raus.

„Ich habe Sie rufen lassen, Herr Jarolímek, um Ihre Verhältnisse auszuforschen. Sie haben vor zwanzig Jahren um ein Staatsstipendium für Schriftsteller nachgesucht, stimmt das?“

„Bitte, nicht vor zwanzig Jahren, sondern vor zwei.“

„Ah, jetzt erinnere ich mich. Vor zwanzig Jahren hatte der Herr Časal nachgesucht. Aber den konnten wir nicht finden. Erst gestern haben wir im Lexikon entdeckt, daß er schon neun Jahre tot ist. Also das sind Sie auf keinen Fall.“

Der Herr Rat sah den Schriftsteller Karel Jarolímek mitleidig an, wie er so vor ihm saß, ohne Kragen und Krawatte, ungewaschen, zerknittert und zerzaust. „Wir leiden bestimmt große Not“, sprach er ernst. „Das Ministerium für Unterricht hat uns einen Fragebogen übersandt, wir sollen im Hinblick auf Ihr Gesuch um ein Stipendium Ihre

Besitzverhältnisse untersuchen. Wie ich sehe, sind Sie kein reicher Mann." – „Da haben Sie recht." – „Sie sind also Schriftsteller, das heißt, Sie schreiben?" – „Jawohl bitte." – „Ich weiß, ich habe gestern etwas von Ihnen gelesen, gedruckt. Schöner Druck. Schwarze Lettern. Ich erinnere mich gut daran. Auch waren Sie kein einziges Mal bestraft. Das wäre ein mildernder Umstand. Das heißt, was ich da sage, das adelt Sie. Arm, aber ehrlich, ohne Rücksicht auf die Tätigkeit. Sie können gehen."

Acht Wochen danach erhielt Karel Jarolímek aus Wien einhundertzwanzig Kronen Stipendium für mittellose Schriftsteller.

Er war froh, daß alles so ein gutes Ende genommen hatte!

Die Schule für die Staatspolizei

Zu Beginn des Krieges beschloß man auf einen Wink aus Wien hin in der Prager Polizeidirektion, daß die Agenten der Prager Staatspolizei in politischer Hinsicht besser beschlagen sein müßten, damit es ihnen leichter falle, aus jedem beliebigen Bürger schnell und geschickt unvorsichtige Aussprüche herauszulocken.

In dieser Hinsicht standen nämlich die Detektive der Prager Staatspolizei nicht auf der Höhe der Zeit. Der Detektiv Zaveský zum Beispiel wußte nicht einmal, wieviel politische Parteien es in Böhmen gab, der Detektiv Braun konnte einen Nationalsozialen nicht von einem Sozialdemokraten unterscheiden und glaubt bis heute, Trnobranský sei ein Sozialdemokrat, denn als er ihn verhaftete, drohte er ihm unterwegs in einem fort, die Polizei werde es diesen Sozialdemokraten verdammt noch eins zeigen, und dem Detektiv Färber war der Unterschied zwischen einem Anarchisten und einem Agrarier nicht klar, und als er den gutmütigen Kácha aus Žižkov festnahm, sagte er zu ihm: „Wir werden mit euch Agrariern noch Schlitten fahren." Genauso war dem Detektiv Stočes vor Jahren unklar, was das ist: Reskript. Er hatte davon auf der Polizei als von einer ganz gefährlichen Sache sprechen hören; Reskripterklärung, und als er einmal zwecks Haussuchung zu so einem Reskriptbegeisterten geschickt wurde, brachte er ein weißes Blatt Papier mit folgenden rätselhaften Buchstaben und Ziffern mit: Resorcini 0,5 g, Aqua destillata 300 g. Dr. Samojed. – Der arme Detektiv hatte nämlich das Wort Reskript verwechselt und mit allem Nachdruck in der Wohnung des politisch verdächtigen Bürgers gefordert: „Im Namen des Gesetzes, her mit dem Rezept!"

Unter dem inzwischen verstorbenen Rat Křikava wurde nie darauf geachtet, daß zum Beispiel den Detektiven die Bedeutung der Schlacht am Weißen Berg geziemend erklärt wurde. Und das war doch sehr wichtig, denn wegen dieses Ereignisses konnte man von Fall zu Fall mehrere Dutzend Menschen ins Gefängnis bringen. Es fängt an mit dem Weißen Berg und endet vor dem Landesgericht in Prag. Das ist doch leicht verständlich.

Einmal geschah es, daß der Detektiv Kohout in der Zeit der Novemberversammlungen nach Břevnov geschickt wurde, um dort nach der Versammlung im Bürgersaal bei einem Bier (seine zwei Kronen Spesen reichten gerade dafür) jemanden wegen des Weißen Berges ins Unglück zu stürzen. Er kehrte unverrichteter Dinge zurück und gab im Rapport an, der Gast, der ihm verdächtig erschien und den er im Wirtshaus gefragt habe, was er zum Weißen Berg meine, habe ihm geantwortet, bis zum Weißen Berg seien es von Břevnov drei Viertel Stunden zu Fuß, aber von Motol sei es etwas näher.

Die Detektive flossen also nicht von politischer Bildung über, und so geschah es viele Male, daß sie Leute wegen vermeintlicher politisch gefährlicher Aussprüche anzeigten, wie es unserem Hausmeister widerfuhr, den der Detektiv Braun anzeigte, weil er beim fünfzigsten Jubiläum des Regierungsantritts von Kaiser Franz Josef im Café Palata über Edison und die Schlacht bei Waterloo gesprochen habe, wodurch er den Eindruck eines politisch ungeheuer verdächtigen Menschen erweckte, und daß er, als Braun ihn später auf dem Weg zur Polizeidirektion auf den bedeutsamen Jubiläumstag hinwies, geantwortet habe: „Aber erlauben Sie, Sie Lohnsöldner, Sie glauben doch nicht vielleicht, daß der Kaiser Franz Josef den Phonographen erfunden hat, den hat Edison erfunden, das hätten Sie gestern in der ‚Politika' lesen können."

Der Detektiv Fábera zeigte mich einmal an, ich hätte in einer Weinstube eine Rede über die Bedeutung der Kohlensäure im Bier im Restaurant des Wiener Parlaments gehalten und hätte unter anderem gesagt, daß man in Wien wissen sollte: Solange man nicht überall in Österreich Bomben mit Kohlensäure verwende, könne man das Bier nicht mit Appetit trinken.

Wie aus diesen wenigen Beispielen ersichtlich, ging den Angehörigen der Prager Staatspolizei alles im Kopf durcheinander, Sozialdemokraten, Kohlensäure, Bomben, Rezepte, Reskripte, Weißer Berg, Franz Josef und Edison, Anarchisten, die Schlacht bei Waterloo und die Agrarier, und die Ergebnisse ihres Fahndens waren demzufolge sehr kläglich. Gewiß, aus ihren politischen Anzeigen ließ sich da und dort eine Strafe herausschlagen, aber es war eben doch eine mühevolle Arbeit. Die Beamtenschaft strengte sich zwar an, den Delinquenten wegen „feindlicher Reden" nicht ganz ungeschoren zu lassen, und oft gelang es auch, denn jeder unschuldig Verhaftete ist eben doch ein bißchen nervös, verwickelt sich beim Kreuzverhör in Widersprüche und drückt sich unklar aus.

Der Beginn des Krieges machte eine gewisse Reorganisation nötig. Man mußte die Agenten der Staatspolizei gründlich in die tschechischen politischen Fragen einweihen, damit sie der Bürgerschaft perfekt ausgearbeitetes Material vorlegen konnten, also zum Beispiel eine geschickt formulierte, für Österreich gefährliche Resolution, so daß die Agenten dann voller Begeisterung rufen konnten, wie das der Oberkommissar Chum zu tun pflegte: „Schon haben wir Sie, Bürschlein."

Und so wurde in Prag die Schule für die Staatspolizei gegründet. Es war zwar keine Hochschule der politischen Wissenschaften, aber sie behandelte eben doch verschiedene Probleme über die Zerschlagung der österreichisch-ungarischen Monarchie und eine Reihe von Ideen, die schon lange in den Herzen der tschechischen Bürger schlummerten.

Ein Zimmer im Gebäude der Staatspolizei wurde für Vorträge bestimmt, und es wurde folgender Stundenplan ausgearbeitet:

9 – 10 Uhr:	Warum muß Österreich zerfallen?
10 – 11 Uhr:	Welche Gründe haben wir dafür, daß die tschechischen Soldaten nicht gegen die Serben und Russen kämpfen?
11 – 12 Uhr:	Gründung von Geheimverbänden
12 – 13 Uhr:	Die beliebtesten Beleidigungen des Herrschers und der Mitglieder des Kaiserhauses und andere unvorsichtige Aussprüche
14 – 16 Uhr:	Lehre von der allgemeinen Provokation und die politische Einschätzung von Aussprüchen anhand einer Meßtabelle von zwei bis fünfzehn Jahren Kerker.

Dieses schöne Programm wurde dadurch noch sympathischer, daß den Hörern für die Absolvierung des Kurses je fünfzig Kronen für Schreibbedarf zugebilligt wurden.

Für die dümmeren Detektive wurden noch Wiederholungskurse eingerichtet. Alles war schön und systematisch.

Die Agenten der Staatspolizei lernten also zu Hause in ihrer Freizeit aus den Vortragsheften. Bei der Familie Braun entstand daraus ein großer Krach. Frau Braun ging verheult herum und beklagte sich bei den Damen ihres Bekanntenkreises:

„Ich weiß wirklich nicht mehr, ob dieser Braun nicht verrückt geworden ist. Den ganzen Abend liest er in irgendwelchen Papieren und trägt laut vor: ‚Und deshalb, meine Herren, ist heute nach dreihundert Jahren die Stunde gekommen, da wir uns ans Werk machen müssen. Österreich ist durch und durch verfault, und wenn wir nur dran stoßen, muß es zusammenkrachen!‘ Wenn ich sage: ‚Aber Mann, was redest du da, du wirst dich noch um dein Brot bringen‘, schaut er mich an und sagt: ‚Du bist eine dumme Gans und verstehst nichts, misch dich nicht in unsere Politik.‘ Und wieder geht er im Zimmer auf und ab, liest laut von den Papieren ab und schreit: ‚Seit der Schlacht am Weißen Berg haben wir immer nur geschwiegen, aber jetzt werden wir reden. Ich, meine Herren, werde nicht auf die

Serben schießen, auch nicht auf die Russen. Gewiß sind Sie der gleichen Meinung, meine Herren, erlauben Sie mir, mich Ihnen vorzustellen.‘ Und ich gehe weinend umher, und er schimpft mich aus, daß ich ihm den Vortrag verpatze, und neulich habe ich gesagt: ‚Ich beschwöre dich um Himmels willen, Braun, die werden dich noch einsperren‘, und er darauf, daß ich nichts verstehe, ich solle mich hinsetzen und denken, ich sei in einem Wirtshaus, wo ein politisches Gespräch geführt werde, und dann hat er mir dargelegt, daß unser allergnädigster Herr Kaiser mitsamt der ganzen Familie völlig degeneriert ist. Ich weiß nicht mehr genau, wie er das gesagt hat, aber er flüsterte mir noch zu: ‚Wir gründen einen Geheimbund, wir sind schon viele. Morgen treffen wir uns hier, und ich werde Ihnen sagen, wie man Züge in die Luft sprengt. Nicht wahr, Sie werden gern kommen? Erlauben Sie also, mich Ihnen vorzustellen.‘ Und diese Qual mit meinem Mann habe ich schon eine ganze Woche, und ich bitte Sie, meine lieben Freundinnen, sagen Sie es nirgends betreffs des degenerierten Herrn Kaisers. Am meisten tut mir unser kleiner Emil leid, er vergißt zu lernen und schaut nur immer seinen Vater an, wie er im Zimmer auf und ab marschiert und dem Wäscheschrank etwas über die Hinrichtung auf dem Altstädter Ring erzählt.“

Emil konnte wirklich kein Auge von seinem Vater lassen. Je länger er ihn anschaute, um so mehr sagten ihm die Reden seines Vaters zu. Er war nämlich ein braver Junge, Schüler der ersten Klasse des Gymnasiums.

Weil er der Sohn eines Detektivs war, gehörte er in der Schule zur Creme der Gesellschaft, die in den Schulbänken am Rande saß. Er beteiligte sich an keiner Debatte seiner Mitschüler, die ihn ansonsten verachteten, ihn mit Stecknadeln piekten und ihn „Miststück“ nannten.

Der Krieg steigerte natürlich die hitzigen Debatten in der Klasse. Emil sagte auch dann kein Wort, wenn die Söhne von Vätern, die auf die Schlachtfelder geholt wurden, einander mitteilten, daß der Vater vor der Abfahrt von zu Hause der Familie versprochen hatte, so bald wie möglich auf die andere Seite überzulaufen.

Eines Tages nahmen die Österreicher irgendwo an der Drau dreißig Serben gefangen, das k. und k. Pressebüro machte daraus einen großen Sieg auf dem serbischen Kriegsschauplatz unter dem Titel „Österreichische Truppen haben die Drau erobert", und der Direktor des Gymnasiums namens Koch, ein bedauernswertes österreichfreundliches Individuum, ging von Klasse zu Klasse, richtete überall an die Schülerschaft eine patriotische Ansprache und ließ den Kaiser hochleben, worüber sie, die Schüler, überall große Freude empfanden, weil damit eine ganze Stunde totgeschlagen wurde.

Als er in die Prima kam, wiederholte der Direktor, was er feierlich schon in den anderen Klassen gesagt hatte, wie stark und mächtig Österreich sei und wie sehr es uns

freuen müsse, daß wir einen so ruhmreichen Herrscher hätten, und er forderte am Ende dazu auf, mit ihm zusammen ein dreifaches Hoch auf das Haus Habsburg, auf das Vaterland und auf den Kaiser auszubringen.

Die Primaner brüllten aus voller Kehle „Hoch!", nur der dicht vor dem Katheder stehende Emil Braun machte seinen unschuldigen Mund nicht auf, um sein schwaches Stimmchen dem allgemeinen demonstrativen Gebrüll hinzuzufügen.

Der Direktor trat an ihn heran. „Warum, mein Junge, haben Sie nicht mitgerufen?" Emil erwiderte mit argloser Stimme, dem Herrn Direktor aufrichtig in die Augen blikkend: „Weil wir den Herrn Kaiser nicht für unseren Herrscher halten, weil wir Tschechen niemals etwas Gutes unter dem Zepter des Hauses Habsburg erlebt haben. Das sagt und liest jeden Abend mein Vater, und der muß es wissen, weil er bei der Polizei ist, und neulich war die Frau Fáberová bei uns, und die hat der Mutter gesagt, daß sie dem Fábera auf der Polizei ein Blatt Papier mit einer Rede gegeben haben, daß wir die österreichische Natter zertreten müssen. So hat auch mein Vater neulich gesprochen, ich mußte ihm nachsprechen, daß die österreichische Dynastie eine Bande von Gaunern ist."

Als der Schuldiener den Emil mit einem furchtbaren Schreiben des Herrn Direktors nach Hause brachte und der Detektiv Braun das Gutachten über den hochverräterischen Jüngling las, lachte er mit unnatürlicher Stimme und rief: „Unser System bewährt sich, Emil Braun, ich verhafte Sie im Namen des Gesetzes."

Und ungeachtet der Klagen seiner Frau schleppte er den entsetzten Sohn auf die Polizeidirektion, wobei er ihn auf der Straße sehr brutal behandelte und immer wieder bemerkte: „Wir werden es euch Sozialisten schon zeigen!"

Nachdem er den Sohn hatte einsperren lassen, kehrte er nach Hause zurück, und wild die Augen rollend, sagte er zu seiner Frau: „Gesteh, du glaubst an die Degeneriertheit der österreichischen Dynastie!" Die Arme nickte nur.

„Im Namen des Gesetzes, Sie sind verhaftet, Frau Braun“, rief Herr Braun feierlich, und weil es eben doch seine Frau war, ließ er sie in einer Droschke auf die Polizeidirektion bringen.

Gegen Abend lieferte er dann noch seine alte taube Tante auf der Polizei ein, nachdem er sie zum Unterschreiben einer Erklärung gezwungen hatte, wonach sie einem Geheimbund angehörte, der den Erzherzog Franz Ferdinand in Sarajewo ermordet hatte.

Tags darauf legte er mit Auszeichnung die Reifeprüfung an der Schule der Staatspolizei ab.

Emil erhielt mit Rücksicht auf seine Jugend nur drei Jahre, Frau Braun im Hinblick auf verschiedene mildernde Umstände fünf Jahre und die taube Tante acht Jahre, aber das alles war nur eine Kleinigkeit gegen die eintausendzweihundert Jahre, die der Detektiv Braun infolge seiner politischen Schulung für eine ganze Reihe anderer Leute aus verschiedenen Teilen Prags während des dreijährigen Krieges zusammenbrachte.

Die unsittlichen Kalender

1

Der Kommandant der Polizeistation Aleš langweilte sich seit der neunten Abendstunde, als man den letzten Betrunkenen in die Zelle gebracht hatte. Er dachte darüber nach, wie er es bis morgen früh um sechs, da er abgelöst wurde, über den Akten und dem Tagebuch aushalten sollte, weil ausgerechnet heute durch ein Zusammentreffen von mißlichen Umständen auf der Station nur Polizisten Dienst hatten, die nicht Schafskopf spielen konnten.

Einstweilen legte er sich aufs Kanapee, zündete sich die Pfeife an und sprach über Politik. In so einem Augenblick war er unerbittlich. Aus ihm wurde ein österreichischer Cato, hart und unnachgiebig, voller Argwohn Italien verdammend. Die ringsum auf den Feldbetten liegenden Polizisten lauschten ihm andächtig, weil sie noch nicht definitive Beamte waren.

„Auf keinen Fall soll einer denken, der Dreibund werde halten, Trient und Trier werden uns noch einmal Schwierigkeiten bereiten.“ Er seufzte und suchte nach Streichhölzern. Als man ihm welche reichte, zündete er sich erneut die Pfeife an und erklärte, in Mailand und in Turin, ja selbst in Rom würde man bei jeder Gelegenheit österreichische Fahnen in Brand stecken. Einmal werde man es ihnen aber heimzahlen. Das seien Gauner, reif für ein neues Custozza. Seine Erregung steigerte sich, doch der junge Schutzmann Pavelka schlief inzwischen ein und begann, durch die Nase zu pfeifen.

Der Kommandant schrie daraufhin, Verwicklungen stünden vor der Tür. Wer ein österreichischer Patriot sei ...

In die Tür trat der Schutzmann Dekl, von der Streife zurückkehrend, und erstattete Rapport.

Aleš erhob sich verdrossen vom Kanapee und nahm den Rapport entgegen.

„Ich melde gehorsamst, nix Neues. Nur ein pikanter Kalender konfisziert. Ich hab einhundertzwanzig Exemplare beschlagnahmt."

Der dienstliche Ausdruck verschwand in diesem Augenblick aus dem Gesicht von Dekl, und mit einem triumphierenden Lächeln fügte er hinzu: „Sehr große Sauereien, Herr Wachkommandant, sehr schöne Sachen. Die Bilderchen sind so schweinisch, daß es eine Freude ist!"

Er legte das Paket auf den Tisch. Im gleichen Augenblick hörte der Wachkommandant auf, sich zu langweilen.

„Geben S' die Sauerei her!"

Der Schutzmann schnürte das Bündel auf, reichte ein Exemplar der konfiszierten Schrift dem Kommandanten, um den sich im Nu alle Polizisten versammelten.

„Herrgott", sagte einer aufrichtig, als er das Titelblatt sah, „das sind Schenkel."

„Da seht ihr", sprach der Kommandant, „so was soll sich nun die Jugend anschauen? Die noch nicht der Schule entwachsene Jugend!" Seine Stimme klang weich: „Herrschaften, die andere auf dem Bild, hol der Teufel ihre Augen! Sie ist völlig nackt."

„Und Herrschaften", sagte der Schutzmann Dekl, „weiter drin sind erst hübsche Sachen."

„Das ist auch nicht schlecht." – „Reden S' nicht so was, Mann, das Bild daneben ist hübscher und lebendiger!" – „Erstens hat das Weib vollere Hüften und liegt nicht schlecht auf dem Sofa. Malefizkerle die, so was trauen die sich zu zeichnen!"

„Lesen Sie nur, Herr Wachkommandant, das Gedicht darunter, das ist auch nicht übel."

„Gut ist es, aber doppeldeutig. Schamlose Leute, die so was drucken lassen! Die Kinder gehen in die Schule und verschlingen diese . . ., zum Donner, wie heißt das gleich?"

„Pornographie, Herr Wachkommandant", ergänzte der Schutzmann Pavelka.

„Schreckliche Sachen, aber gut“, sagte der Schutzmann Mika, „diese Höschen sind gut dargestellt.“

„Der Witz ist auch nicht schlecht: „Wie gefall ich dir besser, mit oder ohne Höschen, Liebster?“

„Ich denke, ohne Höschen, was meint ihr?“ wandte sich der Kommandant heiter an seine Leute. „Was diese Schweinekerle sich alles so ausdenken.“

„Ich erlaube mir, Sie auf die vorletzte Seite hinzuweisen, Herr Wachkommandant, auf die Tänzerin im Bade. Nicht genug, daß sie völlig nackt ist, läßt sie sich noch von ihrem Diener anstarren!“

„Gut ist es, und ich sage, ohne Gnade konfiszieren solche Sachen. Ich denke, wenn wir alle Trafiken kontrollieren, werden sich noch andere Sachen finden. Der Herr Kommissar Peroutka wird morgen seine Freude dran haben."

2

„Melde gehorsam, Herr Kommissar, gestern wurden laut Anordnung in den Trafiken Kalender schlüpfrigen Inhalts konfisziert. Ich bringe ein Exemplar mit. Besonders erlaube ich mir, auf das vorletzte Bildchen aufmerksam zu machen. Tänzerin im Bade. Dann die Frau auf dem Sofa. Das Titelbild stellt nicht nur einen Verstoß gegen die Sittlichkeit dar, sondern ich glaube auch, es wird dem Herrn Oberkommissar gefallen. Ich werde mir erlauben, auch ihm ein Exemplar zu bringen. Geruhen Sie freundlich, Ihr Augenmerk auf die mit Blaustift unterstrichenen Schamlosigkeiten zu richten. Schöne Schlüpfrigkeiten finden Sie ohne Suchen überall, wo ich etwas eingelegt habe. Eine fabelhafte Sauerei finden Sie auf Seite dreißig. Ausgezeichnet sind die „Intimitäten aus dem Harem", nicht nur daß der Text grobe Verstöße gegen die Sittlichkeit enthält, ist er auch von sehr hübschen Bildchen begleitet. Die Mohammedanermädchen liegen auf Tigerfellen, und bewacht werden sie von einem armen Eunuchen."

„Mann", sagte der Kommissar Peroutka, während er den Inhalt überflog, „das müssen Sie auch dem Herrn Rat zeigen. Er schaut sich gern solche Sachen an."

3

Die Kalender hatten Erfolg. Zwei nahm sich der Oberkommissar und drei der Herr Rat. Die übrigen wurden in der Polizeidirektion verteilt. Die Polizisten fahndeten eifrig nach weiteren unsittlichen Kalendern.

Und gerade weil diese Lektüre nicht in unberufene Hände geriet, wurde die öffentliche Moral gerettet.

Der Einspruch gegen die Beschlagnahme

Vor dem Berufungssenat für Presseangelegenheiten wird soeben über den Einspruch gegen die Beschlagnahme einer Broschüre verhandelt. Die Staatsanwaltschaft erblickte in der Broschüre einen Verstoß gegen die öffentliche Ruhe und Ordnung.

Die Senatsmitglieder sitzen hinter dem langen Tisch, und von dem Platz aus, wo sonst ein Anwalt steht, verteidigt der begeisterte junge Autor, Redakteur einer sozialistischen Tageszeitung, seine Broschüre.

Er ist in vollem Redestrom und spricht wie mit Engelszungen. Er erklärt, was Revolution und Evolution bedeuten, er sagt, daß gerade dieser und gerade jener Satz niemanden aufwiegeln kann, weil er ein einfaches Zitat aus dem Geschichtsbuch sei, wie es an den Schulen in Gebrauch ist.

Der Senatsvorsitzende schaut ihn an, aber er hört ihm nicht zu. In seiner langjährigen Praxis hat er gelernt, einem Sprecher auf den Mund zu sehen, ohne zu hören, was er sagt. Ihm ist auch völlig gleichgültig, was einer ihm sagen will. Er schaut und schaut, und sein Zustand entspricht dem eines ermüdeten Soldaten, der schläft, aber weitermarschiert, ununterbrochen marschiert.

Und der Herr Vorsitzende starrt den Autor an und denkt an ganz andere Dinge.

Der begeisterte Verfasser, der seine Sache verteidigt, freut sich, wie das alles doch den Herrn Senatsvorsitzenden interessiert, und er öffnet die Schleusen seiner Beredsamkeit noch weiter, spricht beseelt und sieht dabei dem Herrn Vorsitzenden in die Augen, der darüber grübelt, was eigentlich seinem Morgenkaffee gefehlt haben könnte.

Die Sahne sei gut, hat seine Frau gesagt, der Kaffee wie stets frisch aus der Rösterei, und doch hat er nicht so wie sonst geschmeckt.

Er schaut den Redner an und denkt: Manschetten könntest du aber tragen.

Der Enthusiast spricht lebhaft gestikulierend weiter.

Aha, die Manschetten hat er auf den Tisch gelegt, denkt der Vorsitzende und blickt seinen Nachbarn an, den Herrn Gerichtsrat, zweites Mitglied des Senats.

Dessen Augen drücken deutlich aus, daß ihm der Einspruch zu lang ist und daß er eine Weile schlummern muß. Er stützt also den Kopf in die Hände, so daß es aussieht, als vergliche er den Text der beschlagnahmten Broschüre mit den Zitaten des Redners, und damit man ihn nicht beobachten kann, stapelt er Gesetzbücher vor sich auf wie eine Wand und schnarcht leise. Aber nicht lange, denn das dritte Mitglied des Senats stößt ihn an und flüstert: „Mir sticht's wieder im Rücken, Herr Kollege!"

Er hat Rheumatismus und muß sich in den gepolsterten Sessel zurücklehnen, so daß er die Augen nicht schließen kann, denn das würde der Redner sehen. Er macht eine gequälte Miene, gähnt und starrt die Akten vor sich an. Mit dem Bleistift hat er einen Hund hingemalt, und nun radiert er den Schwanz langsam weg, die Pfoten, den Kopf. Das tut er völlig mechanisch und denkt dabei über sein neues Einreibungsmittel nach.

Wieder stößt er den Herrn Rat zur Linken an und flüstert: „Was meinen Sie, Herr Kollege, ob Dampf gut dagegen ist?"

Der Angesprochene erwacht, brummt verschlafen: „Den Bleistift lassen Sie ihm", und schlummert weiter.

Und der Autor, dieser Schwärmer, spricht und spricht, verteidigt scharfsinnig seine Sache, und auf der anderen Seite des Senatspräsidenten gähnt das vierte Senatsmitglied, beugt sich über den Herrn Vorsitzenden und nimmt dem anderen Kollegen den Stoß Gesetzbücher mit den Worten weg: „Gestatten Sie, Herr Kollege!"

Der Schläfer erwacht und starrt mit aufgerissenen Augen den Berufungskläger an, wie die amtliche Bezeichnung eines solchen lautet.

Das vierte Senatsmitglied baut nun den Wall der Gesetzbücher vor sich auf, stützt das Kinn in die Hände und schlummert. Auf den ersten Blick ist das kein ruhiger Schlaf, aber wer längere Praxis hat wie dieses Senatsmitglied, der macht sich bald von der Angst frei, er könnte bei den Verhandlungen schlafen wie ein Ratz. Er hat es zu einem kunstvollen Schläfer gebracht, ist ein wahres Wunder auf diesem Gebiet. Nach einer Weile wird er wach, nimmt ein Gesetzbuch von dem Schutzwall, blickt hinein, legt es wieder hin und schläft weiter.

Der Redner bemerkt das Hantieren mit den Gesetzbüchern und spricht um so eindringlicher, um das Gericht von der Gegenstandslosigkeit der Beschlagnahme seiner Broschüre zu überzeugen. Das Wandern der Gesetzbücher von Hand zu Hand ist für ihn ein untrüglicher Beweis, daß man sich für seinen Fall brennend interessiert.

Der Vorsitzende hat den Kopf gesenkt und dreht unter dem Tisch Däumchen. Er denkt nach, ob er am Morgen beim Zigarrenkauf nicht zuviel bezahlt hat.

Er zieht das Portemonnaie aus der Hosentasche unter dem Talar hervor und zählt den Inhalt nach. Er stellt fest, daß ihm eine Krone fehlt, und als er den Redner anschaut, fällt ihm ein, daß er am Morgen fünf Zigarren mehr gekauft hat als sonst.

Er blickt verstohlen zu den anderen Senatsmitgliedern hin. Nur einer schläft fest hinter den Gesetzbüchern, während die beiden an seiner rechten Seite nur dösen. Sie schlafen wie Hasen mit offenen Augen.

Und weiter hört er das Rauschen im Gerichtssaal. Rasch wird er sich bewußt, daß der Autor noch immer seinen Einspruch begründet, er sieht auf die Uhr und stellt fest, daß er schon zwei Stunden spricht.

Links hinter dem in seiner Höhle verborgenen Rat ist bis jetzt noch der Schriftführer tätig. Er malt mit dem Bleistift verschiedene Ungeheuer aufs Papier und schreibt aus Langerweile seinen Namen, und gleichfalls aus Langerweile stenographiert er hier und da einen Satz aus dem Plädoyer des jungen Mannes. „Schließlich steht doch, hohes Gericht, in dem Satz ‚Die schwieligen Hände heben sich zum Fluch himmelwärts' nichts, was die Öffentlichkeit aufwiegelt . . ."

Bums! Das vierte Senatsmitglied ist vom Sessel gefallen. Er hat von Chinesen geträumt. Aber er verliert die Geistesgegenwart nicht, hebt ein Stück Papier vom Boden auf und sagt: „Sieh mal an, da wäre uns beinahe eine Akte fortgeflogen!"

Der Redner, aufgeschreckt durch den Knall, hat sich ihm zugewandt, starrt ihm nun in die Augen und spricht wieder wie mit Engelszungen, und das Senatsmitglied steht hochaufgerichtet da und schaut ihn an, dann setzt er sich, und der Vorsitzende übernimmt den Wall von ihm und baut ihn vor sich auf.

Es ist aber zu spät zum Schlafen. Der Redner schließt mit der Bitte, diesem begründeten Einspruch stattzugeben und die Beschlagnahme rückgängig zu machen.

Die Senatsmitglieder nehmen ihre Barette vom Tisch, und der Vorsitzende verkündet feierlich: „Das Gericht zieht sich zur Beratung zurück."

Sie treten in das Beratungszimmer ein, als erster der Vorsitzende und dann die Mitglieder des Senats, und schließen hinter sich die Tür.

In der Mitte des Beratungszimmers steht ein langer, grünbespannter Tisch. Der Schriftführer kommt als letzter. Ernst und schweigend gehen sie um den Tisch, und schon greift der Vorsitzende zur Klinke der Gerichtssaaltür, da verhält er den Schritt und sagt: „Noch einmal herum, seine Rede war sehr lang!"

Sie gehen also noch einmal um den Tisch und betreten dann den Gerichtssaal. Voller Hoffnung blickt der Enthusiast sie an, als sie ihre Barette aufsetzen. Der Gerichtsdiener sagt zu ihm: „Stehen Sie auf!"

Und der Vorsitzende liest von einem leeren Blatt Papier ab: „Im Namen Seiner Majestät des Kaisers hat der Pressesenat als Berufungsinstanz nach eingehender Beratung beschlossen, dem hier vorgebrachten Einspruch nicht stattzugeben und die Beschlagnahme in vollem Umfang zu bestätigen. Die Gründe werden schriftlich mitgeteilt."

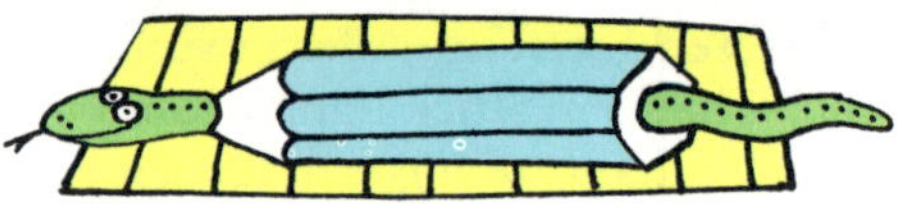

Das Bildnis Kaiser Franz Josefs I.

In Jungbunzlau lebte ein Papierhändler namens Petiška. Er achtete die Gesetze und wohnte schon seit undenklichen Zeiten gegenüber der Kaserne. Zu Kaisers Geburtstag und zu anderen kaiserlich-königlichen Anlässen hängte er eine schwarzgelbe Fahne heraus und lieferte für das Offizierskasino Lampions. Außerdem verkaufte er Bildnisse des Kaisers Franz Josef an die jüdischen Schnapsbudiker im ganzen Kreis Jungbunzlau sowie an die k. und k. Gendarmeriestationen. Er hätte auch die Schulen des Kreisgebietes mit dem Bildnis des Monarchen beliefert, aber seine Bilder hatten nicht die vom Landesschulrat genehmigte Größe. Der k. und k. Landesschulinspektor bei der Bezirkshauptmannschaft sagte daher einmal zu ihm: „Es tut mir sehr leid, Herr Petiška, aber Sie wollen uns Seine Majestät den Kaiser breiter und länger liefern, als durch Erlaß des löblichen Landesschulrates vom 20. Oktober 1891 vorgeschrieben. Der durch das Dekret festgelegte Kaiser ist etwas kürzer. Zulässig ist einzig und allein ein Kaiser in einer Länge von achtundvierzig Zentimeter und einer Breite von sechsunddreißig Zentimeter. Ihr Kaiser aber ist fünfzig Zentimer lang und vierzig Zentimeter breit: Sie machen geltend, daß Sie fast zweitausend Bilder unseres Monarchen vorrätig haben. Glauben Sie nur ja nicht, daß Sie uns jeden Schund anhängen können! Überhaupt ist Ihr ganzer Kaiser Ware schlechtester Qualität und von geradezu schändlicher Aufmachung. Er sieht aus, als kämme er sich nie den Bart. Auf die Nase hat man ihm schrecklich viel schwarze Farbe gekleckst, und zu alldem schielt er auch noch."

Als Herr Petiška nach Hause kam, sagte er entrüstet zu seiner Frau: „Na, mit dem greisen Monarchen sind wir aber reingefallen!" Und das war noch vor dem Krieg. Kurz und gut, zweitausend Kaiserbilder blieben Herrn Petiška auf dem Halse.

Als der Krieg ausbrach, freute sich Herr Petiška ungemein, denn er hegte die große Hoffnung, seine Ware nun doch noch loszuwerden. So hängte er denn die Bilder des kriegslüsternen Greises in seinem Geschäft auf und versah sie mit der Aufschrift:

Gelegenheitskauf!
Kaiser Franz Josef I. für fünfzehn Kronen

Er verkaufte sechs Stück. Fünf Bilder in die Kasernen, wo diese Lithographien des letzten Habsburgers die Reservisten in der Kantine begeistern sollten, und eines kaufte der alte Tabakhändler Šimr. Dieser österreichische Patriot handelte bis auf zwölf Kronen herunter und schimpfte dann noch, selbst dieser Preis sei ein Verbrechen.

Der Krieg ging weiter, aber der Kaiser fand keinen Absatz, obwohl Herr Petiška sogar zur Zeitungsreklame griff. Er gab Inserate auf und bot Seine Majestät den Kaiser in der „Národní politika" und in Baštýřs „Hlas národa" mit folgenden Worten an:

In diesen schweren Zeiten
darf in keinem tschechischen Haus
DAS BILD DES SCHWERGEPRÜFTEN
MONARCHEN
für fünfzehn Kronen
fehlen

Statt der erhofften Bestellungen erhielt Herr Petiška eine Vorladung zur Bezirkshauptmannschaft, wo man ihm sagte, er möge nächstens in seinen Inseraten die Worte „schwere Zeiten" und „schwergeprüft" vermeiden und statt dessen die Worte „glorreiche Zeiten" und „siegreich" verwenden, sonst werde er Unannehmlichkeiten haben.

So gab denn Herr Petiška folgendes Inserat auf:

In diesen glorreichen Zeiten
darf in keinem tschechischen Haus
DAS BILD UNSERES SIEGREICHEN
MONARCHEN
für fünfzehn Kronen
fehlen.

Aber auch das war vergeblich. Er bekam nur einige unflätige Briefe, in denen ihm die unbekannten Absender ganz aufrichtig rieten, das Kaiserbild an dem Ort aufzuhängen, den auch der Kaiser zu Fuß aufsuche.

Außerdem wurde er abermals zur Bezirkshauptmannschaft vorgeladen. Dort forderte ihn der amtierende Kommissar auf, die Berichte des k. und k. Nachrichtenbüros zu verfolgen und sich bei der Stilisierung seiner Inserate danach zu richten.

„Die Russen sind in Ungarn, sie haben Lemberg besetzt und stehen vor Przemyśl. So etwas nennt man nicht ‚glorreiche Zeiten', Herr Petiška! Das sieht aus, als wollten Sie sich lustig machen, das ist wie eine Verhöhnung, wie Ironie! Wegen solcher Inserate könnten Sie nach Königgrätz vors Divisionsgericht kommen."

Herr Petiška versprach, künftig besser aufzupassen, und verfaßte folgendes Inserat:

fünfzehn Kronen
opfert jeder Tscheche gern,
damit er in seinem Heim
UNSEREN GREISEN MONARCHEN
aufhängen kann

Bei den Zeitungen der Stadt lehnte man die Aufnahme seines Inserats ab. „Menschenskind", sagte ein Anzeigenredakteur zu ihm. „Sie wollen doch nicht etwa, daß man uns alle erschießt?"

Herr Petiška kehrte aufgeregt nach Hause zurück.

Hinten im Laden lagen die Pakete mit dem ganzen Vorrat an Kaiserbildern herum. Herr Petiška stieß mit dem

Fuß dagegen, erschrak aber sogleich über das, was er getan hatte. Ängstlich sah er sich um und beruhigte sich erst, als er feststellte, daß ihn niemand beobachtet hatte.

Melancholisch machte er sich daran, den Staub von den Paketen zu wischen. Da bemerkte er, daß einige feucht waren und daß sich auf ihnen Schimmel gebildet hatte. In einer Ecke saß sein schwarzer Kater. Es gab keinen Zweifel, wer an dem feuchten Zustand der Pakete die Schuld trug. Um den Verdacht von sich abzuwenden, begann der Kater zu schnurren. Herr Petiška warf einen Besen nach dem Hochverräter, und der Kater verzog sich schleunigst.

Voll Wut stürzte der Papierhändler in seine Wohnung und brüllte seine Frau an: „Dieses Miststück muß aus dem Haus! Wer kauft denn einen Kaiser, den so ein Katervieh naß gemacht hat? Seine Majestät der Kaiser ist ja ganz schimmlig. Man muß ihn trockenlegen. Der Teufel soll den Kerl holen!"

Immer, wenn Herr Petiška sein Mittagsschläfchen hielt, war seine Frau im Laden. Heute aber schlief er sehr unruhig. Er träumte, Gendarmen seien gekommen, um den schwarzen Kater zu holen, und hätten auch ihn gleich mit vors Kriegsgericht geschleppt. Dann träumte ihm, der Kater und er seien zum Tode durch den Strang verurteilt worden, und zuerst sollte der Kater gehenkt werden. Er aber, der biedere Herr Petiška, hielt vor Gericht lästerliche Reden. Er schrie fürchterlich. Da erblickte er plötzlich neben sich seine Frau, die ihn vorwurfsvoll ansah: „Um Gottes willen, was redest du da? Wenn dich jemand hört!"

Dann berichtete sie ihm erregt, sie hätten inzwischen versucht, den Kaiser im Garten zu trocknen, aber da hätten Gassenjungen mit Steinen nach den Bildern geworfen, und nun sähen sie aus wie Siebe.

Doch auch noch andere Verluste waren zu beklagen: Auf ein Kaiserbild, das zum Trocknen auf dem Rasen lag, hatten sich die Hühner gesetzt, dort ihren Mageninhalt entleert und dem Kaiser dank ihrem Organismus den Bart grün gefärbt. Zwei Bilder hatte der Hund des Fleischer-

meisters Holeček, ein junger, unerfahrener Bernhardiner, der nichts vom Paragraphen dreiundsechzig des Strafgesetzbuches wußte, aufzufressen versucht. Dem jungen Hund lag das wohl im Blut: seine Mutter war vor einem Jahr dem Schinder übergeben worden, weil sie auf dem Exerzierplatz die Fahne des sechsunddreißigsten Regiments aufgefressen hatte.

Herr Petiška war untröstlich. Beim Dämmerschoppen sprach er dauernd von einem Gelegenheitskauf und von Schwierigkeiten, die er mit Seiner Majestät dem Kaiser habe, und der Sinn der ganzen Rede war, daß die Wiener Regierung die Tschechen deshalb voll Mißtrauen betrachte, weil sie nicht bei der Firma František Petiška in Jungbunzlau die Kaiserbilder für fünfzehn Kronen kauften.

„Geben Sie die Bilder billiger ab!" sagte der Weinstubenbesitzer beim Abschied zu ihm. „Es sind jetzt schlechte Zeiten. Hořejšek verkauft eine Dampf-Dreschmaschine um dreihundert Kronen billiger als voriges Jahr, und mit dem Kaiser ist es eben auch nicht anders."

Herr Petiška schrieb also folgenden Reklametext auf eine Tafel und stellte sie ins Schaufenster seines Geschäftes:

In Anbetracht der Wirtschaftskrise
verkaufe ich einen größeren Posten schöner
KAISERBILDER
statt zu fünfzehn Kronen
zu nur zehn Kronen.

Wieder blieb es in seinem Laden ruhig.

„Na, wie sieht es denn mit dem Kaiser aus?" fragte ihn der befreundete Weinstubenbesitzer.

„Traurig", erwiderte Herr Petiška, „kein Mensch will den Kaiser haben."

„Wissen Sie", sagte der Weinstubenbesitzer vertraulich zu ihm, „trachten Sie, ihn um jeden Preis loszuwerden, bevor es zu spät ist!"

„Ich will lieber noch warten", antwortete Herr Petiška.

Und auf den Bildern Seiner Majestät des Kaisers hockte weiterhin der schwarze Kater und benahm sich unmanierlich.

Nach anderthalb Jahren hatten selbst die untersten Pakete Schimmel angesetzt. Österreich drohte zu zerfallen, und die ganze Monarchie war für die Katz.

Da griff Herr Petiška nach Bleistift und Papier und berechnete schweren Herzens, daß er unter solchen Umständen nicht reich werden könne, daß er aber, wenn er den Kaiser für zwei Kronen verkaufe, trotzdem noch eine Krone je Stück verdienen würde.

Und so entschloß er sich zu einer großzügigen Reklame. Er hängte ein Bild ins Schaufenster und schrieb darunter:

DIESER GREISE MONARCH
ist jetzt
statt für fünfzehn Kronen

für nur zwei Kronen
zu haben!

Ganz Jungbunzlau strömte am selben Tag vor dem Geschäft des Herrn Petiška zusammen, um zu sehen, wie die Aktien der Habsburger Dynastie so plötzlich gefallen waren.

In der Nacht aber holten Herrn Petiška die Gendarmen, und dann ging es sehr schnell: Das Geschäft wurde geschlossen, Herr Petiška hinter Schloß und Riegel gebracht, und bald stand er vor dem Kriegsgericht, angeklagt wegen Vergehens gegen die öffentliche Ruhe und Sicherheit. Der Veteranenverein hielt eine außerordentliche Generalversammlung ab und schloß Herrn Petiška aus seinen Reihen aus.

Herr Petiška bekam dreizehn Monate schweren Kerkers aufgebrummt. Eigentlich sollte er fünf Jahre bekommen, aber als mildernder Umstand wurde ihm angerechnet, daß er einst bei Custozza für Österreich gekämpft hatte.

Die Pakete mit den Kaiserbildern jedoch wurden einstweilen beim Militärgericht in Theresienstadt sichergestellt, und dort harren sie der Stunde der Befreiung, bis sie nach der Liquidation Österreich-Ungarns irgendein findiger Geschäftsmann zum Einwickeln von Käse verwenden wird.

Auf den Spuren der Staatspolizei in Prag

1

Das war zu der Zeit, da Kaiser Franz Joseph I. wieder einmal nach Prag kommen sollte, um mit einem Hämmerchen auf den Grundstein irgendeiner Brücke zu klopfen. In der tschechischen Frage hatte sich der greise Monarch nämlich ausschließlich auf Brücken spezialisiert. Er kam, klopfte auf den Stein, bemerkte: „Das ist aber interessant, daß diese Brücke von einer Seite auf die andere führt“, sagte dann noch auf tschechisch: „Das freut mich, daß ihr Tschechen seid“, wobei er die Leute verwechselte, und nach einem solchen Besuch hatte das tschechische Volk den Eindruck, daß der alte Herr an Paralyse dahinsiechte.

Das waren glorreiche Zeiten, da die Staatspolizei in Prag eine weitreichende Tätigkeit entfaltete und im Wirtshaus „An der Zwei“ den alten, kranken Harmonikaspieler Kučera verhaftete, der sich vor dreißig Jahren bei einem angekündigten Besuch des Kaisers zu Fuß von Prag nach Wien aufgemacht und sich dort vor die Pferde der kaiserlichen Kutsche geworfen hatte, um eine Audienz zu erzwingen, denn er hatte die fixe Idee, unbedingt eine Trafik bekommen zu müssen, nachdem ihm eine italienische Kugel bei Custozza das Bein durchbohrt hatte. Statt der Trafik bekam er aufgrund des „Prügelpatents“ fünf Tage Haft, danach wurde er einen Monat lang in einer Wiener psychiatrischen Klinik auf seinen Geisteszustand untersucht, und zugleich forschte die Polizei nach, ob er nicht in Korrespondenz mit verdächtigen Leuten im Ausland stehe. Als man feststellte, daß er gar nicht schreiben konnte und völlig zurechnungsfähig war, wurde er nach Prag abgeschoben, wo er zum Andenken an die mißlungene Audienz bei dem Herrn Kaiser ein Lied für seine Harmonika verfaßte:

Die Wienerstadt is nix für mich,
das ist ein großes Irrenhaus,
da schaun nur lauter Affen raus,
da bleib ich lieber z' Haus . . .

Dreißig Jahre lang spielte und sang er dieses Lied im Gasthaus „An der Zwei", und wenn der Kaiser nach Prag kommen sollte, dann brachte die Staatspolizei den Harmonikaspieler jedesmal auf die Polizeidirektion, so daß das Leben Kučeras eine Art mathematischer Formel war und er meinte, Kaiser Franz Joseph I. habe Angst vor ihm, dem alten Kučera, und das verlieh ihm immer wieder neue Lebenskräfte.

Die Prager Staatspolizei interessierte sich auch sehr für den Wanderfotografen Netečka, der in einem alten abgetragenen Havelock, mit einer großen schwarzen fettigen Krawatte und einer mächtigen Löwenmähne unter dem riesigen breitkrempigen Hut durch die Straßen Prags wanderte. Er sah aus wie ein Abruzzenräuber. Dieser Mann schleppte stets einen altersschwachen, schadhaften Fotoapparat mit sich, ein wohl hundertmal zerbrochenes und hundertmal mit Bindfaden zusammengeflicktes Holzstativ und eine Flasche Rum.

Vor Jahren hatte er sich einmal bei einem Kaiserbesuch durch das Spalier gedrängt, war, eine furchteinflößende Erscheinung, bis zu dem Monarchen selbst vorgedrungen und hatte ihm zugerufen: „Beliebt es, sich knipsen zu lassen? Bitte recht freundlich!" Er wurde augenblicklich entfernt, und auf der Polizeidirektion verrauchten in der Haftzelle allmählich seine Träume vom Titel eines Hoffotografen. Der Polizeiarzt stellte ihm ein hübsches Zeugnis aus, wonach er Alkoholiker, erblich belastet und ein ungefährlicher Idiot war. Und so durfte Netečka wieder in die menschliche Gesellschaft zurückkehren, streifte weiter durch Prag. Fotografierte alte Paläste, trank Rum an den Denkmälern unseres Ruhms, und wenn der Kaiser nach Prag kam, wanderte Netečka hinter Gitter, wo er seinen

Leidensgefährten von der bewußten Affäre mit den schlichten Worten erzählte: „Er will halt nicht, daß ich ihn fotografiere."

Vor einem Besuch des Kaisers in Prag war nämlich die Haftzelle der Polizeidirektion regelmäßig voll. Die Staatspolizei machte nicht viel Federlesens. Sie sperrte alle Scherenschleifer ein, wahrscheinlich weil sie so ein blödes Gewerbe haben, daß sie auch Messer schärfen, als wären diese geschliffenen Messer einzig und allein für den Herrn Kaiser bestimmt.

Aus den Fenstern zur Straße hin mußten alle Blumentöpfe entfernt werden, damit nicht vielleicht einer Seiner Majestät auf den Kopf fiele. Zu dem italienischen Eisverkäufer, der arglos die Kurbel seiner Eismaschine drehte, kamen Detektive und schleppten ihn in die Haftzelle, wo bereits der Droschkenkutscher Macek auf der Pritsche lag, der insofern verdächtig war, als er einmal vor Jahren in einer Tombola im „Schwarzen Brauhaus“ eine Gipsbüste von Kaiser Joseph I. gewonnen, auf ihr Wohl getrunken, mit ihr lange Monologe geführt und ihr am Ende den Kopf abgeschlagen hatte, den er anschließend in die Herrentoilette warf. Er konnte zwar beweisen, daß er so besoffen war, wie es das Gesetz erforderte, aber er wurde dennoch in der Kartei geführt, ebenso wie die redselige Blumenfrau vom Kohlenmarkt, die vor jedem angekündigten Kaiserbesuch in Prag herumschrie, sie werde es diesem Herrn Kaiser freiweg ins Gesicht hinein sagen, wie der Magistrat mit ihr umspringe.

An solchen Tagen hatte also die Staatspolizei alle Hände voll zu tun, um der Öffentlichkeit vor Augen zu führen, was das Wort „geliebter Monarch“ bedeutet. Mit einem der Kaiserbesuche in Prag ist folgende erstaunliche Kriminalgeschichte verbunden, die den Scharfsinn der Staatspolizei und ihre Kombinationsgabe beweist, aber auch ihr Versagen zum Ausdruck bringt.

2

In Žižkov erschienen in jenen denkwürdigen Jahren die Zeitschriften „Chudas“ und „Nová omladina“. Beide Namen waren ein Programm. Ich schrieb damals für diese Zeitschriften Artikel, in denen ich mich über die löblichen Behörden lustig machte, und unterhielt mich oft mit dem Herausgeber dieser Zeitschriften, dem Redakteur Knotek, der jetzt das „Ostrauer Tageblatt“ redigiert.

Als nun der Kaiser wieder einmal nach Prag kommen sollte, stand auf dem Programm auch ein Besuch des Stadtteils Žižkov. Meiner Meinung nach wollte der Kaiser die Einwohner von Žižkov besänftigen, die niemals besondere Sympathien für die Habsburger bekundet hatten, und in diesem Sinne unterhielt ich mich eines Nachmittags mit dem Redakteur Knotek in dessen Wohnung, als der Administrator des „Chudas", Herr Kalina, in Begleitung eines düster dreinblickenden Mannes bei uns erschien.

„Freunde", rief Kalina begeistert, „dieser Herr hat unsere Redaktion aufgesucht, ich kann mich mit ihm nicht verständigen, denn er ist Italiener. Er kommt soeben aus Rußland."

Der düstere Gast trat näher, nachdem er sich vorsichtig umgeschaut hatte. „Ich bin Pietro Perri, ein Kind der Stadt Florenz", sagte er in tschechisch-italienischem Kauderwelsch. „Politisch tätig in Odessa. Bin geflohen. Von die Behörden verfolgt. Accidenti! Eine schwere Weg über Grenze. Porco maledetto! Ich bitten um Ihre Gastfreundschaft. Ich werden arbeiten. Der Kaiser kommen, porco maledetto!"

„Das ist ja eine schöne Bescherung", sagte ich zu dem Redakteur Knotek, „da werden sie uns wohl bald allesamt einsperren."

„Accidenti!" fuhr Pietro Perri fort. „Ich haben geschrieben in Ihrer Redaktion ein scharfes Artikel gegen Kaiser. In deutsche Sprache. Madonna mia. Man muß etwas tun. Bereiten Sie etwas vor? Sie mir nicht trauen? Madonna mia. Meine Dokumente an die Grenze gestohlen."

Der Redakteur Knotek bemerkte, das Italienisch des Pietro Perri sei ein bißchen sonderbar, worauf Pietro Perri entgegnete: „Ich haben viel Italienisch vergessen, in Rußland gelebt. Geflohen, porco maledetto."

„Können Sie Russisch?"

„Vergessen, ich Italiener, Kind von Florenz, accidenti!"

Und Pietro Perri begann deutsch zu sprechen. Inzwischen kamen einige Bekannte, der Dichter G. R. Opočenský mit seinem Freund Rosenzweig-Moir. Das Deutsch des Pietro Perri war so wie sein Italienisch. Es war so viel dem Tschechischen Verwandtes darin, als übersetzte er Wort für Wort.

„Pardon", sagte Pietro Perri, als ich mich in diesem Sinne Rosenzweig-Moir gegenüber äußerte, „ich nicht weiß tschechische Sprache. Nicht ein Wort ich verstehe. Schwere Sprache, ich habe nicht Gelegenheit."

Opočenský summte den Anfang des Liedes „Millionen Hände", und Pietro Perri sagte: „Schöne Lied, accidenti, Million Hände im Dunkel falteten, Madonna mia."

Ich stand auf, hob meine Teetasse und brachte einen Trinkspruch aus, natürlich auf tschechisch: „Hoch lebe Pietro Perri! Um halb sechs zerren wir ihn ins Badezimmer und schneiden ihm dort die Gurgel durch."

Pietro Perri erbleichte, zog die Uhr und stammelte, am ganzen Leibe zitternd, auf deutsch: „Ich mich hier nicht fühlen sicher. Mir sein schlecht, ich gehe. Ich werde schlafen draußen."

Er nahm seinen Hut. Ich sagte zu ihm: „Herr Perri, Freund Rosenzweig-Moir wird Sie begleiten. Sie können bei ihm in Vinohrady schlafen. Ich weiß nicht, was Ihnen hier nicht gefällt. Ich gehe bis Žižkov mit."

Wir brachen auf. Im Flur verlor Pietro Perri, als er sein Taschentuch herauszog, einige Revolverpatronen. Ich hob sie auf und reichte sie ihm mit der Bemerkung, sie gehörten zum Typ Bulldog 16.

„Ich habe guten Revolver", antwortete Pietro Perri und zog einen alten Revolver des Systems Lefoche aus der Tasche. Er hatte Pech. Die Patronen der Bulldog passen niemals in einen Lefocherevolver. Als sich unsere Wege trennten, empfahl ich den Italiener aus Rußland auf das wärmste meinem Freund Moir. „Ich verstehe", sagte Pietro Perri, „ich nicht kann Tschechisch, aber ich ahnen." Und er wischte sich den Schweiß von der Stirn.

Am nächsten Tag kam Rosenzweig-Moir sichtlich aufgeregt in die Redaktion. „Pietro Perri ist aus meiner Wohnung verschwunden", meldete er, „ich ging mir Zigaretten kaufen, und als ich wiederkam, war Pietro Perri weg. Meine Papiere auf dem Tisch waren durchwühlt, und ein Bündel Briefe, das die Korrespondenz mit Frau Mlíčková enthält, ist fort."

Das war eine sehr ernste Sache, denn Frau Mlíčková

hatte Moir in zwanzig Briefen an die Bezahlung von Abendessen, Schuhkrem, einem zerbrochenen Lampenzylinder und einem abhanden gekommenen Spucknapf gemahnt.

Und nun war Pietro Perri mit diesen Dokumenten verschwunden, nachdem er uns nur ein Manuskript seines Artikels hinterlassen hatte, den er tags zuvor in einem entsetzlichen Deutsch in der Redaktion geschrieben hatte. Ich erinnere mich nur eines Satzes: „Am besten wäre es, den Besuch des Kaisers dazu zu benutzen, daß er sich niemals mehr traut, nach Prag zu kommen."

Einen Teil des Manuskripts bewahrte der Administrator Kalina bei sich auf, den harmlosen Teil, den anderen aber, für den wir gut und gern zwanzig Jahre bekommen hätten, verbrannten wir gerade noch rechtzeitig, denn bereits am Abend nahm die Polizei in der Redaktion eine Durchsuchung vor. Sie verlief ergebnislos, obwohl man selbst den Käfig mit dem Kanarienvogel durchstöberte.

3

Zwei Tage darauf erschien in der Redaktion ein unglücklicher Mensch. Sein Kopf war so gründlich verbunden, als hätte man ihn mit einem Dampfhammer zertrümmert. Von dem ganzen Kopf sah man nur ein Auge und die Nasenspitze. Nie zuvor hatte ich einen so idealen Kopfverband gesehen. Der Unglückliche berichtete mit leiser Stimme, er komme aus Nordböhmen, wo er unter den tschechischen Arbeitern in den Kohlegruben politisch gearbeitet habe. Er schilderte uns sein Martyrium. In Bruch hätten ihn deutsche Nationalisten so zugerichtet. Wir müßten etwas tun. Seine Dokumente auf den Namen Matějíček habe man ihm gestohlen. Er komme mit der Bitte zu uns, ihm als einem Opfer deutscher Brutalität einen Posten zu verschaffen. Er sei bereit, alles zu tun.

„Jetzt soll der Kaiser kommen", erklärte er vielsagend

und verbreitete sich darüber, daß man da doch etwas unternehmen müsse. Er könne bei uns als Bürodiener oder Zeitungsredakteur arbeiten. Er sei ganz und gar der Unsere. Den Kopf habe man ihm völlig zerdroschen. Und er drückte uns die Hand.

Ich bemerkte, daß dieser Unglückliche mit dem verbundenen Kopf kalte Hände hatte. Ein Mensch mit wundgeschlagenem Kopf hat doch Fieber. Und dann die Stimme und das auffällige Gebaren. Ich nahm den Redakteur Knotek beiseite und bat ihn, dem Unglücklichen einen Zehner als Vorschuß für seine Tätigkeit als Zeitungsredakteur zu geben und sich den Empfang schriftlich bescheinigen zu lassen, denn ich brauche seine Handschrift. Der Bedauernswerte schrieb also: „Hiermit bescheinige ich den Empfang von zehn Kronen. Miřička."

„Sie haben, glaube ich, vorhin gesagt, daß Sie Matějíček heißen."

Der Ärmste stammelte, ihm seien die Papiere gestohlen worden.

„Soso, deshalb wissen Sie nicht, wie Sie heißen", sagte ich. „Das ist ja auch ganz natürlich. Aber wissen Sie, daß ich Ihre Handschrift schon einmal gesehen habe? Kalina, nimm ihm den Verband ab."

Als Kalina nach hartem Kampf dem Unglücklichen den Verband vom Kopf gerissen hatte, erschien darunter das Gesicht von – Pietro Perri. Er sank vor uns auf die Knie. Wir quetschten ihm die Finger und verdrehten ihm den Arm, damit er uns sagte, wie er nun wirklich heiße. Wir folterten ihn nach den alten schönen Vorbildern der spanischen Inquisition.

„Ich heiße Alexandr Mašek", brachte der Gefolterte stammelnd hervor, „und ich stehe in den Diensten der Staatspolizei. Schlagen Sie mich nicht tot, ich werde Ihnen alles sagen. In meiner Rocktasche finden Sie eine Anleitung für die Bombenherstellung. Die sollte ich hier unauffällig verstecken. Heute abend wird bei Ihnen wieder eine Durchsuchung sein, und die Polizisten sollten den

Zettel finden. Ich bekomme hundertneunzig Kronen monatlich, und für Sie sollte ich dreihundert zusätzlich kriegen."

Alexandr Mašek, eine Stütze der Prager Staatspolizei, brach in Tränen aus.

„Wer hat Ihnen den Kopf verbunden?"

„Der Herr Doktor Prokop von der Polizeidirektion."

Um sicherzugehen, ob er tatsächlich Mašek hieß, begab sich Moir zur Polizeidirektion. Er betrat in aller Seelenruhe den Raum, in dem sich die Detektive trafen, und fragte, ob Mašek nicht da sei. „Mašek ist nach Žižkov gegangen, in die Taboritenstraße", antwortete einer der Herren bereitwillig.

Als Moir mit diesem Bescheid zurückkehrte, ließen wir den gefolterten Mašek laufen, der seinen Augen nicht trauen wollte, als er nicht erschlagen wurde. Er bat uns noch um eine Bestätigung, daß wir ihn durchschaut hatten, damit man ihn nicht mehr nach Žižkov schickte. Diese Bestätigung stellten wir ihm gern aus. Sie lautete:

An die löbliche Polizeidirektion!

Wir bestätigten hiermit auf Ersuchen des Alexandr Mašek, Agent der Staatspolizei, daß selbiger von uns entlarvt wurde, sowohl als Pietro Perri als auch in seiner Rolle des aus der Arbeit in Nordböhmen entlassenen und mißhandelten tschechischen Arbeiters Matějíček alias Mířička. (Es folgten die Unterschriften.)

Von dieser Zeit an hatten wir Ruhe vor der Staatspolizei.

4

Alexandr Mašek war auch in einen antimilitaristischen Prozeß verwickelt. Einmal wurde er in der Hybernská erkannt und so verprügelt, daß er ins Krankenhaus gebracht werden mußte. Die Polizei ließ über ihn das Gerücht verbreiten, er sei in Jičín seinen Verletzungen erlegen, eine

Nonne habe ihm die Augen zugedrückt. Alexandr Mašek blieb jedoch am Leben und ist nun in Rußland, wo er sich sehr für die tschechische Frage interessiert. Ich habe gehört, daß er verhaftet worden ist und gehängt werden soll.

Wenn das stimmt, dann lege ich ihm diese Erinnerungen ins Grab.

Die Verfolgung der ersten Christen in Vinohrady

In unsere Residenz der Partei des gemäßigten Fortschritts im Rahmen des Gesetzes kam häufig Herr Kopejtko. Er war ein sehr frommer Mann, der zu verstehen gab, daß er uns zutiefst verachtete. Wir sprachen nämlich nicht eben in frommer Weise von dem lieben Gott, und der Herr Kopejtko hielt es für seine heilige Pflicht, nach dem zehnten Glas Bier für den Herrgott Partei zu ergreifen. Und so nannten wir ihn den „ersten Christen von Vinohrady". Gehüllt in seinen Havelock, trat er schwermütig und leise ein – genauso traten die ersten Christen in die altrömischen, von Söldnern überfüllten Osterien. Und wenn er in dieser ungläubigen Atmosphäre sein Glas Bier zum Munde führte, tat er das mit heiliger Ehrfurcht, als höbe er zu den Zeiten des heiligen Petrus in den Katakomben des Ciborium. Das höchste Zeichen seiner hämischen Verachtung war es, daß er uns beim Gehen zurief: „Dann mit Gott."

Wir versuchten mehrere Male, ihm seinen Gott zu nehmen, aber er schüttelte stets resignierend das Haupt und sagte: „Das ist alles umsonst. Sie können sagen, was Sie wollen. In dem Glauben, in dem ich geboren bin, werde ich auch sterben." Manchmal sagte er auch: „In dem Glauben, in dem ich gestillt wurde . . ."

Von Beruf war er Leichenbestatter, und das wirkte vielleicht auch auf seinen frommen Sinn, obwohl er sich ansonsten über die letzten Angelegenheiten des Menschen nicht gerade mit der angemessenen Frömmigkeit ausdrückte, indem er zum Beispiel erklärte: „Hat mir das heute wieder Mühe gemacht, das alte Weib in den Sarg zu stopfen." Seine Frömmigkeit hinderte ihn übrigens nicht daran, dem Kartenspiel zu frönen.

So geschah es eines Samstags, als wir Siebzehn und vier spielten, daß er uns bat, ihn mitspielen zu lassen. Zuerst hatte er Glück, weil er sich vor jedem Spiel bekreuzigte. Dann aber wendete sich das Blatt, und er verspielte seinen ganzen Wochenlohn bis zum letzten Kreuzer. In der Hoffnung, daß er, wenn er weiterspielte, alles zurückgewänne, bat er uns, ihm fünf Kronen vorzustrecken.

„Mit dem größten Vergnügen, lieber Freund", sagten wir zu ihm, „aber Sie müssen uns Ihre Uhr als Pfand geben und erklären, daß Sie nicht an den lieben Gott glauben."

In Kopejtkos Innerem spielte sich offensichtlich ein großer Seelenkampf ab.

Ähnliche Gesichtszüge hatten gewiß die Christen aus den Zeiten des Kaisers Nero, wenn sie vor den Herrscher geschleppt wurden und erklären sollten, sie schwörten ihrem Gott ab.

„Niemals!" schrie Kopejtko.

„Dann spielen wir ohne Sie!"

Das bedeutete etwa soviel, wie wenn in Rom der Herrscher geschrien hätte: „Werft sie den Raubtieren vor!“

Das Gesicht Kopejtkos widerspiegelte sichtlich seine Qualen, den grausigen inneren Kampf.

„Meine Herren“, sagte er plötzlich, uns die Uhr übergebend. „Ich glaube also nicht an den lieben Gott.“

Er bekam fünf Kronen und rief, als er die erste Karte erhielt: „Und doch glaube ich an den lieben Gott! Ich setze alle fünf Kronen!“

Er verspielte sie. Dann schrie er: „Ich glaube nicht an Gott!“ und lieh sich auf seinen Ehering von uns zehn Kronen, die er unter dem Aufschrei „Und doch gibt es einen Gott auf der Welt!“ verspielte.

Dann ließ er seinen Wintermantel da, und am Ende holte ihn seine Frau heim.

Am nächsten Sonntag pilgerte er auf den Heiligen Berg bei Příbram, um Buße zu tun, und brachte dem Wirt einen Rosenkranz mit.

Die Verfolgung der neuen Partei durch die Regierungskreise

Als Herr Kopejtko vom Heiligen Berg zurückkehrte, zeigte er uns bei der Polizei an, wo er erklärte, wir betrieben verbotene Spiele, redeten übel vom lieben Gott und den Höheren dieser und jener Welt.

Seit dieser Zeit saß stets ein Herr Markup bei uns. Wer war dieser Herr Markup? Ein guter Mensch. Beamter des Polizeikommissariats. Er hatte ein geringes Gehalt und sechs Kinder. In diesen Zeiten, da sich die großen Prager Stürme um das allgemeine Stimmrecht zusammenbrauten, verdienten sich Leute seiner Gattung ihr Geld durch das, was sie ihren Vorgesetzten zutrugen, die es wiederum der Staatspolizei in Wien mitteilten. Außerdem lag gerade der Besuch Seiner Majestät in Prag hinter uns. Herr Markup hätte sich gern etwas dazuverdient. Schon Chateaubriand hat gesagt, die Polizei sei romantisch. Und als Kopejtko damals in der Sicherheitsabteilung erklärte, er könne sich das, was wir da in unserem Wirthaus an Reden führten, nicht mehr mit anhören, da schickten sie uns den Herrn Markup. Sie nahmen keine Rücksicht darauf, daß er sechs Kinder hatte. Als der Herr Kommissar den frommen Herrn Kopejtko fragte: „Und was sind das für Leute?“, antwortete dieser: „Gnädiger Herr, es sind Lumpen.“ Und der Vater von sechs Kindern ging unter diese Lumpen. Er ging wie seinerzeit die römischen Legionäre nach Britannien, um im Nebel der fremden Insel Vorposten zu beziehen. Und er dachte, niemand würde ihn kennen. Aber ihn kannte der Neffe des Polizeidirektors, der bei uns verkehrte, und der sagte einfach, als Herr Markup am ersten Abend gegangen war: „Das ist der Markup.“ Was er uns noch über ihn erzählte, war recht traurig. „So ein Mann“, meinte er, „läßt sich willig ohrfeigen, denn er hat sechs Kinder, und für jede Ohrfeige kriegt er zwei Kronen Tantiemen. Ansonsten bekommt er Tages-, eigentlich Nachtdiäten, je fünf Kronen für jeden Besuch in der Räuberhöhle. So zahlt man ihm nur fünfzig Gulden monatlich."

Am nächsten Abend war der Herr Markup früher als wir da und saß mit der Miene eines gutmütigen Tropfes an unserem Tisch. Als wir kamen, entschuldigte er sich und sagte, er werde sich an einen anderen Tisch setzen, er wurde aber von uns aufgefordert zu bleiben, seine Gesellschaft sei uns sehr angenehm. Wir sprächen zwar von Politik, aber das werde ihn wohl nicht stören. „Also abgemacht", sagte Freund Mahen leise zu mir, aber so, daß es der Herr Markup hörte. „Ja", sagte ich, „ich treffe die letzten Vorbereitungen." – „Weiß man davon schon in Mähren?" fragte uns der Ingenieur Kun, wobei er sich vertraulich zu uns neigte. „In Mähren weiß man schon von allem", sagte ich laut. Herr Markup zuckte zusammen. „Ich kenne Mähren, mit Verlaub", mischte er sich ein. „Mähren ist das Land, das Böhmen stets zur Seite steht." „Aber da irren Sie sich", sagte ich. „Erlauben Sie, meine Herren", sprach der Herr Markup. „Sie werden doch wohl wissen, daß die Mährer am Lustschloß Stern gefallen sind."

„Das ist uns ganz neu", erklärte der Dichter Opočenský. „Wissen Sie nicht, daß man darüber nicht sprechen darf? Daß Sie sich da schön anschmieren können? Sie fangen vielleicht noch vom Kaiser Ferdinand an . . ."

Markup lächelte freundlich. „Was meinen die Herren, war der Kaiser Ferdinand ein herausragender Mann?"

„Gewiß war er das", sagte ich ernst. „Ein Herrscher, der im Jahre 1620 die Natter des Aufruhrs zu zertreten verstand, ist gewiß ein ehrenwerter Mann. Besonders wenn wir bedenken, daß er zur erhabenen Dynastie der Habsburger gehört."

„Na, da sehen Sie", sagte der Herr Markup, „er hat ja auch viele böhmische Herren auf dem Altstädter Ring hinrichten lassen."

„Vielleicht bedauern Sie das noch, Herr“, rief ich mit wilder Stimme. „Das war doch noch eine milde Strafe für diese Rebellen, die die Statthalter aus den Fenstern der königlichen Prager Burg geworfen hatten, die ihren eigenen König abgesetzt und einen Ausländer nach Böhmen geholt und die ihrem eigentlichen König in der Schlacht über zwanzigtausend Soldaten erschlagen hatten. Und Sie wollen sich für diese Leute einsetzen? Sind Sie noch ein Tscheche, Herr? Schämen Sie sich nicht? Ich bin überzeugt, Sie fangen bald an, über die ungarische Revolution von 1848 zu sprechen und diesen Kossuth zu loben, was für ein Mordskerl das gewesen ist, aber in Wirklichkeit hat der Lump Banknoten gefälscht und alle Sauhirten gegen die Habsburger Monarchie aufgehetzt, und als er aufgehängt werden sollte, ist er ausgerissen, dieser Nichtsnutz. Und Sie kommen jetzt in aller Ruhe daher und fangen an, diesen Kossuth zu verteidigen, die ungarische Revolution zu preisen und hier herumzuschreien: Es lebe die Revolution!"

„Aber meine Herren, ich hab doch nichts dergleichen gesagt!" Ich stand auf. „Die Herren hier sind meine Zeugen, daß Sie es gesagt haben. Hat er das gesagt, Kameraden?"

„Ja", riefen alle. „Und noch schlimmere Sachen."

Mahen stand ebenfalls auf: „Sie haben sich, Herr, in diese ehrliche Versammlung eingeschlichen, um hier hochverräterische Losungen zu propagieren. Sie haben hier den Herrgott gelästert, hier an diesem Tisch, wo lauter Söhne katholischer Eltern sitzen. Sie haben geschrien, Sie glaubten nicht an den lieben Gott, Sie haben die Unfehlbarkeit des Papstes angezweifelt, uns, ordentliche Bürger, wollen Sie auf Irrwege des Trugs und Unglaubens führen, darauf gibt es eine einzige Antwort: das Gefängnis. Herr Wirt, rufen Sie einen Schutzmann!"

„Aber meine Herren!"

„Kein Aber, der Schutzmann muß Sie festnehmen, wir zeigen Sie wegen Gotteslästerung, wegen Majestätsbeleidigung und ähnlicher Delikte an, verstehen Sie? Unsere Losung ist: Für Gott, König und Vaterland. Und das wollen Sie uns nehmen? Daß Sie sich nicht schämen, Sie, ein gebildeter Mann!"

Schon war der Schutzmann da.

„Ich bitte Sie, Herr Wachtmeister, stellen Sie freundlicherweise den Namen dieses Herrn fest. Er spricht unehrerbietig von Gott dem Allmächtigen, vom Papst, von der ganzen Dynastie Habsburg und versucht, uns moralisch zu verderben. Er will aus uns Anarchisten, Terroristen und Gotteslästerer machen."

Herr Markup stand auf und sagte ruhig und ernst: „Ich bin Polizeibeamter."

Der Neffe des Polizeidirektors sprang auf. „Sie lügen, Mann! Legitimieren Sie sich! Wenn das mein armer Onkel wüßte!"

Herr Markup suchte seine Taschen ab und erklärte niedergeschlagen: „Bitte, ich hab meine Legitimation zu Hause liegenlassen."

Der Neffe des Polizeidirektors trat an den Schutzmann heran, zeigte ihm seinen Ausweis mit dem gefürchteten Namen und sprach würdevoll: „Der Polizeidirektor, Ihr Chef, ist mein Onkel!" Und auf den unglücklichen Herrn Markup zeigend, rief er „Abführen!"

Während der Schutzmann den völlig verdatterten Herrn Markup abführte, hallte ihm der feierliche Choral hinterher: „Mähren wird nie den Glauben verlieren, das Erbe der Väter bewahr uns, o Herr!"

Herr Markup ließ sich nie mehr bei uns sehen, denn er wurde auf der Polizeidirektion in die Registratur versetzt, um alte Akten abzustauben.

Der Parteikassierer Eduard Drobílek

Alle die Literaten, die unserem Kreis angehören, das muß ich leider sagen, hatten niemals das Gewicht, wie es ein einfacher Mann aus dem Volk hat, unser Freund Eduard Drobílek. Seine Vergangenheit war sehr bewegt. Früh verlor er die Eltern, was immer zu einer bewegten Vergangenheit gehört, wenn ein berühmter Schriftsteller, wie ich es bin, die Lebensgeschichte eines hervorragenden Mannes zu Papier bringen will. Eduard Drobílek blieb inmitten des Strudels des Lebens allein zurück und begab sich eines schönen Tages zu Fuß zu seinem Onkel, der irgendwo hinter der Elbe bei Mělník wohnte. Und was begegnete ihm unterwegs? Begegnete ihm ein Abenteuer im nächtlichen Dunkel, welches das Elbtal einhüllte? Mitnichten, Drobílek begegnete einem Gendarmen. „Wohin, wohin?“ fragte der Gendarm mit jenem feinen Sarkasmus, dessen nur Gendarmen fähig sind, wenn sie nachts auf ein verdächtiges Individuum stoßen. Der Gendarm hielt Drobílek für ein solches Individuum, und Drobílek erwiderte ehrerbietig.

„Wohin geruhen Euer Wohlgeboren?“

„Ich will nach Neratovice“, antwortete überrascht der Gendarm.

„Na so ein Zufall, ich komme gerade aus Neratovice.“

„Bitte“, sagte der Gendarm, „ist dort das Gasthaus von Sezemský geöffnet?“

„Sie wollen ins Wirtshaus?“ sagte Drobílek. „Sie achten gar nicht auf die Anordnung des Kriegsministeriums, die besonders den Gendarmeriestationen auferlegt, Tag und Nacht auf den Beinen zu sein, jeden weltlichen Genuß zu meiden, denn gerade in diesen weltlichen Genüssen steckt die Gefahr, daß die Gendarmen ihre Pflicht nicht ordnungsgemäß erfüllen. Sie haben mich jetzt zum Beispiel gefragt, ob bei Sezemský geöffnet ist. Sie, Herr, wissen nicht, wer ich bin, und ich bin sogar der Meinung, Sie sind gar kein Gendarm, sondern ein verkleideter Strauchdieb, denn wenn Sie ein Gendarm wären, dann würden Sie nicht jemanden nachts auf der Landstraße fragen, ob irgendeine Kneipe geöffnet ist. Ihre erste heilige Pflicht wäre es gewesen, mich nach meinem Ausweis zu fragen, und wenn ich keinen bei mir hätte, mich zu verhaften und auf die nächste Gendarmeriestation abzuführen, dort ein Protokoll aufzunehmen, und wenn sich herausstellte, daß ich ein Nichtsnutz bin, dann müßten Sie mich laut allerhöchster Anordnung zum nächsten Kreisgericht bringen, wo ich wegen Landstreicherei abgeurteilt würde. Ich werde mich über Sie beschweren."

„Aber Euer Gnaden . . ."

„Nichts da von Euer Gnaden, ich spreche jetzt mit Ihnen als Ihr Freund. Kennen Sie den Minister für Landesverteidigung?"

„Den kenne ich nicht, Euer Gnaden."

„Um so schlimmer für Sie. Sie kennen auch seine letzte Anordnung aus dem Jahre 1901 nicht, die vom zwölften Mai?"

„Nein, bitte."

„Sie kennen also jene Anordnung nicht, wo geschrieben steht, daß, wenn Sie nachts in Ihrem Bezirk einer verdächtigen Person begegnen, die Sie nicht kennen, Sie selbige nicht nur nach den Papieren zu fragen haben, sondern auch fragen müssen: Wieviel Geld haben Sie bei sich? Und da würde ich meine Börse ziehen und würde sagen: Ich habe nur zwei Kreuzer bei mir oder richtiger – laut ministerieller Anordnung vom 3. Mai 1900 – vier Heller. Und Sie wissen auch nicht, daß jeder, der bei uns in Österreich unterwegs ist, mindestens vier Kronen fünfzig bei sich haben muß. Und weil ich nur vier Heller bei mir habe, fehlen mir zu jenem gesetzlich festgelegten Betrag vier Kronen sechsundvierzig Heller, die Sie mir jetzt vorstrecken müssen, obwohl Sie mich nicht kennen und nur soviel wissen, daß Sie Ihre Pflicht nicht ordnungsgemäß erfüllt haben und dafür bestraft werden können."

„Ich habe nur einen Fünfkronenschein bei mir," sagte der Gendarm kleinlaut.

„Her damit!" sagte Drobílek. Der Gendarm durchsuchte seine Geldbörse und rief triumphierend: „Aber ich hab ja noch Kleingeld! Wieviel, haben Sie gesagt, fehlt Ihnen zu dem Betrag?"

„Vier Kronen sechsundvierzig Heller."

Beim Licht seiner Taschenlampe zahlte der Gendarm Drobílek den verlangten Betrag aus, und so kam Drobílek mit dem Geld des Gendarmen zu seinem Onkel. Seit dieser Zeit wird erzählt, leiht jener Gendarm, dessen Name František Kohout ist, nachts allen Verdächtigen, denen er auf seinem Streifengang begegnet, vier Kronen sechsundvierzig Heller, und im Laufe der Zeit, da die Partei des gemäßigten Fortschritts im Rahmen des Gesetzes besteht, hat er sich so in Schulden gestürzt, daß er baldmöglichst aus der Gendarmerie austreten und selber nachts ein verdächtiges Individuum spielen wird. Durch diesen Streich gewann Drobílek das Vertrauen aller Parteimitglieder, und im nächsten Kapitel wird darüber berichtet werden, wie er in einem Restaurant heldenhaft den Verlust seiner Braut überstand.

Drobíleks Liebesabenteuer

Es gibt auf der Welt edle Menschen, die dennoch die Rolle Enttäuschter auf sich nehmen müssen, Menschen, die am Ende nichts als Undank ernten. Insbesondere was die Kontakte dieser großmütigen Menschen mit dem anderen Geschlecht betrifft, kann man überaus häufig die Beobachtung machen, daß gerade die edelsten Männer am liebsten von den Frauen betrogen werden und in der Liebe Pech haben. So war auch Drobílek, der stets bereit ist, unserem Freund Macha einen Wechsel zu unterschreiben, gelegentlich unglücklich verliebt.

Er liebte Baruška, die Köchin aus dem Restaurant „Zur Kerze“, ein Mädchen vom Lande, pausbäckig und naiv, und einst erkühnte er sich, ihr vorzuschlagen, mit ihm ins Kino zu gehen. „Sie Schweinekerl“, entgegnete Baruška, „was denken Sie von mir?“ Seit der Zeit hielt Drobílek die Köchin Baruška hoch in Ehren, und wann immer über Frauen gesprochen wurde, pflegte er zu sagen, er habe ein einziges ehrliches Mädchen kennengelernt, und das sei Baruška. Sie war es, die einige Jahre später in der Wohnung ihrer Dienstherrschaft den Wasserhahn überdrehte und, als sie das Wasser nicht abstellen konnte, aus dem dritten Stock auf die Straße sprang und so zu Tode kam.

Dann liebte Drobílek eine Näherin. Er überschüttete sie so mit seiner Gunst, daß er sie in seiner Gutmütigkeit und Ehrlichkeit ohne böse Hintergedanken eines Tages zu einem Ausflug einlud und sich am Ort des Rendezvous mit einem großen Paket unterm Arm einstellte.

„Was tragen Sie da?“ fragte das junge Mädchen mit einem liebreizenden Lächeln, als sie auf dem Dampfer Platz genommen hatten, um nach Závist zu fahren.

„Erst im Wald, mein Fräulein, hier sind zuviel Leute", antwortete Drobílek, ihr ergeben ins Auge blickend. Und als sie endlich im Wald waren und sich an einem allen menschlichen Blicken verborgenen Plätzchen gelagert hatten, schmiegte sich Drobílek an seine zweite Liebe und sagte zärtlich zu ihr: „Ich habe, mein Goldkind, zwei Unterhosen und zwei Hemden mit, und auch Zwirn hab ich dabei. Die Unterhosen sind im Schritt aufgerissen, und die Hemden haben Löcher an den Ellbogen. Liebste, flicken Sie es mir bitte?" Und sich begeistert umdrehend, rief er: „Hören Sie, wie schön die Vögel singen?" Und wenn er uns davon erzählte, seufzte Drobílek stets und fügte hinzu: „Werdet ihr glauben, daß sie mich einen gemeinen Schuft nannte? Daß sie weg war, bevor ich ihr die Unterhosen und Hemden geben konnte? Was hat sich dieses Frauenzimmer bloß gedacht, als ich ihr sagte, wir sollten ins Gebüsch kriechen?"

Dann begegnete er längere Zeit den Frauen mit Mißtrauen, bis er schließlich eines Tages erklärte, ihn liebe die Besitzerin einer Weinstube, weil er dort immer eine große Zeche mache. Als er damit aufhörte, hörte sie auch auf, ihn zu lieben, und Drobílek erkannte, daß die Frauen nichts wert sind. Und er entsagte allen Weibsbildern, bis er die Bekanntschaft der Tochter des Gastwirts machte, bei dem er immer sein Mittagessen einnahm. „Merkwürdigerweise", sagte Drobílek, „hat dieser Wirt mehrere Töchter, und ich liebe gerade die eine. Das ist ein mehr als sonderbarer Zufall. Vilma muß ich heiraten, falls mir nichts dazwischenkommt." Aber der Freund Förster kam ihm dazwischen. „Fräulein", sagte er eines Tages zu dem Mädchen, das Drobílek so heiß liebte. „Sie dürfen den Drobílek nicht heiraten, weil ich selber Sie liebe. Falls Sie jedoch auch mich nicht heiraten wollen, tun Sie am besten daran, von zu Hause durchzubrennen."

Tags darauf feierte Drobílek seine Verlobung mit dem Fräulein Vilma. Eine Stunde nach der Verlobung kam Freund Förster und richtete an Drobíleks Verlobte eine längere Ansprache, in der er ihr erklärte, sie handle nicht richtig, wenn sie Drobílek heiraten wolle, weil sie noch jung sei, und zweitens, weil er selber sie liebe und sie, wie er ihr bereits gesagt habe, am besten von zu Hause ausrisse und alles stehen- und liegenließe ... Und wenn sie nicht von Drobílek lassen wolle, dann werde er selber Drobílek zwingen, sie aufzugeben und die Bekanntschaft mit einer ihrer Schwestern anzuknüpfen. Dann schlug Förster ihr vor, noch in der selben Nacht durchzubrennen und einstweilen in einem Hotel zu übernachten und Drobílek zu schreiben, er möge ihr verzeihen. Das würde ein Mordsgaudi werden. Sie solle ihm auch schreiben, sie liebe ihn gar nicht, das wäre ein noch größeres Gaudi. Dann ließ er sie auf dem Flur stehen, rief Drobílek zu sich und sagte, das Fräulein Vilma möchte allein mit ihm über die Zukunftspläne sprechen. So stand Drobílek eine geschlagene halbe Stunde mit seiner Braut auf dem Flur, und als er wiederkam, sagte er: „Das brave Mädchen weint vor Glück, weil ich ihr dargelegt habe, daß ich schon die Möbel bestellt und alles so eingerichtet habe, daß das dreimalige Aufgebot auf einmal verkündet wird." Daraufhin feierten wir Drobíleks Verlobung weiter, und Förster hielt eine Rede, in der er ausführte, daß eine Verlobung zwar ein wichtiger Schritt in ein neues Leben sei, daß aber niemand denken dürfe, eine Verlobung sei schon etwas Endgültiges, und Drobílek zärtlich umarmend, fügte er hinzu. „Welches Unheil dich auch in deinem Leben trifft, gedenke stets, daß ich dein bester Freund bin."

In dieser Nacht brannte das Fräulein Vilma durch.

Als Drobílek am nächsten Tag wie üblich zum Mittagessen erschien, voller Freude auf die Mehlspeise, die er so gern aß, fand er folgende Situation vor: Im Ausschank saß Vilmas Vater, vor sich ein Glas mit dunklem Bier, und als er Drobílek erblickte, rief er: „Herr Drobílek, ich raufe mir die Haare, mehr muß ich Ihnen nicht sagen." Verwundert sah Drobílek die Frau Wirtin verheult am Tisch sitzen, und aus der Küchentür blickten die verheulten Gesichter aller fünf Töchter, und die verheulte Kellnerin trat an Drobílek heran und sagte: „Armer Herr Drobílek, wissen Sie es schon? Vilma ist durchgebrannt."

„Aber warum haben Sie mir keine Mehlspeise gebracht?" rief Drobílek erbost. Als das die Frau Wirtin hörte, schlug sie die Hände überm Kopf zusammen, rannte in die Küche und rief ihren Töchtern zu: „Jesusmaria, der Herr Drobílek hat darüber den Verstand verloren!" Aber da trat bereits der Herr Wirt an Drobílek heran und überreichte ihm ein Brieflein, geschrieben von Vilmas Hand:

„Herr Drobílek, hochgeschätzter Herr Drobílek! Ich bitte Sie tausendmal um Verzeihung, daß ich Sie nicht liebe und durchgebrannt bin. Ihre Sie liebende Vilma."

Und während Vilmas gutem Vater die Tränen aus den Augen kullerten, steckte Drobílek den Brief in die Tasche und sagte dann voller Bangen: „Aber Herr Wirt, die Mehlspeise haben Sie mir doch hoffentlich aufgehoben?"

Und da kam bereits das Fräulein Boženka, die Tränen tropften auf eine große Portion Himbeerauflauf, den sie Drobílek mit den Worten vorsetzte:

„Armer Herr Drobílek, das haben Sie immer gern gegessen. Und Vilma ist in der Nacht durchgebrannt.“ Und Drobílek löffelte den Auflauf und sagte mit einem seligen Lächeln: „Gott sei dank, ich hatte schon gefürchtet, ihr hättet mir die Mehlspeise nicht aufgehoben.“

Zu diesem Fall pflegte er, wenn die Rede darauf kam, hinzuzufügen: „Mein Leben lang werde ich keine so große Portion Himbeerauflauf mehr kriegen wie damals, als mir die Braut weggelaufen ist. Den hab ich mir damals schmekken lassen.“

Der eingesperrte Löwe

Der Ungar Josef Oerök war Spieß bei unserem Infanterieregiment in Košice. In unserer Kompanie waren Slowaken, Polen, Tschechen, Rumänen, Ungarn, Ruthenen und einige Zigeuner. Über diese Völkerschaften herrschte der Hauptfeldwebel Josef Oerök mit eiserner Faust, sich immer neue Schimpfworte und neue Flüche ausdenkend, wobei er alle möglichen Kniffe anwandte, um die Mannschaft in unangenehme Situationen zu bringen. Dieser Mann bemühte sich, allgemein gehaßt zu werden, was ihm auch restlos gelang. Jeden Sonntag führte er eine plötzliche „Monturvisite“ durch, und ob das nun Slowaken, Polen, Tschechen, Rumänen, Ungarn, Ruthenen oder Zigeuner waren – niemand durfte am Nachmittag die Kaserne verlassen. Bei dem einen fehlte ein Knopf, oder alle Knöpfe waren dran, aber der fürsorgliche Josef Oerök hegte die Befürchtung, es könnten unterwegs Knöpfe abgehen. Bei einem anderen wieder glänzten die Knöpfe nicht so wie vorgeschrieben, oder sie glänzten zu sehr. „Du, mein Täubchen, wirst nirgendshin gehen“, sagte Josef Oerök, an den Knöpfen zerrend, „schau nur, du Taugenichts, schon hab ich zwei in der Hand. Ja, mein Junge, du bist so unordentlich, daß ich dich in der Schlacht in die vorderste Linie stellen werde, damit du als erster fällst. Aber nein, was red ich da, du verfluchter Kerl, der Feind würde sich ja genieren, auf dich zu schießen. Wenn der feindliche Hauptmann dich durchs Fernglas sieht, dann gibt er den Befehl, dich zu schonen, weil du kein Soldat bist, denn du hast die Knöpfe nicht in Ordnung. Ja, mein Täubchen, schau nur her, schon hab ich wieder einen Knopf angefaßt, und wieder ist er mir in der Hand geblieben.“

Nach und nach blieben ihm die Knöpfe der ganzen Kompanie in der Hand bis auf die des Zigeuners Gučko. „He, du Strolch“, rief Oerök, sich vergeblich bemühend, ihm einen Knopf abzureißen, „mir scheint, du bekommst heute als einziger Ausgang. Du hast wohl besonderen Zwirn, oder hast du ihn dir von deinem Sold gekauft, mir scheint, du gehst verschwenderisch damit um ... Was seh ich da, du Hundesohn, du hast die Knöpfe mit Draht an der Bluse festgemacht und hast das staatliche Tuch mit Draht durchstochen. Baszom az anyát a Kristus Máriát, az Istenét, baszom a tégedet, te vagy buta és en a Kristus Máriát baszom csunyát! Herr Jesus Christus, siehst du diesen Ochsen, Gauner und Dieb!“ Und schmerzlich den Blick zum Himmel hebend, verkündete Josef Oerök mit leiser Stimme, wobei er den Zigeuner am Ohr zog: „Herr im Himmel, du siehst diesen Infanteristen, aber in deiner unendlichen Güte hast du bislang diesen kläglichen Wurm noch nicht zertreten. Du glaubst sicher, o Herr, daß ich dem Schuft sechs Stunden Strafexerzieren aufbrumme, bis er noch schwärzer wird, als ihn, diesen Mistkerl, seine Mutter ohnehin geboren hat!“

Am nächsten Sonntag kontrollierte Josef Oerök vor dem Stadtausgang die Schuhe der Kompanie, ob genau nach Vorschrift in jeder Sohle zweiunddreißig Zwecken steckten.

„Ade, ihr Lieben“, sagte er zur Kompanie, „für heute habt ihr Kasernenarrest. Bevor ihr künftig die Zwecken in die Schuhe schlagt, müßt ihr vorher fragen, wie tief ihr die Zwecken einschlagen dürft und wieviel ihr einschlagen dürft. Weil ich euch neulich bei der Monturvisite als euer guter Vater die Schuhe um die Schnauzen gehauen habe, weil keine zweiunddreißig Zwecken in jedem Schuh waren, sehe ich heute, daß die geringste Zahl von Zwecken dreiunddreißig ist. Ihr glaubt, je mehr, desto besser. Das gilt bei Knödeln, ihr Trottel, aber nicht bei Schuhzwecken. Je mehr, desto schlimmer für euch, ihr Kamele, az ebbadta! Ich lasse euch heute nicht aus der Kaserne, damit ihr alle Zwecken wieder rauszieht, bis die Sohlen sauber sind, und dann schlagt ihr wieder die befohlene Menge ein. Ihr seht, ich habe nichts davon, ich werde euch beim Arbeiten zuschauen, laß mir einen Liter Wein bringen, und so wird uns der Nachmittag schön vergehen. Und daß es heute heiß ist, das soll euch nicht stören, euer Väterchen Oerök wird sich mit Wein erfrischen. Mein Landsmann Maroszy wird mir den Wein holen, dieser Nichtsnutz ist immer noch der bravste von euch Schuften. Der kommt der Vorschrift am nächsten, er hat dreiunddreißig Zwekken reingeschlagen."

Väterchen Oerök war ein gütiger Vater der Kompanie, die er wie ein Löwe die scheuen Antilopen über den Übungsplatz scheuchte. Die ganze Kompanie zitterte vor ihm, denn er hielt die Mannschaft in ständigem Zittern wie der Wind eine Espe. Seine Stimme glich dem Gebrüll eines Löwen, vor dem die Kamele schlottern, wie er einmal nebenbei bemerkte, als er auf dem Übungsplatz „Ruhe" befohlen hatte.

In so einer Ruhepause belehrte er die Soldaten fein und zartfühlend, sie sollten diesen Augenblick schätzen, denn wenn er den Satz beendet haben würde, mußten sie wieder bis zur Erschöpfung exerzieren, um sich endlich zu merken, daß sie nicht vor dem Altar knieten, sondern nur das Kommando „Kniet!" auf dem Übungsplatz befolgten.

Und wieder erschallte der donnergleiche Ruf: „Kniet! – Auf! – Kniet! Auf!– Nieder! – Kniet! – Auf! – Kniet! – Auf!"

Aber eines Tages wanderte der Hauptfeldwebel Oerök in den Arrest.

Der Löwe hatte sich betrunken. Er kam ohne Mütze in die Kaserne, sang das Lied von der schönen Wirtin hinter Szatmár, die den Kaufleuten die Uhr aus der Tasche gestohlen hatte und die die aufgebrachten Kaufleute den Wölfen zum Fraß vorwarfen. Dann sang er, daß sie die Uhren gemeinsam gestohlen hatten. Schon das machte in der Kaserne einen schlechten Eindruck. Da trat der

Hauptmann auf den Hof. Oerök ging an ihm vorbei und salutierte nicht, er sang nur weiter, daß das nicht hinter Szatmár geschehen sei und daß sie die Wirtin nicht den Wölfen vorgeworfen hätten.

„Melde gehorsamst", sprach er den Hauptmann an, „wissen Sie nicht, wie das eigentlich war mit dieser Wirtin?"

Er bekam dafür dreißig Tage Stubenarrest.

Am Morgen, da Josef Oerök in seinem Zimmer in der Kaserne eingesperrt wurde, bekam der Stabsführer den Befehl, von Zeit zu Zeit nachzuschauen, ob Oerök nicht durchs Fenster entwischt sei.

Es war ein schöner Sonntagnachmittag, als der Stabsführer, gerade als die Soldaten ihren Ausgang antraten, an die Tür von Oeröks Stube anklopfte und freundschaftlich fragte: „Josef, bist du drin?"

„Bin ich", erschallte die verzweifelte Stimme des Hauptfeldwebels Oerök. „Ich bin hier, Bruderherz!"

„Wirst du nicht durchs Fenster steigen?"

„Werd ich nicht, Bruderherz!"

„Gut, ich frag nach einer Weile wieder!"

Ein eingesperrter Löwe!

„Na, was ist, Jungs, geht ihr heute nicht raus?" fragte der Offizier vom Dienst die Mannschaft der Kompanie Oerök.

„Wir sind verwaist, melde gehorsamst", sagte ein Korporal, „uns ist traurig zumute."

Der Offizier ging, ob dieser sonderbaren Liebe bedenklich den Kopf schüttelnd. In der Kaserne, wo der Hauptfeldwebel Josef Oerök eingesperrt saß, blieb nur seine Kompanie zurück.

Oerök schaut durchs Fenster, und vor Zorn sträubt sich ihm der Bart.

Da ertönt hinter der Tür wieder seine Stimme:

„Josef, bist du drin?"

„Ja, Bruderherz!"

„Wirst du nicht durchs Fenster steigen?"

„Werd ich nicht, Bruderherz!"

„Gut, ich frag später wieder!"

Eine Weile sitzt Oerök da, zwirbelt den Bart und verflucht die Welt. Wieder hört er eine Stimme:

„Josef, bist du drin?"

„Ja, Bruderherz!"

„Wirst du nicht durchs Fenster steigen?"

„Werd ich nicht, Bruderherz."

„Gut, ich frag nach einer Weile wieder."

Und die Kompanie klopft einer nach dem anderen an die Tür und fragt:

„Josef, bist du drin?"

Ein donnernder Fluch erschallt hinter der Tür.

Eine Weile ist es still, dann tritt der Slowake Gombiška an die Tür. Er klopft an, und dann sagt er deutlich:

„Hör zu, Jožko, biste drin?"

Und ihm folgend, klopfen die Slowaken Mahula, Opinko, Zubrita an die Tür und rufen:

„Hör zu, Jožko, biste drin?"

Der eingesperrte Löwe fängt an zu schimpfen. Man hört, wie er die Stühle umstößt und schreit:

„Ich sperr euch alle ein, alle sperr ich ein!"

Er verstummte. Kaum war er verstummt, kamen die Tiroler Schlosser und Gräber, pochten an die Tür und fragen zärtlich:

„Seppl, bischt drinnen?"

Dann kamen die Ruthenen, Rumänen, Polen und Tschechen, und jeder fragte in seiner Muttersprache:

„Josef, bist du drin?"

Josef Oerök konnte nicht mehr fluchen, er rief nur ohnmächtig mit pfeifender Stimme:

„Gauner, Schufte, Strolche, Gott wird euch strafen, ich sperr euch ein!"

Dann kam auch der Zigeuner Gučko und sagte mit demütiger Stimme in seinem Dialekt, nachdem er höflich angeklopft hatte:

„Bitte untertänigst, Herr Josef, seins drin?"

„Ach, du Bestie", schrie Oerök, „denk dran, du hast Strafexerzieren!"

Plötzlich erkannte Oerök die Stimme des Stabsführers.

„Josef, bist du drin?"

„Bin ich, Bruderherz", erwiderte der arme eingesperrte Löwe.

„Dann bleib drin, Bruderherz", sagte der Stabsführer sanft, „ich kann dir auch nicht helfen!"

Er ging, und ihm folgte die ganze Kompanie.

Als es Mitternacht schlug, da kehrte der Zigeuner Gučko in die Kaserne zurück. Als er an der Tür des eingesperrten Feldwebels vorbeiging, klopfte er an, so daß es Oerök aus dem besten Schlaf riß. „Was ist?"

„Bitte untertänigst, Herr Josef, seins drin?"

Und bis heute begreift niemand in der ganzen Kaserne, warum damals der Feldwebel Josef Oerök um Mitternacht die Tür seines Zimmers aufbrach ...

Der Tschako des Infanteristen Trunec

Anfang Oktober trat der Rekrut Trunec seinen dreijährigen Militärdienst bei der Infanterie an. Er war ein Kerl wie ein Baum, und seine mächtigen Schultern trugen stolz den Kopf. Er hatte einen Stiernacken und den Kopf eines Riesen.

Als er am ersten Tag in die Kaserne kam, ging er zur „Marodenvisite", dann führte man ihn mit den übrigen Rekruten zum Hauptfeldwebel, der ihn genauso wie alle anderen nach seinen häuslichen Verhältnissen fragte. Das geschieht, um Vertrauen zur militärischen Institution zu wecken. Nachdem man solcherart in ihnen Vertrauen zum Militär erweckt hatte, führte man sie ins Magazin, um ihnen die passende Uniform auszuhändigen.

Der Kammerfeldwebel besichtigte einen nach dem anderen und rief: „Schuhe Nummer drei! Hosen sechs! Bluse Nummer zwei!" Vier Korporale brachten sogleich Schuhe, Hose und Feldbluse dem betreffenden Rekruten, dessen Maße der Feldwebel nach Gutdünken geschätzt hatte. Der eine hatte Schuhe, daß noch zwei Paar Füße hineingepaßt hätten, der andere hingegen kriegte seine Füße um nichts auf der Welt in die Schuhe, selbst wenn er sie sich um die Hälfte abgehobelt hätte. Bei dem einen Rekruten hätte noch sein älterer Bruder in die Hose gepaßt, ein anderer hätte in die Bluse zwei seinesgleichen zwängen können. Man war schließlich beim Militär und das, was der Feldwebel anordnete, war ausschlaggebend. Dann gab man ihnen den Tschako und die Mütze. Kopfbedeckungen waren in den Größen eins bis sechs vorhanden. Für den größten Kopf bis zum kleinsten. Hier wurde auch alles durcheinandergebracht, aber was half's. Dann gingen die Rekruten in die Stube, wo sie sich anzogen. Der Anblick war zum Weinen. In der Stube wimmelte es nur so von Männern, deren Hände sich in den Ärmeln verloren, deren Hosen auf der Erde schlappten und denen die Mützen über die Ohren rutschten. Andererseits gab es hier Rekruten, denen die Hosen nur bis zu den Knien reichten, so daß man die Unterhosen sah, bei anderen starrten die Arme bis zum Ellbogen aus den Ärmeln. Was dem einen fehlte, das hatte der andere zuviel.

Als der Feldwebel diese abenteuerlichen Grüppchen erblickte, winkte er wohlwollend mit der Hand und sagte: „Da seht ihr, Jungs, wie ungleich die Maße des menschlichen Körpers sind. Der eine hat längere Arme, als er haben soll, der andere wieder kürzere. Ähnlich verhält es sich mit den Beinen. Von der Körperfülle ganz zu schweigen. Der eine kriegt die Bluse nicht zu, während der andere drinhängt wie das Leiden Christi. Ansonsten aber geht alles in Ordnung, ihr müßt nur die Uniformteile untereinander austauschen. Und eins sag ich euch: ein Soldat muß wie aus dem Ei gepellt aussehen, wer lächerlich aussieht, der wird bestraft!"

Sie tauschten untereinander Schuhe, Bluse, Hose, Mütze und Tschako, bis nur der riesenhafte Rekrut Trunec übrigblieb. Er nahm sich in den Hosen, die ihm zu kurz waren, und in der Feldbluse, die er nicht zuknöpfen konnte, wie ein sonderbares Geschöpf von einem fremden Planeten aus, auf dessen riesigem Kopf sich schüchtern eine zu kleine Mütze duckte.

Trunec bat und bettelte, man solle ihn doch nicht so herumlaufen lassen. Aber man entgegnete ihm nur: „Kümmern Sie sich selber drum, und ab marsch!"

Trunec wandte sich also an den Korporal, und dieser führte ihn, erweicht durch seine Bitten, noch einmal ins Magazin, wo schließlich nach langem Suchen Uniformteile gefunden wurden, die wenigstens halbwegs aus Trunec einen Soldaten machten. Leider verlor sich der größte Tschako auf seinem riesigen Kopf wie ein Sandkorn im Meer.

Und so kam es, daß die Angelegenheit mit seinem Tschako bis zur Militäroberintendantur nach Wien gelangte.

Dies geschah auf folgende Weise: Die erste Pflicht eines Soldaten ist es, salutieren zu lernen, wodurch er seinem Vorgesetzten die Ehrenbezeigung erweist. Der Rekrut Trunec, dessen Tschako auf seinem großen Kopf herumhüpfte wie ein Ball auf dem Fußboden, bemühte sich vergeblich, den Rand des Tschakos zu ertasten, den er laut Vorschrift beim Salutieren berühren mußte. Das waren verzweifelte Versuche, doch bei der geringsten Bewegung rutschte ihm der Tschako in den Nacken.

Der Unteroffizier war ratlos, der Offizier fluchte und lief vor Zorn rot an, als dem armen Teufel der Tschako bei einem neuerlichen Versuch vom Kopf fiel.

Verzweifelt, puterrot im Gesicht, stülpte sich der Rekrut den Tschako auf das eine Ohr, was ein gedämpftes Lachen unter der Mannschaft und einen neuen Zornausbruch bei dem Offizier und dem Unteroffizier hervorrief.

Was sollten sie mit ihm anfangen?

Am Ende ließ der Offizier den Rekruten Trunec durch den Korporal in die Schreibstube führen, Trunec erweckte mit seiner hüpfenden Kopfbedeckung den Eindruck eines Betrunkenen.

Nach dem Rapport des Korporals ließ der Rechnungsfeldwebel Trunec dem Hauptmann vorführen. Der Hauptmann nahm den Rapport ernst entgegen. Zuerst fragte er Trunec, ob er nicht Wasser im Kopf habe, und als dieser ehrerbietig antwortete, er melde gehorsam, aber Wasser habe er keins, da befahl der Hauptmann, den Tschako in Wasser einzuweichen und ihn dann Trunec auf den Kopf zu stülpen. Dadurch werde der Tschako geweitet, aber Trunec müsse ihn den ganzen Tag auf dem Kopf tragen. Zu diesem Zweck wurde Trunec für vierundzwanzig Stunden eingesperrt, um die übrigen nicht aufzuwiegeln. Das sei natürlich nicht als Strafe gedacht.

Trunec behielt sorgsam den eingeweichten Tschako auf dem Kopf, saß auf der Pritsche, bis er schließlich vor Müdigkeit einschlief. Als er früh erwachte, lag der Tschako neben ihm auf der Pritsche, genauso klein wie vorher, noch zusammengeschrumpfter, und dabei war das der größte Tschako des Regiments.

Wieder setzte er den Tschako auf, versuchte ihn im Gleichgewicht auf dem Kopf zu halten, aber alle Mühen waren vergeblich. Der Tschako hüpfte auf dem Kopf umher wie am Tag vorher. Er war völlig zerdrückt, und Trunec mußte zum zweitenmal in die Kompanieschreibstube. Diesmal war der Hauptmann noch ernster. Er befahl dem Rechnungsfeldwebel, Trunec den Kopfumfang zu messen.

Es kam ein Umfang von zweiundsechzig Zentimetern heraus. Dann redete der Hauptmann dem Rekruten eindringlich ins Gewissen, die ganze Sache müsse bis vor die Militäroberintendantur nach Wien. Wie habe er sich überhaupt unterstehen können, mit so einem Schädel auf die Welt zu kommen. Danach wurde er entlassen. Draußen stülpten sie ihm die Mütze auf den Kopf, die der Kompanieschreiber inzwischen geändert hatte, und Trunec nahm an der Ausbildung teil, voller Freude, daß er nicht in die Festung gesperrt wurde.

2

Nach dem Abgang von Trunec diktierte der Hauptmann dem Rechnungsfeldwebel folgende Meldung:

„An die löbl. Militäroberintendantur in Wien!

Unterzeichneter, Hauptmann der dritten Kompanie des zwölften Infanterieregiments, bittet die Militäroberintendantur im Hinblick darauf, daß der Infanterist Jan Trunec, gebürtig in Pelhřimov, heimatzuständig nach Kaaden, einen Kopf von anormaler Größe hat, um Übersendung eines Tschakos, der dem Kopfumfang obengenannten Infanteristen entspricht."

Dann unterschrieb der Hauptmann und heftete die Kopie in den Akten ab.

Vierzehn Tage später wurde der Rekrut Trunec in die Schreibstube gerufen, wo ihm abermals der Kopf gemessen wurde, denn an diesem Tag war die Antwort von der Militäroberintendantur in Wien eingetroffen:

„An die dritte Kompanie des zwölften Infanterieregiments!

Zu dem Schreiben Nr. 6728/891 II ab/6721/345 g III und 8 IV sieht sich unterzeichnete Militäroberintendantur gezwungen, folgendes mitzuteilen: In dem Schreiben der dritten Kompanie des zwölften Infanterieregiments

Nr. 6728/891 II ab/6721/345 gIII und 8IV, in welchem die Militäroberintendantur in Wien um die Zusendung eines Tschakos an den Infanteristen selbiger Kompanie Jan Trunec, heimatzuständig nach Kaaden, in Pelhřimov gebürtig, ersucht wird, weil der betreffende Infanterist einen Kopf von anormaler Größe habe, fehlt die Angabe des Kopfumfangs des betreffenden Infanteristen. Es wird um unverzügliche Mitteilung des Umfanges des anormalen Kopfes des Infanteristen ersucht.

Verwaltung der Militäroberintendantur in Wien"

„Menschenskind", sagte der Rechnungsfeldwebel, „die machen uns aber Arbeit!" Er schrieb dann, der Kopfumfang betrage zweiundsechzig Zentimeter, und schickte den Bericht nach Wien. Vierzehn Tage später traf ein erneutes Schreiben aus Wien ein:

„Unterzeichnete Militäroberintendantur in Wien ersucht im Hinblick auf das ihr mit Nummer 6829/351/II gIII d3321 zugesandte Schreiben um Mitteilung, in welchem Jahr der betreffende Infanterist mit dem anormalen Kopf geboren ist und welches Jahr seiner Dienstzeit er gegenwärtig ableistet, denn es ist nicht ausgeschlossen, daß der Kopf des Betreffenden weiterwächst."

Der Rechnungsfeldwebel teilte das Geburtsjahr mit und schrieb, er leiste das erste Dienstjahr. Zwei Monate später traf aus Wien folgendes Schreiben ein:

„An die dritte Kompanie des zwölften Regiments!

Wir ersuchen hiermit um unverzügliche Einsendung des ursprünglichen Tschakos des Infanteristen Trunec, damit keine Schwierigkeiten bei der Abrechnung entstehen und wir im Gegenzug den verlangten Tsckako schicken können."

Ein Vieteljahr später eine neue Zuschrift:

„Unterzeichnete Militäroberintendantur bestätigt hiermit, daß der ursprüngliche Tschako des Infanteristen Trunec in beschädigtem Zustand eingetroffen ist. Hiermit wird eine Untersuchung angeordnet, auf welche Weise jener Tschako beschädigt wurde. Nach Abschluß der Untersuchung wird die Militäroberintendantur im Sinne des § 16 der Militärordnung einen Auftrag zur Lieferung eines Tschakos mit einem Umfang von zweiundsechzig Zentimetern für den anormalen Kopf des Infanteristen Jan Trunec ausschreiben."

3

Schreiben der dritten Kompanie des zwölften Infanterieregiements an die Militäroberintendantur in Wien:

Durch die stattgehabte Untersuchung wurde festgestellt, daß der Infanterist Jan Trunec den zum Austausch übersandten Tschako seinerzeit in gutem Zustand erhalten hat. Im Hinblick darauf, daß er, wie durch Zeugenaussagen bestätigt, mit ihm nicht mit der dem Staatseigentum gebührenden Vorsicht umgegangen ist, hat er selbigen beschädigt. Der betreffende Infanterist ist jedoch unterdes verstorben, weshalb wir um Rücksendung des ursprünglichen Tschakos des Infanteristen Jan Trunec mit dem anormalen Kopf ersuchen ..."

Der brave Soldat Schwejk

Interessante Abenteuer eines redlichen Soldaten

Schwejk zieht gegen Italien

Schwejk rückte heiteren Sinnes zum Militär ein. Ihm ging es darum, dort seinen Spaß zu haben, und es gelang ihm, die ganze Garnison in Trient mitsamt dem Kommandanten in Erstaunen zu versetzen. Schwejk zeigte stets ein lächelndes Gesicht, war liebenswürdig in seinem Benehmen und wurde vielleicht deshalb immer wieder eingesperrt.

Wenn er aus dem Arrest kam, antwortete er zuvorkommend auf alle Fragen, ließ sich in völliger Ruhe wieder einsperren, innerlich zufrieden, daß alle Offiziere der Garnison Trient vor ihm Angst hatten. Nicht Angst vor seiner Unverfrorenheit, sondern im Gegenteil vor seinen respektvollen Antworten, vor seinem ehrerbietigen Verhalten, und dem freundschaftlichen Lächeln.

Einmal kam eine Inspektion in die Stube, Schwejk saß lächelnd auf dem Feldbett und grüßte höflich: „Gelobt sei Jesus Christus, bitte gehorsamst."

Der Offizier vom Dienst Walk knirschte beim Anblick des lächelnden Schwejk mit den Zähnen, voller Lust hätte er ihm gern die Mütze auf dem Kopf geradegerückt, damit sie vorschriftsmäßig säße, aber der treuherzige Blick Schwejks hielt ihn davon ab.

In die Stube trat der Major Teller. Walk musterte streng die an den Betten stehende Mannschaft und befahl: „Sie, Schwejk, bringen Sie Ihr Gewehr her!"

Schwejk führte gewissenhaft den Befehl aus, aber statt des Gewehrs brachte er den Tornister. Major Teller betrachtete wütend das unschuldige Gesicht Schwejks und legte in gebrochenem Tschechisch los:

„Sie nix wissen, was sein Gewehr."

„Melde gehorsamst, ich weiß es nicht." Schon führte man

ihn in die Schreibstube. Man holte ein Gewehr und hielt es ihm unter die Nase. „Was ist das, wie heißt das?“ – „Melde gehorsamst, daß ich's nicht weiß.“

„Das ist ein Gewehr!“ – „Melde gehorsamst, daß ich's nicht glaub.“ Er wurde eingesperrt, und der Profos hielt es für seine Pflicht, ihm zu sagen, daß er ein Esel sei. Die Mannschaft zog zu einer schweren Übung in die Berge, aber Schwejk saß ruhig und lächelnd hinter Gittern.

Weil sie mit ihm nichts anfangen konnten, machten sie ihn zum Putzfleck für die Einjährig-Freiwilligen, und er half im Kasino aus. Er verteilte die Bestecke, trug Speisen, Bier und Wein aus, setzte sich bescheiden an die Tür, rauchte eine Zigarette und erklärte immer wieder:

„Bitte gehorsamst, die Herren, der Herr Offizier Walk ist ein braver Herr, fast zu brav“, und lächelnd stieß Schwejk den Zigarettenrauch aus.

Wieder kam eine Inspektion ins Kasino, und ein neuer Offizier hatte das Pech, daß er den bescheiden an der Tür stehenden Schwejk fragte, zu welcher Kompanie er gehörte.

„Melde gehorsamst, daß ich's, bittschön, nicht weiß.“ – „Himmelsakra, welches Regiment liegt hier?“ – „Melde gehorsamst, daß ich's, bittschön, nicht weiß.“ – „Mensch, wie heißt die Stadt mit der hiesigen Garnison?“ – „Melde gehorsamst, daß ich's, bittschön, nicht weiß.“ – „Menschenskind, wo kommen Sie denn her?“

Liebenswürdig und ungewöhnlich zutraulich antwortete darauf Schwejk: „Melde gehorsamst, daß ich geboren bin, dann bin ich zur Schule gegangen. Darauf hab ich Tischler gelernt und auch ausgelernt, dann ham sie mich in ein Wirtshaus geführt, und dort mußt ich mich nackt ausziehen. Dann sind ein paar Monate später die Gendarmen gekommen und ham mich in die Kaserne geführt. In der Kaserne ham sie mich angeschaut und ham gesagt: ‚Mensch, Sie haben sich mit dem Dienstantritt um drei Wochen verspätet, wir sperren Sie ein.‘ Ich hab sie gefragt, warum, wo ich doch nicht zum Militär wollte, und daß ich gar nicht weiß, was das ist, ein Soldat. Trotzdem ham sie mich eingesperrt, dann ham sie mich in einen Zug gesetzt und mich hin und her gefahren, bis wir hier angelangt sind. Niemanden hab ich gefragt, was für ein Regiment das ist, was für eine Kompanie, was für eine Stadt, um niemanden zu beleidigen, und gleich beim ersten Exerzieren ham sie mich eingesperrt, weil ich mir im Glied eine Zigarette angezündet hab. Dann ham sie mich eingesperrt, weil ich das Bajonett verloren hab, dann noch einmal, weil ich beinah den Herrn Oberst auf'm Schießstand erschossen hätt, bis ich jetzt endlich bei den Herren Einjährig-Freiwilligen Putzfleck bin."

Der brave Soldat Schwejk warf einen kindlichen, klaren Blick auf den Offizier, der nicht wußte, ob er lächeln oder schimpfen sollte.

Der Heiligabend stand vor der Tür. Die Einjährig-Freiwilligen schmückten im Kasino einen Weihnachtsbaum, und nach dem Abendessen hielt der Oberst eine ergreifende Rede, daß Christus geboren sei, wie alle wüßten, und daß er sich über ordentliche Soldaten freue und daß ein ordentlicher Soldat sich über sich selber freuen müsse ...

Und in diese feierliche Ansprache hinein sagte jemand laut: „Ja, ja! So ist das nun mal!"

Diese Worte trug mit strahlendem Gesicht der brave Soldat Schwejk vor, der unbeachtet zwischen den Einjährig-Freiwilligen stand.

„Einjährige!" brüllte der Herr Oberst, „wer hat da geschrien!"

Aus der Reihe der Einjährig-Freiwilligen trat Schwejk hervor und schaute lächelnd den Herrn Oberst an. „Melde gehorsamst, ich diene den Herren Einjährig-Freiwilligen als Putzfleck, und mir hat es gefallen, was der Herr Oberst gesagt ham. Das ist Ihnen so vom Herzen gekommen!"

Als in Trient die Glocken zur Christmette läuteten, saß der brave Soldat Schwejk bereits über eine Stunde im Arrest.

Diesmal ließ man ihn recht lange drin, und dann schnallte man ihm wieder das Koppel mit Bajonett um und teilte ihn der Maschinengewehrabteilung zu.

Es gab eine große Übung an der italienischen Grenze, und der brave Soldat Schwejk zog der Armee hinterher. Vor dem Aufbruch hörte er sich die Erklärung eines Kadetten an. „Stellt euch vor, daß Italien uns den Krieg erklärt hat und wir gegen die Italiener ziehen."

„Na schön, ziehn wir eben", rief Schwejk, wofür er wieder drei Tage Arrest kriegte.

Nach Verbüßung der Strafe wurde er mit drei anderen Arrestanten und einem Korporal zu seiner Maschinengewehrabteilung in Marsch gesetzt. Zuerst zogen sie durch ein Tal, dann zu Pferd in die Berge, und wie zu erwarten war, verirrte sich Schwejk dort im dichten Wald nahe der italienischen Grenze.

Er drang durchs Gebüsch, vergeblich nach seinen Kameraden ausspähend, bis er glücklich in voller Feldausrüstung die italienische Grenze überschritt.

Und dort tat sich der brave Soldat Schwejk hervor. Eine Maschinengewehrabteilung aus Mailand führte soeben an der österreichischen Grenze eine Übung durch, und ein Maultier mit Maschinengewehr und acht Soldaten geriet auf die Hochfläche, über die soeben der brave Soldat Schwejk seinen forschenden Blick schweifen ließ.

Die italienischen Soldaten verkrochen sich ins Gebüsch und schliefen, das Maultier mit dem Maschinengewehr auf dem Rücken weidete bedächtig und entfernte sich dabei immer mehr von seiner Abteilung, bis es an die Stelle kam, wo Schwejk lächelnd die „Feinde“ beobachtete.

Der brave Soldat Schwejk nahm das Maultier am Zaum und kehrte mit einem italienischen Maschinengewehr auf einem italienischen Maultier nach Österreich zurück.

Er stieg den Berghang hinab, dann trieb er sich mit dem Maultier noch einen halben Tag im Wald herum, bis er endlich gegen Abend auf ein österreichisches Feldlager stieß. Die Wache wollte ihn nicht einlassen, weil er die Losung des Tages nicht kannte, der Offizier eilte herbei, und da nahm Schwejk lächelnd militärische Haltung an und salutierte. „Melde gehorsamst, Herr Lajtnant, daß ich den Italienern ein Maultier mit einem Maschinengewehr drauf weggenommen hab.“

Dann führten sie den braven Soldaten Schwejk ab in die Garnison, aber durch ihn wissen wir, wie das neueste Modell des italienischen Maschinengewehrs aussieht.

Der brave Soldat Schwejk besorgt Meßwein

Der apostolische Feldvikar Dr. Koloman Belopotoczky ernannte einen gewissen Augustin Kleinschrodt zum Militärseelsorger der Garnison Trient. Zwischen einem gewöhnlichen Geistlichen, einem zivilen Pfarrer und einem Militärseelsorger besteht ein großer Unterschied. In letzterem ist auf vollkommene Weise die Religion mit dem Militär verbunden, werden zwei völlig unterschiedliche Kasten vereint, und die Unterschiede zwischen diesen beiden Arten von Geistlichkeit sind ähnliche wie zwischen einem Dragoneroberleutnant, der an einer Militärakademie Reitunterricht erteilt, und dem Besitzer eines Hippodroms.

Ein Militärgeistlicher wird vom Staat bezahlt, er ist Militärbeamter mit einem bestimmten Rang, hat das Recht, einen Säbel zu tragen und sich zu duellieren. Ein ziviler Geistlicher kriegt zwar auch eine Entlohnung vom Staat, aber er muß sich bemühen, aus den Gläubigen ein bißchen Geld herauszuschinden, um ein bequemes Leben führen zu können.

Der Soldat braucht einen zivilen Pfarrer nicht zu grüßen, aber einem Militärgeistlichen muß er die gebührende Ehrenbezeigung erweisen, sonst wird er eingelocht. Gott hat also hier auf Erden zweierlei Vertreter, die zivilen und die militärischen.

Der militärische nimmt den Soldaten die Beichte ab und läßt sie einsperren, was der liebe Gott sicherlich schon damals beabsichtigte, als er diese sündige Erde und später auch den Augustin Kleinschrodt schuf.

Wenn dieser hochwürdige Herr durch die Straßen von Trient ging, sah er von weitem wie ein Komet aus, mit dem der erzürnte Herrgott diese unglückliche Stadt strafen wollte. Er war furchtbar in seiner Erhabenheit, und ihm ging der Ruf voraus, er habe bereits in Ungarn drei Duelle ausgefochten, bei denen er seinen Gegnern aus dem Offizierskasino, die zu lasch im Glauben waren, die Nasen abgesäbelt hatte.

Nachdem er solcherart den Unglauben verringert hatte, wurde er nach Trient versetzt, und zwar zu der Zeit, da der brave Soldat Schwejk gerade den Garnisonsarrest verließ und zu seiner Kompanie zurückkehrte, um weiterhin sein Vaterland zu verteidigen.

Der geistliche Vater der Garnison Trient suchte soeben

einen neuen Meßdiener und wollte sich persönlich einen aus der Mannschaft aussuchen. Was Wunder also, daß sein Blick, als er durch die Stuben ging, auf das gutmütige Gesicht des Soldaten Schwejk fiel und daß er ihm auf die Schulter klopfte und sagte: „Du gehst mit!" Der brave Soldat Schwejk setzte zur Erklärung an, er habe doch nichts angestellt, aber der Korporal stieß ihn vorwärts und führte ihn ab in die Schreibstube.

Nach weitschweifigen Entschuldigungen drückte sich der Hauptfeldwebel dem Militärpfarrer gegenüber in dem Sinne aus, daß der brave Soldat Schwejk ein Mistvieh sei, aber der hochwürdige Pater Kleinschrodt unterbrach ihn: „Auch ein Mistvieh kann ein gutes Herz haben", wozu der brave Soldat Schwejk demütig mit dem Kopf nickte. Sein lächelndes Gesicht mit den aufrichtigen Augen glänzte, und beim Anblick dieses gütigen Kopfes wollte der geistliche Seelenhirt nicht einmal das Strafregister des braven Soldaten Schwejk einsehen.

Von Stund an begann für Schwejk ein glückliches Leben. Er trank heimlich von dem Meßwein, und er putzte so schön das Pferd, daß ihn der Pfarrer Kleinschrodt lobte.

„Melde gehorsamst", erwiderte darauf der brave Soldat Schwejk, „daß ich alles Mögliche mache, damit's auch so schön ist wie Hochwürden."

Dann kamen die großen Tage des Feldlagers bei Castelnuovo, wo eine Feldmesse gelesen werden sollte. Augustin Kleinschrodt verwendete zu kirchlichen Zwecken nur niederösterreichischen Wein aus Vöslau. Den italienischen Wein konnte er nicht ausstehen, und als der Vorrat zu Ende ging, rief er den braven Soldaten Schwejk zu sich und sagte: „Morgen früh gehst du in die Stadt und holst Wein aus Vöslau in Niederösterreich. In der Schreibstube kriegst du Geld, bring ein Achtliterfäßchen. Aber gleich zurückkehren! Also merk dir, Vöslau in Niederösterreich. Abtreten!"

Schwejk erhielt am nächsten Tag zwanzig Kronen, und

damit ihm bei der Rückkehr nicht die Wache den Eintritt ins Lager verwehrte, wurde ihm eine Bescheinigung ausgestellt: „In Sachen Wein dienstlich unterwegs."

Der brave Soldat Schwejk ging in die Stadt und wiederholte auf dem ganzen Weg gewissenhaft: „Vöslau – Niederösterreich", und das gleiche meldete er auch auf dem Bahnhof, und drei Stunden später fuhr er bereits zufrieden mit dem Zug nach Niederösterreich.

An diesem Tag störte nur der saure italienische Wein den würdigen Verlauf der Feldmesse.

Gegen Abend gelangte Augustin Kleinschrodt zu der Überzeugung, daß der brave Soldat Schwejk ein Mistvieh ist, das irgendwo Wein säuft und seine militärischen Pflichten vernachlässigt.

Das Fluchen des Pfarrers Kleinschrodt hörte man im ganzen Lager, es hallte bis zu den Alpenriesen, schwebte ins Tal der Etsch bis gegen Meran, von wo vor einigen Stunden mit einem zufriedenen Lächeln und dem Bewußtsein ordentlicher Pflichterfüllung der brave Soldat Schwejk abgedampft war.

Er fuhr durchs Tal, durch die vielen Tunnel, und auf jeder Station fragte er ordnungsgemäß: „Vöslau – Niederösterreich?"

Endlich entdeckte das freundliche Auge des Soldaten Schwejk auf einem Bahnhof die Aufschrift „Vöslau", und der brave Soldat Schwejk zeigte einem Mann in Dienstmütze die militärische Bescheinigung: „In Sachen Wein dienstlich unterwegs."

Liebenswürdig lächelnd fragte er, wo hier die Kaserne sei.

Der Mann fragte ihn nach dem Marschbefehl. Der brave Soldat Schwejk erklärte, er wisse nicht, was ein Marschbefehl sei.

Dann kamen noch zwei Männer mit Mütze und erklärten Schwejk, die nächste Kaserne sei in Korneuburg.

Der brave Soldat Schwejk kaufte sich also eine Fahrkahrte nach Korneuburg und fuhr hin. In Korneuburg lag ein Eisenbahnbauregiment, und in der Kaserne wunderte man sich, als mitten in der Nacht der brave Soldat Schwejk am Kasernentor auftauchte und der Torwache seine Bescheinigung zeigte: „In Sachen Wein dienstlich unterwegs.“

„Warten wir bis morgen“, sagte der Wachhabende, „der Herr Inspektionsoffizier ist grad eingeschlafen.“

Der brave Soldat Schwejk legte sich mit dem Wissen aufs Feldbett, daß er für den Staat getan hatte, was er konnte, und schlief zufrieden ein.

Am Morgen führte man ihn ins Magazin. Dort zeigte er dem Rechnungsfeldwebel seinen Schein: „In Sachen Wein dienstlich unterwegs“, mit dem Stempel: Feldlager Castelnuovo – Rgt. 102, Bat. 3. und mit der Unterschrift des Offiziers vom Dienst.

Der Rechnungsfeldwebel, völlig verdutzt, führte Schwejk in die Regimentskanzlei, wo er durch den Oberst einem Verhör unterzogen wurde.

„Melde gehorsamst“, sagte der brave Soldat Schwejk, „ich bin auf Anordnung des hochwürdigen Feldkurats

Augustin Kleinschrodt aus Trient gekommen. Ich soll ein Achtliterfäßchen Meßwein aus Vöslau holen.“

Eine große Beratung begann. Schwejks gutmütiges Gesicht, das aufrichtige militärische Verhalten und seine Bescheinigung „In Sachen Wein dienstlich unterwegs“, ordnungsgemäß mit Stempel und Unterschrift versehen, dies alles machte den günstigsten Eindruck, aber die ganze Sache noch komplizierter.

Es fand eine große Debatte statt, und man gelangte zu der Ansicht, daß dieser Feldkurat Augustin Kleinschrodt wahrscheinlich verrückt geworden sei und daß nichts anderes übrigblieb, als den braven Soldaten Schwejk mit einem Marschbefehl zurückzuschicken.

Der Feldwebel fertigte also für Schwejk einen Marschbefehl aus. Er war ein netter Mensch, und ihm kam es auf einen Kilometer mehr oder weniger nicht an. Und so schrieb er ihm die Fahrt über Wien, Graz, Zagreb, Triest nach Trient aus. Die Fahrt berechnete er auf zwei Tage. Man steckte ihm eine Krone sechzig Heller in die Tasche, der Feldwebel kaufte ihm die Fahrkarte, und der Koch gab ihm aus Mitleid drei Kommißbrote mit auf den Weg.

Inzwischen stapfte im Feldlager Castelnuovo der Feldkurat Augustin Kleinschrodt auf und ab, knirschte mit den Zähnen und sagte nichts als: „Fangen, anbinden, erschießen!“

Der brave Soldat Schwejk wurde als Deserteur geführt, und wie groß war also die Überraschung, als er am vierten Tag nachts am Eingang zum Feldlager auftauchte und lächelnd dem Posten seinen Marschbefehl aus Korneuburg und seine Bescheinigung reichte: „In Sachen Wein dienstlich unterwegs.“

Er wurde sogleich festgenommen, und zu seinem Erstaunen legten sie ihm Handschellen an und führten ihn in eine Baracke, wo er eingesperrt wurde.

Am Morgen wurde er in die Stadt in die Kaserne geführt.

Gleichzeitig traf eine Zuschrift vom Eisenbahnbauregiment aus Korneuburg ein, in dem der dortige Oberst nachfragte, warum der hochwürdige Herr Feldkurat Kleinschrodt den Soldaten Schwejk nach Korneuburg geschickt habe, damit er dort Meßwein aus Vöslau hole.

Nach der Vernehmung des Soldaten Schwejk, der aufrichtig und mit glücklichem Lächeln erklärte, wie alles geschehen war, wurde eine große Beratung abgehalten, und der hochwürdige Herr Feldkurat ging anschließend den braven Soldaten Schwejk im Arrest besuchen.

„Es wird am besten sein, du Rindvieh Schwejk, wenn du dich superarbitrieren läßt, damit wir Ruhe vor dir haben."

Und da sagte der brave Soldat Schwejk, dem Feldkurat treuherzig ins Auge blickend; „Melde gehorsamst, daß ich dem Herrn Kaiser bis zum letzten Schnaufer dienen werd!"

Das Superarbitrierungsverfahren mit dem braven Soldaten Schwejk

In jeder Armee gibt es Lumpen, die nicht dienen wollen. Diese durchtriebenen Burschen klagen zum Beispiel über Herzfehler, obwohl es sich nur um Blinddarmentzündung handelt, wie sich dann bei der Obduktion herausstellt. Auf solche und ähnliche Weise wollen sie sich ihren militärischen Pflichten entziehen. Aber wehe ihnen! Hier gibt es noch das Superarbitrierungsverfahren, das ihnen verdammt die Tour vermasselt. Ein Kerl jammert, er habe Plattfüße. Der Militärarzt verschreibt ihm Glaubersalz und ein Klistier, und der Plattfuß rennt die ganze Nacht, als stünde sein Kopf in Flammen, und am nächsten Morgen wird er eingebuchtet.

Ein anderer Lump beklagt sich, er hätte Magenkrebs. Man legt ihn auf den Operationstisch und sagt ihm: „Wir schneiden dir den Magen auf, aber bei vollem Bewußtsein." Bevor diese Worte ausgesprochen sind, ist der

Krebs verschwunden, und der wie durch Zauberhand Genesene wandert ins Loch.

Das Superarbitrierungsverfahren ist eine Wohltat für die Armee. Gäbe es so etwas nicht, dann fühlte sich jeder zweite Wehrpflichtige krank und unfähig, den Tornister zu tragen.

Superarbitrierung ist ein Wort lateinischen Ursprungs. Super – über, arbitrare – untersuchen, überprüfen. Superarbitrierung heißt also soviel wie „Überüberprüfung".

Gut hat das ein Stabsarzt ausgedrückt: „Wann immer ich einen Maroden untersuche, tu ich das in der Überzeugung, daß man nicht von Superüberprüfung reden sollte, sondern vom Superzweifel. Superdubitare, das heißt Superzweifeln. So ein Maroder ist ohne jeden Zweifel gesund wie ein Fisch im Wasser. Von diesem Prinzip gehe ich aus.

Ich verordne Chinin und Diät. Nach drei Tagen bittet er um Gottes willen, aus dem Krankenhaus entlassen zu werden. Und wenn so ein Simulant inzwischen stirbt, tut er das absichtlich, um uns zu ärgern und nun nicht für den Betrug sitzen zu müssen. Also ‚superdubitare' und nicht ‚superarbitrare'. An jedem bis zum letzten Schnaufer zweifeln."

Als man also den braven Soldaten Schwejk superarbitrieren wollte, beneidete ihn darum die ganze Kompanie.

Als der Profos ihm das Essen in die Zelle brachte, sagte er: „Du Gauner, hast du ein Glück. Du gehst heim vom Militär, wirst also superarbitriert."

Aber der brave Soldat Schwejk sagte ihm das gleiche wie dem hochwürdigen Kuraten Augustin Kleinschrodt: „Melde gehorsamst, daß das, bittschön, nicht geht. Ich bin gesund wie ein Fisch im Wasser und will dem Herrn Kaiser bis zum letzten Schnaufer dienen."

Mit einem glücklichen Lächeln legte er sich auf die Pritsche. Der Profos meldete diesen Ausspruch Schwejks dem Offizier vom Dienst Müller.

Müller knirschte mit den Zähnen. „Dem Lumpen werden wir's beibringen", rief er, „er soll sich nicht einbilden, er könne beim Militär bleiben; er muß mindestens Flecktyphus kriegen, und wenn ich drüber verrückt werde."

Inzwischen erklärte der brave Soldat Schwejk seinem Mithäftling: „Ich werd dem Herrn Kaiser bis zum letzten Schnaufer dienen. Wenn ich schon mal hier bin, bleib ich auch hier. Wenn ich Soldat bin, muß ich dem Herrn Kaiser dienen, und niemand darf mich vom Militär wegjagen, selbst wenn der Herr General kommt und mich in den Hintern tritt und aus der Kaserne schmeißt. Ich würd zu ihm zurückkehren und sagen: Melde gehorsamst, Herr General, daß ich dem Herrn Kaiser bis zum letzten Schnaufer dienen und zur Kompanie zurückkehren will. Und wenn sie mich hier nicht lassen, geh ich zur Marine, damit ich wenigstens auf dem Meer dem Herrn Kaiser dien. Und wenn sie mich auch dort nicht wollen und mich auch dort der Herr Admiral in den Hintern tritt, dann werd ich dem Herrn Kaiser in der Luft dienen."

In der ganzen Kaserne herrschte jedoch die Meinung, daß man den braven Soldaten Schwejk vom Militär davonjagen werde. Am dritten Juni kamen sie mit einer Trage zu ihm in die Zelle, nach erbittertem Widerstand banden sie ihn mit Riemen darauf fest und trugen ihn ins Garnisonshospital. Aber überall erschallte von der Trage sein patriotisches Rufen: „Soldaten, laßt mich nicht im Stich, ich will dem Herrn Kaiser dienen!"

Man legte ihn in die Abteilung für Schwerkranke, und der Stabsarzt Janda untersuchte ihn flüchtig. „Du hast eine vergrößerte Leber und ein Fettherz, Schwejk. Du hast's geschafft, wir müssen dich vom Militär entlassen."

„Melde gehorsamst", rief Schwejk, „daß ich gesund bin wie ein Fisch im Wasser. Was möcht denn ohne mich, melde gehorsamst, die Armee anfangen? Bitte gehorsamst, daß ich zur Kompanie will und daß ich dem Herrn Kaiser weiter dienen werd, treu und redlich, wie's sich für einen ordentlichen Soldaten ziemt."

Man verschrieb ihm ein Klistier, und als es ihm der Sanitäter, der Ruthene Botschkowski, verpaßte, da sagte der brave Soldat Schwejk heroisch: „Bruder, schone mich nicht, wenn ich vor den Italienern keine Angst hatte, dann auch nicht vor deinem Klistier. Ein Soldat darf nichts auf der Welt fürchten und muß dienen, das merk dir!"

Dann führte man ihn hinaus, und auf dem Abort bewachte ihn ein Soldat mit scharf geladenem Gewehr.

Darauf legte man ihn wieder ins Bett, und der Sanitäter Botschkowski ging um ihn herum und fragte: „Psiakrew, hast du Eltern?'.

„Hab ich."

„Von hier kommst du nicht raus, du Simulant."

Der brave Soldat Schwejk gab ihm eine Maulschelle. „Ich ein Simulant? Ich bin völlig gesund und will dem Herrn Kaiser bis zum letzten Schnaufer dienen."

Man packte ihn in Eis. Drei Tage lag er eingehüllt in Eisbeuteln, und als der Stabsarzt kam und zu ihm sagte: „Na, Schwejk, wirst halt doch vom Militär nach Hause gehen", da verkündete Schwejk: „Melde gehorsamst, Herr Stabsarzt, daß ich immerfort gesund bin und daß ich weiter dienen will."

Sie packten ihn erneut in Eis, in zwei Tagen sollte die Superarbitrierungskommission zusammentreten, die ihn für immer von seinen militärischen Pflichten entbinden sollte.

Einen Tag vor der Zusammenkunft der Kommission desertierte der brave Soldat Schwejk jedoch aus der Kaserne.

Um weiterhin dem Herrn Kaiser dienen zu können, mußte er flüchten. Vierzehn Tage ließ er nichts von sich hören. Wie groß war jedoch die Überraschung aller, als nach vierzehn Tagen der brave Soldat Schwejk nachts am Kasernentor erschien und dem Posten mit einem ehrlichen Lächeln auf dem runden, zufriedenen Gesicht meldete: „Melde gehorsamst, daß ich mich einsperren lassen komm, weil ich deserteriert bin, damit ich weiter den Herrn Kaiser bis zum letzten Schnaufer dienen kann."

Sein Wunsch ging in Erfüllung. Er bekam ein halbes Jahr, und da er weiter dienen wollte, versetzte man ihn ins Munitionsarsenal, wo er die Torpedos mit Schießbaumwolle füllen sollte.

Der brave Soldat Schwejk lernt mit Schießbaumwolle umgehen

Und es kam, wie der hochwürdige Herr Feldkurat prophezeit hatte: „Schwejk, du Rindvieh, wenn du dienen willst, dann wirst du zwischen Schießbaumwolle dienen. Vielleicht wird dir das gut bekommen." So lernte also der brave Soldat Schwejk im Arsenal mit Schießbaumwolle umgehen. Er füllte mit ihr die Torpedos. Dieser Dienst ist kein

Zuckerlecken, denn man steht immer mit einem Fuß in der Luft und mit dem anderen im Grabe.

Der brave Soldat Schwejk hatte jedoch keine Angst. Er lebte zwischen Dynamit, Ekrasit und Schießbaumwolle zufrieden als ein ehrenhafter Soldat, und aus der Baracke, wo er die Torpedos mit dem furchtbaren Sprengstoff füllte, erschallte sein Gesang:

„Piemont, Piemont, was hast du verloren, daß hinter dir zufieln die Mailänder Tore, hopp, hopp, hopp. Die Mailänder Tore und auch die vier Brücken, stärkere Posten mußt ins Feld du schicken, hopp, hopp, hopp. Ich hab' für dich geworben ein Regiment Husaren, hinter die Mailänder Tore flohen sie in Scharen, hopp, hopp, hopp."

Nach diesem schönen Lied kamen andere rührende Lieder an die Reihe, von „böhmischen Knödeln, so groß wie die Schädeln", die der brave Soldat Schwejk mit unbeschreiblichem Genuß verzehrt hatte.

Und so lebte er zufrieden zwischen Schießbaumwolle, mutterseelenallein in einer der Arsenalbaracken.

Und da kam eines Tages eine Inspektion, die von einer Baracke zur anderen wanderte, um zu kontrollieren, ob alles in Ordnung war.

Als sie in die Baracke trat, wo der brave Soldat Schwejk mit Schießbaumwolle umgehen lernte, da erkannte die Inspektion an den Wolken von Tabakrauch, der aus der Pfeife quoll, daß Schwejk ein unerschrockener Soldat war.

Als Schwejk die hohen Militärs erblickte, sprang er auf, nahm die Pfeife aus dem Munde und legte sie, um sie gleich zur Hand zu haben, in ein offenes Eisenfaß mit Schießbaumwolle. Dabei salutierte er und meldete:

„Melde gehorsamst, daß es nichts Neues gibt und alles in Ordnung ist."

Es gibt Augenblicke im menschlichen Leben, da Geistesgegenwart eine große Rolle spielt. Der Klügste der ganzen Kommission war der Herr Oberst. Aus der Schießbaumwolle stieg Tabakqualm auf, und da sagte er: „Schwejk, rauchen Sie weiter."

Das war ein weises Wort, denn es ist entschieden besser, wenn eine brennende Pfeife in einem Mund steckt als in Schießbaumwolle. Schwejk salutierte und sprach: „Melde gehorsamst, daß ich weiterrauchen werd."

Er war eben ein gehorsamer Soldat.

„Und jetzt, Schwejk, gehen Sie auf die Wachstube!"

„Melde gehorsamst, daß ich nicht kann, weil ich hier laut Vorschrift bis um sechs sein muß, dann kommt die Ablösung. Bei der Schießbaumwolle muß ständig einer sein, damit kein Unglück nicht passiert."

Die Inspektion verschwand. Sie trabte auf die Wachstube, wo sie befahl, Schwejk mit einer Patrouille zu holen.

Die Patrouille ging ungern, aber sie ging. Als sie vor die Baracke kam, wo der brave Soldat mit einer brennenden Pfeife im Mund inmitten der Schießbaumwolle dem Herrn Kaiser diente, rief der Korporal: „Schwejk, du Rindvieh, schmeiß die Pfeife durchs Fenster und komm raus!"

„Fällt mir gar nicht ein, der Herr Oberst hat befohlen, ich soll weiterrauchen, da muß ich weiterrauchen bis zum Verrecken."

„Komm raus, du Rindvieh."

„Melde gehorsamst, das mach ich nicht. Es ist erst vier, und ihr könnt mich erst um sechs ablösen. Bis sechs muß ich bei der Schießbaumwolle wachen, damit kein Unglück nicht passiert. Ich bin sehr vorsich . . ."

Das „-tig" sprach er nicht mehr aus. Vielleicht haben Sie von dem großen Unglück im Arsenal gelesen, anläßlich dessen Nationaltrauer in Österreich angeordnet wurde. Eine Baracke nach der anderen flog in die Luft, bis das ganze Arsenal explodiert war, und das binnen drei, vier Sekunden.

Es brannte zuerst in der Baracke, wo der brave Soldat Schwejk mit Schießbaumwolle umgehen lernte, und wie ein Grabhügel häuften sich über diesem Ort Bretter, Latten und Eisenstangen, die von allen Seiten hergeflogen kamen, um dem braven Soldaten Schwejk, der sich vor der Schießbaumwolle nicht fürchtete, die letzte Ehre zu erweisen.

Drei Tage arbeiteten die Sappeure in den Trümmern und setzten Köpfe, Rümpfe, Arme und Beine zusammen, damit der liebe Gott beim jüngsten Gericht die Chargen erkennen und die Toten dementsprechend belohnen konnte.

Es war ein wahres Rätsel. Drei Tage lang räumten die Soldaten Bretter und Eisenstäbe weg, und am dritten Tag hörten sie nachts eine Stimme: „Die Mailänder Tore und auch die vier Brücken, stärkere Posten mußt ins Feld du schicken, hopp, hopp, hopp." Beim Schein der Fackeln gruben sie sich weiter vor, immer dem Gesang nach: „Ich hab für dich geworben ein Regiment Husaren, hinter die Mailänder Tore flohen sie in Scharen, hopp, hopp, hopp."

Und im Fackelschein erblickten sie eine Höhle aus Eisenteilen und aufgehäuften Brettern und darin den braven Soldaten Schwejk, der die Pfeife weglegte, salutierte und sagte: „Melde gehorsamst, daß es nichts Neues gibt und alles in Ordnung ist."

Sie führten ihn heraus aus dieser verwüsteten Hölle, und

als der brave Soldat Schwejk vor einem Offizier stand, meldete er ein zweites Mal: „Melde gehorsamst, daß alles in Ordnung ist und daß ich bitte, man soll mich ablösen, weil es schon längst sechs vorbei ist, und ich bitte auch um Menagegeld für die Zeit, da das auf mich gefallen ist."

Der tapfere Soldat Schwejk war der einzige aus dem ganzen Arsenal, der diese Katastrophe überlebt hatte. Zu seinen Ehren wurde am Abend eine kleine Feier im Offizierskasino veranstaltet. Von den Offizieren umringt, trank der brave Soldat Schwejk wie ein Landgendarm, und sein gutes, rundes Gesicht strahlte vor Freude.

Tags darauf erhielt er Verpflegungsgeld für drei Tage, als wäre er im Krieg gewesen, und nach drei Wochen wurde er zum Korporal befördert und erhielt die große Tapferkeitsmedaille.

Als er, geschmückt mit den Sternchen auf den Kragenspiegeln, seine Kaserne in Trient betrat, begegnete er dem Offizier Knobloch, der erzitterte, als er das gefürchtete treuherzige Gesicht des braven Soldaten Schwejk erblickte. „Das hast du wieder fein hingekriegt, du Lump!" sagte er nur.

Lächelnd erwiderte Schwejk: „Melde gehorsamst, daß ich gelernt hab, mit Schießbaumwolle umzugehen."

Und mit frohgemutem Sinn trat er auf den Hof, um seine Kompanie zu suchen.

An diesem Tag verlas der Offizier vom Dienst der Mannschaft eine Mitteilung vom Kriegsministerium über die Einrichtung von Aeroplanabteilungen in der Armee, verbunden mit der Aufforderung, es solle sich melden, wer dort dienen wolle.

Da trat der brave Soldat Schwejk vor und sprach: „Melde gehorsamst, daß ich schon in der Luft gewesen bin und daß ich das kenne und daß ich dem Herrn Kaiser in der Luft dienen will."

Eine Woche später wanderte der brave Soldat Schwejk zur Fliegerabteilung, wo er nicht weniger besonnen handelte als in dem Arsenal, wie man im folgenden sehen wird.

Der brave Soldat Schwejk ist bei den Aeroplanen tätig

Österreich hat drei lenkbare Luftschiffe, achtzehn Luftschiffe, die sich nicht lenken lassen, und fünf Aeroplane. Das ist Österreichs Luftmacht. Den braven Soldaten Schwejk versetzte man zu den Aeroplanen, damit er zur Ehre und Zierde dieser neuen Waffengattung diente. Zuerst zog er auf dem Militärflugplatz die Aeroplane aus dem Hangar und reinigte die Metallbestandteile mit Terpentin und Wiener Kalk.

Er diente also von der Pike auf bei den Aeroplanen. Und so wie er dem hochwürdigen Herrn Feldkurat in Trient sorgfältig das Pferd geputzt hatte, so arbeitete er hier mit Lust an den Aeroplanen, bürstete die Tragflächen, als striegelte er ein Pferd, und im Range eines Korporals belehrte er die Wachen des Hangars. „Fliegen muß sein, und wer also einen Aeroplan stehlen will, der wird erschossen."

Nach vierzehn Tagen macht er den Begleitmann, eine sehr gefährliche Beförderung. Er flog als Ballast mit den Offizieren. Der brave Soldat Schwejk fürchtete sich jedoch nicht. Lächelnd flog er in die Luft und beobachtete ehrerbietig den das Flugzeug steuernden Offizier und salutierte, wenn er unten eine sich langsam über den Flugplatz bewegende höhere Charge gewahrte.

Und wenn sie irgendwo runterfielen und den Aeroplan zu Bruch schlugen, da kroch stets als erster der brave Soldat Schwejk aus den Trümmern und meldete, dem Offizier auf die Beine helfend: „Melde gehorsamst, daß wir runtergefallen sind und daß wir leben und gesund sind."

Er war ein angenehmer Gesellschafter. Eines Tages flog er mit dem Offizier Herzig los, und als sie sich in einer Höhe von achthundertsechsundzwanzig Metern befanden, setzte der Motor aus.

„Melde gehorsamst, daß uns das Benzin ausgegangen ist", war von hinten Schwejks freundliche Stimme zu vernehmen, „ich hab vergessen, den Tank zu füllen." Und eine Weile darauf: „Melde gehorsamst, daß wir in die Donau fallen."

Als dann ihre Köpfe aus dem sich kräuselnden grünen Wasser der Donau auftauchten, da sagte der brave Soldat Schwejk, hinter dem Offizier ans Ufer schwimmend: „Melde gehorsamst, daß wir heut einen Höhenrekord aufgestellt ham."

Es war vor der großen Militärflugparade auf dem Flugplatz bei Wiener Neustadt. Man sah die Aeroplane durch, probierte die Motoren aus und traf die letzten Vorbereitungen zum Flug.

Leutnant Herzig wollte mit Schwejk zusammen auf einem Wright-Doppeldecker starten, an den das Morrisongerät montiert war, mit dessen Hilfe man ohne lange Anfahrt in die Luft steigen kann.

Anwesend waren die ausländischen Militärattachés.

Für Herzigs Aeroplan interessierte sich sehr der rumänische Major Gregorescu. Er setzte sich ins Flugzeug und besichtigte die Hebel- und Steuervorrichtungen.

Der brave Soldat Schwejk warf auf den Befehl des Leutnants den Motor an, der Propeller begann sich zu drehen. Schwejk richtete, neben dem neugierigen rumänischen Major sitzend, das Drahtseil, das die hinteren Höhensteuer betätigte, und er stellte sich dabei so geschickt an, daß er dem Major die Mütze vom Kopf fegte.

Leutnant Herzig geriet in Zorn. „Schwejk, Sie verdammter Esel, scheren Sie sich zum Teufel!"

„Zu Befehl, Herr Leutnant!" rief Schwejk, bewegte das Höhensteuer und die Hebel des Morrisongerätes, und der Aeroplan hob sich mit weit hörbarem, regelmäßigem Knattern des hervorragenden Motors in die Lüfte. 20, 100, 300, 450 Meter hoch in Richtung Südosten zu den schneebedeckten Alpen, mit einer Geschwindigkeit von 150 Kilometern in der Stunde.

„Was ist hier los?" sagte der rumänische Major, vor Angst stotternd.

„Wir fliegen laut Befehl, melde gehorsamst", erwiderte

respektvoll der brave Soldat Schwejk, „Der Herr Leutnant hat befohlen: Scheren Sie sich zum Teufel, so fliegen wir also, bitte gehorsamst.“

„Und wo, wo werden wir landen?“ fragte zähneklappernd der neugierige rumänische Major Gregorescu.

„Bitte gehorsamst, daß ich nicht weiß, wo wir landen werden. Ich fliege laut Befehl und kann's nur hinauf, runter kann ich's nicht, wir ham das nämlich nie gebraucht mit dem Herrn Leutnant. Wenn wir in der Höhe warn, sind wir immer von selber runtergefallen!“

Der Höhenmesser zeigte 1860 Meter an. Der Major hielt sich krampfhaft an einer Stange fest und schrie auf rumänisch: „Doamne, doamne“, was o Gott, o Gott heißt, und der brave Soldat Schwejk, geschickt das Steuer handhabend, sang über den Alpen, die sie soeben überflogen: „Den Ring, den du mir gabst, den werde ich nicht tragen, verdammt noch mal, beim Militär werd ich ihn aufs Gewehr draufschlagen.“

Der Major betete laut in seiner Muttersprache und fluchte fürchterlich, während durch die frische Frostluft

weiter die helle Stimme des braven Soldaten Schwejk schallte: „Das Tuch, das du mir gabst, das werd ich nicht benutzen, verdammt noch mal, beim Militär werd ich's Gewehr mit putzen."

Unter ihnen zuckten Blitze und tobte ein Gewitter. Mit aufgerissenen Augen starrte der Major vor sich hin und fragte mit keuchender Stimme: „Wann geht das zu Ende?"

„Einmal bestimmt", erwiderte lächelnd der brave Soldat Schwejk, „wenigstens sind wir immer irgendwo runtergefallen, der Herr Leutnant und ich."

Sie befanden sich über der Schweiz und flogen weiter gen Süden. „Nur Geduld, bitte gehorsamst", redete Schwejk dem Major zu, „wenn uns das Benzin ausgeht, müssen wir runterfallen."

„Wo sind wir?"

„Über einem Wasser, melde gehorsamst, viel Wasser ist das, da wern wir wohl ins Meer fallen,"

Major Gregorescu wurde ohnmächtig und verkeilte sich mit seinem dicken Bauch so im Gestänge, daß er fest in der Aluminiumkonstruktion steckte.

Und über dem Mittelmeer sang der brave Soldat Schwejk: „Wer will groß und stark sein, der hau in die Knödel rein, eins, zwei, Knödel rein, müssen so groß wie Schädel sein, eins, zwei, Knödel rein, Schädel sein."

Und weiter sang der brave Soldat Schwejk über der riesigen Meeresfläche in einer Höhe von eintausend Metern: „Marschall Radetzky war ein guter Herr, Knochen kriegten die Soldaten, und das Fleisch fraß er . . ."

Die Meeresluft weckte den Major aus der Ohnmacht. Er sah hinab in die grausige Tiefe, und als er das Meer gewahrte, rief er: „Doamne, doamne", und fiel abermals in Ohnmacht.

Sie flogen die Nacht durch, unentwegt nach Süden. Plötzlich rüttelte der brave Soldat Schwejk den Major wach und sagte gutmütig: „Melde gehorsamst, wir fliegen schon runter, aber sehr langsam."

Im Gleitflug schwebte der Aeroplan, das Benzin war ausgegangen, in einen Palmenhain bei Tripolis in Afrika.

Und der brave Soldat Schwejk salutierte, dem Major aus dem Aeroplan helfend, und sagte: „Melde gehorsamst, daß alles in Ordnung ist."

Das war ein Weltrekord, den der brave Soldat Schwejk aufgestellt hatte, indem er über die Alpen, Italien und das Mittelmeer geflogen und in Afrika gelandet war.

Als der Major die Palmen um sich sah, gab er Schwejk zwei Ohrfeigen, die dieser mit einem Lächeln entgegennahm, hatte er doch nur seine Pflicht getan, als ihm der Leutnant Herzig befohlen hatte: „Scheren Sie sich zum Teufel!"

Was weiter geschah, darüber wollen wir lieber schweigen, denn wenn das Kriegsministerium erfahren würde, daß bei Tripolis ein österreichischer Aeroplan gelandet ist, dann stünde Österreich vor einer großen internationalen Verwicklung.

Als Stadtkommandant von Bugulma

Als mir Anfang Oktober des Jahres 1918 vom Revolutionären Kriegssowjet der „Lewobreshnaja Gruppa“ in Simbirsk mitgeteilt wurde, daß ich zum Stadtkommandanten von Bubulma ernannt worden war, fragte ich den Vorsitzenden Kajurow:

„Und Sie wissen bestimmt, daß Bugulma schon erobert ist?“

„Nähere Berichte haben wir nicht. Ich zweifle sehr, daß es jetzt schon in unseren Händen ist, aber bevor Sie dort eintreffen, hoffe ich, ist es inzwischen gefallen.“

„Und werde ich einen Begleitschutz haben?“ fragte ich mit leiser Stimme. „Und noch etwas: Wie komme ich in dieses Bugulma, wo liegt es eigentlich?“

„Einen Begleitschutz haben Sie, Sie kriegen zwölf Soldaten, und was das andere betrifft, so schauen Sie auf die Karte. Glauben Sie, ich habe keine anderen Sorgen, als Ihr blödes Bugulma zu suchen?“

„Noch eine Frage habe ich, Genosse Kajurow: „Wann kriege ich Geld für die Reise und für meine Auslagen?“

Kajurow schlug ob einer solchen Frage die Hände zusammen. „Sie sind ja wohl verrückt geworden. Unterwegs müssen Sie doch durch Dörfer kommen, wo man Ihnen Speise und Trank geben wird, und der Stadt Bugulma brummen Sie eine Kontribution auf . . .“

Unten auf der Wachstube wartete mein Begleitschutz. Zwölf wackere Tschuwaschen, die kaum russisch sprechen, so daß sie mir nicht erklären konnten, ob sie Mobilisierte oder Freiwillige waren. Nach ihrem strengen und furchteinflößenden Aussehen konnte man schließen, daß sie wohl eher Freiwillige waren, zu allem entschlossen.

Als ich dann noch meine Papiere und einen Packen Vollmachten bekommen hatte, in denen nachdrücklich darauf hingewiesen wurde, daß mir von Simbirsk bis Bugulma alle Bürger jede nur mögliche Unterstützung zu gewähren hätten, bestieg ich mit meiner Begleitung den Dampfer, und wir fuhren über die Wolga und Kama bis nach Tschistopol.

Unterwegs gab es keine besonderen Vorkommnisse, nur einer der Tschuwaschen aus meinem Gefolge fiel im betrunkenen Zustand über Bord und ertrank. Mir blieben noch elf. In Tschistopol, wo wir den Dampfer verließen, erbot sich einer der Tschuwaschen, Fuhrwerke zu besorgen, und kam nicht wieder. Mir blieben noch zehn, und wir vermuteten, der verschwundene Tschuwasche, der es von hier bis nach Hause an die vierzig Werst hatte, werde wohl nachschauen gegangen sein, was seine Eltern machten.

Als ich endlich bei den Ortsbewohnern erkunden konnte, wo dieses Bugulma liegt und wie wir hinkommen, besorgten die übriggebliebenen Tschuwaschen Gespanne, und wir fuhren über die verschlammten fürchterlichen Straßen dieses Gebietes durch mehrere Dörfer, die nur von Tataren besiedelt waren, bis auf Gulukowo, wo Tscheremissen und Tataren zusammenleben.

Weil zwischen den Tschuwaschen, die schon vor fünfzig Jahren das Christentum angenommen haben, und den Tscheremissen, die heute noch Heiden sind, tödliche Feindschaft herrscht, geschah in Gulukowo ein kleines Mißgeschick. Meine bis über die Ohren bewaffneten Tschuwaschen durchsuchten das Dorf und schleppten den Starosta Davledbaj Schakir an, der einen Käfig mit drei weißen Eichhörnchen in der Hand hielt, und einer meiner Tschuwaschen, der am besten Russisch konnte, wandte sich mit folgender Erklärung an mich:

„Tschuwaschen rechtgläubig ein, zehn, dreißig, fünfzig Jahre – Tscheremissen Heiden, Schweine." Er riß dem Starosta Davledbaj Schakir den Käfig mit den weißen Eichhörnchen aus der Hand und fuhr fort: „Weiße Eichhörnchen ihre Gott – ein, zwei, drei Götter. Dieser Mann, Priester, springt mit Eichhörnchen herum, betet zu ihnen. Du ihn taufen ..."

Die Tschuwaschen gebärdeten sich so drohend, daß ich befahl, Wasser zu bringen, Davledbaj Schakir taufte, dabei unverständliche Wörter murmelnd, worauf ich ihn laufenließ.

Meine Jungs zogen dann den Göttern das Fell ab, und ich kann jedermann versichern, daß der Gott der Tscheremissen eine sehr gute Suppe ergibt.

Dann besuchte mich noch der örtliche mohammedanische Mullah Abdulhalej und drückte seine Freude darüber aus, daß wir die Eichhörnchen aufgegessen hatten. „Jeder muß an etwas glauben", sagte er, „aber an Eichhörnchen, das ist eine Schweinerei, das springt von Baum zu Baum, und wenn es im Käfig ist, macht alles dreckig, ein schöner Herrgott." Er brachte uns sehr viel gebratenes Hammelfleisch, dazu drei Gänse und versicherte uns, daß, wenn die

Tscheremissen in der Nacht einen Aufstand versuchten, alle Tataren mit uns gehen würden.

Es geschah nichts, denn wie uns Davledbaj Schakir, der sich am Morgen zu unserem Abmarsch einstellte, sagte, sei ja der ganze Wald voller Eichhörnchen. Schließlich fuhren wir durch Ajbaschewo, und abends langten wir ohne weitere Zwischenfälle in Pisetznitza an, einem russischen Dorf, zwanzig Werst von Bugulma entfernt, deren Einwohnerschaft bestens über die Vorgänge in Bugulma informiert war. Die Weißen hätten vor drei Tagen die Stadt kampflos geräumt, sowjetische Truppen stünden auf der anderen Seite der Stadt und zögerten einzumarschieren, aus Angst, sie könnten in einen Hinterhalt geraten. In der Stadt herrsche Chaos, und der Starosta warte mit der gesamten Stadtvertreterschaft schon zwei Tage mit Salz und Brot, um den zu begrüßen, der in die Stadt einzöge.

Ich schickte den Tschuwaschen voraus, der am besten Russisch konnte, und am Morgen brachen wir nach Bugulma auf. Am Stadtrand kam uns eine unübersehbare Menschenmenge entgegen. Der Starosta der Stadt trug auf einem Tablett einen Laib Brot und in einem Schüsselchen Salz.

Er gab in seiner Rede der Hoffnung Ausdruck, daß ich mich der Stadt erbarmen werde. Ich kam mir vor wie Žižka vor Prag, besonders als ich in dem Zug die vielen Schulkinder sah.

Ich dankte in einer langen Ansprache, nachdem ich eine Scheibe Brot abgeschnitten und mit Salz bestreut hatte. Dabei betonte ich nachdrücklich, daß ich nicht gekommen sei, um Losungen zu verkünden, sondern daß mein Bestreben auf Ruhe, Frieden und Ordnung gerichtet sei. Am Ende küßte ich den Starosta, reichte dem Vertreter der rechtgläubigen Geistlichkeit die Hand und begab mich aufs Rathaus, wo mir Räumlichkeiten für die Ortskommandantur zur Verfügung gestellt wurden.

Daraufhin ließ ich den Befehl Nummer eins mit folgendem Wortlaut aushängen:

„Bürger!

Ich danke euch allen für die aufrichtige und herzliche Begrüßung sowie für die Bewirtung mit Salz und Brot. Bewahrt stets eure alten slawischen Bräuche, gegen die ich nichts einzuwenden habe, vergeßt aber bitte nicht, daß ich zum Stadtkommandanten ernannt wurde, der auch seine Pflichten hat.

Deshalb fordere ich euch auf, liebe Freunde, alle Waffen bis morgen zwölf Uhr Mittag auf dem Rathaus in der Kanzlei bei der Ortskommandantur abzugeben. Ich bedrohe niemanden, aber ihr wißt, daß über die Stadt der Belagerungszustand verhängt worden ist.

Ich füge noch hinzu, daß ich der Stadt eine Kontribution auferlegen sollte, aber ich erkläre, daß die Stadt keine Kontribution zu zahlen braucht."

Unterschrift

Am nächsten Vormittag füllte sich der Platz vor dem Rathaus mit bewaffnetem Volk. Es kamen gut tausend Leute mit Flinten, einer zog sogar ein Maschinengewehr hinter sich her.

Unsere elf Mannen verschwanden in dieser Flut bewaffneten Volks, aber die Leute kamen wirklich nur, um die Waffen abzugeben. Bis lang in den Abend hinein dauerte die Übergabe, wobei ich jedem die Hand reichte und ein paar freundliche Worte sagte.

Am nächsten Morgen ließ ich den Befehl Nummer zwei drucken und aushängen:

„Bürger!

Ich danke der gesamten Einwohnerschaft von Bugulma für die genaue Erfüllung des Befehls Nummer eins."

Unterschrift

Ich ging an diesem Tag ruhig schlafen, ohne zu ahnen, daß über mir das Damoklesschwert in Gestalt des Twersker Revolutionären Regiments hing.

Wie ich schon sagte, standen sowjetische Truppen auf

der anderen Seite von Bugulma in südlicher Richtung etwa fünfzehn Werst entfernt und wagten sich nicht nach Bugulma herein, weil sie eine Falle befürchteten, bis sie endlich aus Simbirsk vom Revolutionären Militärsowjet den Befehl erhielten, koste es, was es wolle, Bugulma zu besetzen, um so den östlich von Bugulma operierenden sowjetischen Truppen den Rücken zu decken.

Und so zog der Genosse Jerochymow, Kommandant des Twersker Revolutionären Regiments, in dieser Nacht los, um Bugulma zu erobern und zu besetzen, wo ich bereits den dritten Tag Stadtkommandant war und zur allgemeinen Zufriedenheit aller Schichten der Bevölkerung amtierte.

Beim „Eindringen" in die Stadt schoß das Twersker Regiment Salven in die Luft, und als es durch die Straßen marschierte, stieß es nur auf den Widerstand meiner zwei tschuwaschischen Wachposten, die den Genossen Jerochymow, nachdem sie durch die Schießerei aus den Schlaf geschreckt worden waren, nicht ins Rathaus lassen wollten, als Jerochymow sich mit dem Revolver in der Hand an der Spitze seines Regiments des Rathauses bemächtigen wollte.

Die Tschuwaschen wurden gefangengenommen, und Jerochymow stürmte in den Raum, der mein Amtszimmer und Schlafzimmer zugleich war.

„Hände hoch!" rief er siegestrunken, mit dem Revolver auf mich zielend. Ich hob seelenruhig die Hände hoch.

„Was sind Sie für einer?" fragte der Kommandeur des Twersker Regiments.

„Der Stadtkommandant."

„Von den weißen oder den sowjetischen Truppen?"

„Von den sowjetischen. Kann ich die Hände runternehmen?"

„Das können Sie, aber ich bitte Sie, mir sofort laut Kriegsrecht das Kommando über die Stadt zu übergeben, denn ich habe Bugulma erobert."

„Ich bin aber ernannt worden", wandte ich ein.

„Zum Teufel mit einer solchen Ernennung. Zuerst müssen Sie eine Stadt erobern."

„Wissen Sie was", sagte er nach einer Weile großmütig, „ich ernenne Sie zu meinem Adjutanten. Falls Sie damit nicht einverstanden sind, lasse ich Sie binnen fünf Minuten erschießen."

„Ich habe nichts dagegen, Ihren Adjutanten zu machen , erwiderte ich und rief nach meiner Ordonnanz; „Wassili, stell den Samowar auf, wir trinken Tee mit dem neuen Stadtkommandanten, der soeben Bugulma erobert hat."

So schwindet aller Ruhm der Welt.

Als Adjutant des Stadtkommandanten von Bugulma

Meine erste Aufgabe bestand darin, meine zwei gefangenen Tschuwaschen zu befreien und dann den Schlaf fortzusetzen, der durch den Umsturz in der Stadt unterbrochen worden war. Gegen Mittag erwachte ich und stellte fest, daß erstens alle meine Tschuwaschen heimlich verschwunden waren, nachdem sie mir in einem meiner Schuhe ein Brieflein recht unverständlichen Inhalts hinterlassen hatten: Towarisch Gaschek. Viel Hilfe suchen ringsum da und dort, Towarisch Jerochymow baschka-khawa (Kopf ab); und zweitens, daß der Genosse Jerochymow seit dem Morgen über der Abfassung seines ersten Befehls an die Einwohnerschaft von Bugulma schwitzte.

„Towarisch Adjutant", sagte er zu mir, „glauben Sie, so geht's?" Er nahm von dem Stapel ein Formular mit durchgestrichenen Zeilen und drübergeschriebenen Wörtern und las mir vor: „An die Einwohnerschaft von Bugulma! Mit dem heutigen Tag habe ich durch den Fall von Bugulma das Kommando über die Stadt übernommen. Den ehemaligen Kommandanten setze ich wegen Unfähigkeit und Feigheit von dem Posten eines Kommandanten ab und ernenne ihn zu meinem Adjutanten. Stadtkommandant Jerochymow."

„Das erfaßt alles treffend", lobte ich ihn, „und was gedenken Sie weiter zu tun?"

„Als erstes", erwiderte er ernst und feierlich, „ordne ich die Mobilisierung der Pferde an, dann lasse ich den Starosta der Stadt erschießen, nehme von der Bourgeoisie zehn Geiseln und stecke sie bis zum Ende des Bürgerkrieges ins Gefängnis. Darauf mache ich eine allgemeine Durchsuchung in der Stadt und verbiete den freien Handel. Für den ersten Tag wird das genug sein, und morgen denke ich mir was anderes aus."

„Erlauben Sie mir zu sagen", wandte ich ein, „daß ich keinesfalls etwas gegen die Mobilisierung der Pferde einzuwenden habe, aber entschieden gegen die Erschießung des Starosta protestiere, der mich mit Brot und Salz begrüßt hat."

Jerochymow sprang auf: „Sie hat er begrüßt, aber zu mir ist er noch nicht gekommen . . ."

„Das läßt sich korrigieren", sagte ich, „wir schicken nach ihm." Ich setzte mich an den Tisch und schrieb:

Kommandantur der Stadt Bugulma
Nummer 2891
An den Starosta der Stadt Bugulma!
Ich befehle Ihnen, unverzüglich nach altslawischem Brauch mit Brot und Salz zu dem neuen Stadtkommandanten zu kommen.

Stadtkommandant : Jerochymow
Adjutant : Gaschek

Als Jerochymow das unterschrieb, fügte er noch hinzu: „Andernfalls werden Sie erschossen, und Ihr Haus wird niedergebrannt."

„Auf amtliche Schreiben", belehrte ich Jerochymow, „darf man nichts Derartiges hinzuschreiben, sonst sind sie ungültig."

Ich schrieb es also im ursprünglichen Wortlaut noch einmal, ließ es unterschreiben und durch eine Ordonnanz überbringen.

„Ferner", sagte ich zu Jerochymow, „wehre ich mich entschieden dagegen, aus der Bourgeoisie zehn Personen bis zum Schluß des Bürgerkriegs ins Gefängnis zu sperren, weil darüber einzig und allein das Revolutionstribunal entscheiden kann."

„Das Revolutionstribunal", entgegnete Jerochymow ernst, „das sind wir. Die Stadt ist in unseren Händen."

„Da irren Sie sich, Genosse Jerochymow. Wer sind wir

schon? Ein miserables Zweiergespann. Der Kommandant der Stadt und sein Adjutant. Das Revolutionstribunal wird vom Revolutionären Militärsowjet der Ostfront ernannt. Wünschen Sie, an die Wand gestellt zu werden?"

„Na gut", lenkte Jerochymow mit einem Seufzer ein, „aber eine allgemeine Durchsuchung der Stadt kann uns doch niemand verbieten."

„Auf der Grundlage des Dekrets vom achtzehnten Juni dieses Jahres", erwiderte ich darauf, „kann eine allgemeine Durchsuchung einzig und allein mit Zustimmung des örtlichen Revolutionskomitees oder Sowjets durchgeführt werden. Weil ein solcher noch nicht existiert, heben wir uns das besser für eine spätere Zeit auf."

„Sie sind ein Engel", sagte Jerochymow zärtlich, „ohne Sie würde ich Schiffbruch erleiden. Aber mit dem freien Handel müssen wir doch Schluß machen."

„Die meisten von denen", erklärte ich ihm, „die Handel treiben und auf die Basare fahren, kommen vom Dorf, es sind Mushiks, die weder lesen noch schreiben können. Zuerst müssen sie das Alphabet lernen, dann können sie unsere Befehle lesen und begreifen, worum es geht. Also erstmal müssen wir den Analphabeten das Lesen und Schreiben beibringen, müssen Maßnahmen treffen, damit sie verstehen, was wir von ihnen wollen, und dann können wir Befehle zum Beispiel über die Mobilisierung der Pferde erlassen. Aber sagen Sie mir, Genosse Jerochymow, warum wollen Sie so unnachgiebig die Mobilisierung der Pferde durchsetzen? Sie wollen doch nicht Ihr Revolutionäres Twersker Infanterieregiment in eine Reiterdivision umwandeln? Wissen Sie nicht, daß dafür der Inspektor für die Formierung der Truppen der Lewobreshnaja Gruppa da ist?"

„Da haben Sie auch wieder recht, Genosse Gaschek", sagte Jerochymow mit einem neuerlichen Seufzer, „was soll ich also tun?"

„Lehren Sie das Volk des Rayons Bugulma Lesen und Schreiben", antwortete ich, „und was mich betrifft, so werde ich nachschauen gehen, ob Ihre Jungs nicht Dummheiten anstellen und wie sie untergebracht sind."

Ich ging also durch die Stadt. Das Twersker Revolutionäre Regiment führte sich würdig auf, freundete sich mit der Bevölkerung an, trank Tee, ließ sich Pelmeni, Kohlsuppe und Borschtsch kochen, teilte seine Machorka und den Zucker mit den Gastgebern, kurzum, alles war in bester Ordnung. Ich warf auch einen Blick nach Klein-Bugulma, wo sich das erste Bataillon des Regiments einquartiert hatte. Auch dort fand ich die gleiche Idylle vor. Die Soldaten tranken Tee, aßen Borschtsch und benahmen sich anständig. Ich kehrte erst spätabends zurück, und an der Ecke des Marktplatzes erblickte ich ein frisch angeklebtes Plakat, auf dem stand:

„An die Bewohnerschaft von Bugulma und Rayon!

Ich befehle, daß alle aus der ganzen Stadt und dem Rayon, die nicht lesen und schreiben können, dies binnen drei Tagen lernen. Wer nach dieser Frist als Analphabet ertappt wird, wird erschossen.

Stadtkommandant: Jerochymow"

Als ich zu Jerochymow kam, saß er mit dem Starosta der Stadt beisammen, der außer Brot und Salz auch einige Flaschen litauischen Wodka gebracht hatte, was alles schön säuberlich auf dem Tisch aufgebaut war. Jerochymow war bester Laune, umarmte den Starosta und rief mir zu:

„Haben Sie gelesen, wie ich Ihrem Rat gefolgt bin? Bin selber in die Druckerei gegangen und hab auf den Direktor mit dem Revolver gezielt. ‚Sofort drucken, mein Täubchen, sonst erschieß ich dich Hundesohn auf der Stelle!' Er zittert, der Schweinehund, zittert, liest, zittert noch mehr, und ich peng! in die Decke ... Und da hat er's gedruckt, wunderbar gedruckt. Lesen und schreiben können, das ist die Hauptsache. Dann erläßt du einen Befehl, alle lesen, verstehen und sind glücklich. Stimmt's, Starosta? Trinken Sie, Genosse Gaschek!"

Ich lehnte ab.

„Wirst du trinken oder nicht?“schrie er.

Ich zog den Revolver und schoß auf die Flasche mit dem litauischen Wodka, und auf meinen Vorgesetzten zielend, sagte ich mit Nachdruck: „Entweder du legst dich gleich ins Bett, oder ...“

„Ich geh schon, Täubchen, Seelchen, ich geh schon, ich mein's doch nicht so. Ein bißchen Spaß machen, vergnügen ein bißchen.“

Ich brachte Jerochymow ins Bett, und als ich zum Starosta zurückkehrte, sagte ich zu ihm: „Für heute verzeihe ich Ihnen, gehen Sie heim und seien Sie froh, daß Sie so glimpflich davongekommen sind.“

Jerochymow schlief am nächsten Tag bis zwei Uhr nachmittags. Als er erwachte, schickte er nach mir und sagte, mich unsicher ansehend: „Mir scheint, Sie wollten mich gestern erschießen."

„Ja", antwortete ich, „ich wollte dem zuvorkommen, was das Revolutionstribunal mit Ihnen machen würde, wenn es erfährt, daß Sie sich als Stadtkommandant betrunken haben."

„Täubchen, das werden Sie doch niemandem sagen, ich tu es nie wieder. Ich werde den Leuten das Lesen und Schreiben beibringen . . ."

Am Abend erschien die erste Delegation von Mushiks aus dem ganzen Rayon. Sechs alte Weiber zwischen sechzig und achtzig und fünf Greise im gleichen Alter. Sie warfen sich mir vor die Füße. „Vernichte nicht unsere Seele, Batjuschka, in drei Tagen lernen wir nicht lesen und schreiben, der Kopf will nicht mehr so. Unser Erlöser, erbarme dich unser."

„Der Befehl ist ungültig", sagte ich „ das alles hat dieser Dummkopf gemacht, der Stadtkommandant Jerochymow."

In der Nacht kamen noch einige Deputationen, aber am Morgen waren bereits überall neue Plakate angeklebt. Ihr Inhalt lautete folgendermaßen:

„An alle Bewohner von Bugulma und Rayon!

Ich erkläre, daß ich den Stadtkommandanten, Genossen Jerochymow, abgesetzt und mein Amt wieder übernommen habe. Damit sind seine Befehle Nummer eins und Nummer zwei, die Liquidierung des Analphabetentums binnen dreier Tage betreffend, ungültig.

Stadtkommandant: Gaschek"

Ich konnte mir das erlauben, denn in die Stadt war nachts das Petrograder Kavallerieregiment eingeritten, das meine Tschuwaschen Jerochymows wegen herbeigeholt hatten.

Die Bittprozession

Der von mir abgesetzte Stadtkommandant Jerochymow befahl dem Revolutionären Twersker Regiment, die Stadt in Kampfordnung zu verlassen und außerhalb der Stadt sein Feldlager aufzuschlagen, er selber kam zu mir, um sich zu verabschieden. Ich versicherte ihm, daß ich, falls er versuchen sollte, mit seinem Regiment wieder etwas Ungehöriges anzustellen, es entwaffnen lassen und ihn vors Revolutionäre Kriegstribunal schicken werde. Übrigens spielten wir jetzt mit offenen Karten.

Der Genosse Jerochymow seinerseits versicherte mir mit großer Aufrichtigkeit, er werde mich, sobald das Petrograder Kavallerieregiment die Stadt verlasse, aufhängen lassen, und zwar auf dem Hügel oberhalb Klein-Bugulmas, damit man mich von allen Seiten sehen könne.

Wir reichten uns die Hand und trennten uns als beste Freunde.

Nach dem Abzug von Jerochymows Regiment erwies es sich als nötig, die Petrograder Kavallerie, die sich ausnahmslos aus Freiwilligen zusammensetzte, bequem unterzubringen und deshalb für sie die Kaserne erst mal säubern zu lassen. Überhaupt nahm ich mir vor, alles nur Mögliche zu tun, damit es den Petrograder Burschen in Bugulma gefiele und sie nicht eines Tages gegen mich rebellierten.

Wen sollte man aber zum Reinemachen in die Kaserne schicken, um dort die Fußböden zu scheuern und alles in Ordnung zu bringen. In jedem Fall jemanden, der nichts zu tun hatte.

Von der örtlichen Bevölkerung machte jeder etwas. Ich überlegte lange hin und her, bis mir einfiel, daß bei Bugulma ein großes Frauenkloster stand, das Kloster zur

Heiligen Gottesmutter, wo die Nonnen nichts taten als beten und einander verleumden.

Ich sandte also der Äbtissin des Klosters folgendes amtliches Schreiben:

„Militärkommandantur der Stadt Bugulma
Nr. 3896
An die Bürgerin Äbtissin des Klosters zur Heiligen Gottesmutter
Schicken Sie unverzüglich fünfzig Klosterjungfrauen zur Disposition des Petrograder Kavallerieregiments. Die Klosterjungfrauen bitte direkt in die Kaserne schicken.
Stadtkommandant: Gaschek“

Das Schreiben wurde überbracht, und nach einer halben Stunde hörte man vom Kloster ein schaurig schönes und mächtiges Glockengeläut. Alle Glocken des Klosters zur Heiligen Gottesmutter dröhnten und bimmelten, und ihnen antworteten die Glocken der Stadtkirche.

Meine Ordonnanz meldete mir, daß der oberste Pope der hiesigen Kirche bitte, mit der örtlichen Geistlichkeit von mir empfangen zu werden. Ich winkte freundlich, und in die Kanzlei drängten sich einige bärtige Popen, und ihr Sprecher sagte:

„Herr Genosse Kommandant, ich komme zu Ihnen nicht nur im Namen der örtlichen Geistlichkeit, sondern im Namen der gesamten rechtgläubigen Kirche. Richten Sie nicht die unschuldigen Klosterjungfrauen zugrunde. Soeben haben wir aus dem Kloster die Nachricht erhalten, daß Sie fünfzig Nonnen für das Petrograder Kavallerieregiment anfordern. Denken Sie daran, daß Gott über uns thront.“

„Über uns ist vorläufig nur die Zimmerdecke“, entgegnete ich zynisch, „und was die Nonnen betrifft, so muß es nach meinem Willen geschehen. Für die Kaserne brauche ich fünfzig. Zeigt es sich, daß dreißig ausreichen, schicke ich die restlichen zwanzig wieder heim. Reichen aber die fünfzig nicht aus, dann hole ich aus dem Kloster hundert, zweihundert, dreihundert. Das ist mir egal. Und Sie, meine Herren, mache ich darauf aufmerksam, daß Sie sich in amtliche Angelegenheiten einmischen, so daß ich mich gezwungen sehe, Sie zu bestrafen. Jeder von Ihnen wird mir drei Pfund Wachskerzen, ein Dutzend Eier und ein Pfund Butter bringen. Sie aber, Bürger Hauptpope, bevollmächtige ich, mit der Äbtissin auszuhandeln, wann sie mir ihre fünfzig Nonnen schicken wird. Sagen Sie ihr, ich brauche sie wirklich ganz dringend, und ich schicke sie wieder zurück, keine einzige wird verlorengehen."

Betrübt verließ die rechtgläubige Geistlichkeit meine Kanzlei.

In der Tür drehte sich der Älteste, der mit den längsten Haupt- und Barthaaren, noch einmal zu mir um. „Gedenken Sie, daß der Herr über uns ist."

„Pardon", sagte ich. „Sie bringen mir nicht drei, sondern fünf Pfund Wachskerzen."

Es war ein wunderschöner Oktobervormittag. Starker Frost war eingebrochen und hatte den verfluchten Straßenschlamm von Bugulma erhärtet. Die Straßen füllten sich mit Menschen, die zur Kirche eilten. Feierlich läuteten die Glocken in der Stadt und im Kloster. Sie läuteten nicht wie früher zum Alarm, sondern riefen jetzt das rechtgläubige Bugulma zu einer Bittprozession.

Lediglich in den schlimmsten Zeiten hatte man in Bugulma eine Bittprozession abgehalten. Als die Tataren die Stadt belagerten, als die Pest und die Pocken wüteten, als der Krieg ausgebrochen war, als man den Zaren erschossen hatte, und jetzt. Die Glocken hallten gedämpft, als wollten sie weinen.

Das Klostertor tat sich auf, und die Nonnen zogen mit Ikonen und Fahnen heraus. Vier der ältesten Nonnen mit der Äbtissin an der Spitze trugen die größte und schwerste Ikone. Von der Ikone blickte streng die heilige Gottesmutter herab. Und dahinter die alten und jungen Nonnen, alle schwarz gekleidet. Sie sangen Psalmen, wie: „Und sie führten ihn, um ihn zu kreuzigen. Sie kreuzigten ihn und mit ihm andere, zwei zu beiden Seiten und in ihrer Mitten Jesum Christum."

Da wallte bereits aus der Kirche die rechtgläubige Geistlichkeit in goldgewirkten Ornaten, und hinter ihnen zog das rechtgläubige Volk mit Ikonen einher.

Beide Züge trafen sich und schrien: „Christus lebt! Christus herrscht, unser König! Christus wird siegen! Und schon sang die ganze Menge: „Ich weiß, mein Erlöser lebt, am Jüngsten Tag wird er aus Staub und Asche auferstehen."

Die Prozession zog um die Kirche herum und strebte dann auf die Stadtkommandantur zu, wo ich bereits würdige Vorbereitungen getroffen hatte. Vor dem Rathaus stand ein Tisch, mit einem weißen Tischtuch gedeckt, darauf ein Laib Brot und ein Salznapf. Auf der rechten Ecke stand eine Ikone, und rings um sie brannten Kerzen.

Als die Prozession vor der Kommandantur anlangte, trat ich würdevoll hinaus und bat die Äbtissin, Brot und Salz anzunehmen als Beweis, daß ich keine feindseligen Absichten hegte. Ich bat auch die rechtgläubige Geistlichkeit, sich Brot abzuschneiden. Einer nach dem anderen trat vor und küßte die Ikone.

„Rechtgläubige", rief ich feierlich, „ich danke euch für die schöne und ungewöhnlich fesselnde Prozession. Ich habe so etwas zum erstenmal in meinem Leben gesehen, und sie wird in mir einen unauslöschlichen Eindruck hinterlassen. Ich sehe hier eine singende Schar von Nonnen, was mich an die Umzüge der ersten Christen in den Zeiten des Kaisers Nero erinnert. Kann es sein, daß jemand von euch den Roman „Quo vadis" gelesen hat? Ich will aber, liebe Rechtgläubige, eure Geduld nicht länger auf die Folger spannen. Ich habe um fünfzig Nonnen gebeten, aber wenn schon einmal das ganze Kloster hier ist, werden wir früher fertig sein; ich bitte die Fräulein Nonnen, mir in die Kaserne zu folgen."

Die Nonnen standen mit entblößten Häuptern vor mir und sangen: „Die Himmel preisen Gott den Herrn und

küssen das Werk seiner Hände. Lobet den Herrn in seinem Heiligtum, lobet ihn in der Feste seiner Macht! Lobet ihn in seinen Taten; lobet ihn in seiner großen Herrlichkeit!"

Die Äbtissin trat vor mich hin. Ihr Greisinnenkinn zitterte, und sie fragte mich: „Im Namen Gottes des Herrn, was werden wir dort tun? Richte deine Seele nicht zugrunde."

„Rechtgläubige", überschrie ich die singende Menge, „die Fußböden sollen gescheuert und die Stuben gesäubert werden, damit sich das Petrograder Regiment dort einquartieren kann. Gehen wir!"

Die Menge folgte mir, und angesichts einer solchen Masse von arbeitsamen Händen war gegen Abend die Kaserne im allerbesten Zustand.

Am Abend brachte mir eine hübsche, junge Nonne eine

kleine Ikone und einen Brief der alten Äbtissin mit dem schlichten Satz: „Ich bete für Sie."

Ich kann zufrieden schlafen, denn ich weiß, daß auch heute noch mitten in den alten Eichenwäldern um Bugulma das Kloster zur Heiligen Gottesmutter steht, wo eine alte Äbtissin lebt, die für mich, einen Taugenichts, betet.

Nachwort

Weltbekannt wurde der tschechische Schriftsteller Jaroslav Hašek mit seinem Roman „Die Abenteuer des braven Soldaten Schwejk", der seit seinem Erscheinen 1921 immer wieder neue Auflagen erlebte, in dreiundfünfzig Sprachen übersetzt wurde und damit zu jenen tschechischen Büchern gehört, die im Ausland am häufigsten herausgegeben wurden. Die Figur des Schwejk wurde in aller Welt zur Verkörperung des kleinen Mannes, der sich auf unverwechselbare Weise gegen harte, ungerechte Verhältnisse zur Wehr setzt. Mit seiner als Einfalt getarnten pfiffigen Bauernschläue, seinem unverwüstlichen Humor und seiner integren Furchtlosigkeit legt er die hohen Herren der Bürokratie, des bornierten Offizierskorps und des gesamten Machtapparats der österreichisch-ungarischen Monarchie aufs Kreuz. Diese Romanfigur haftet so lebendig und anschaulich im Bewußtsein von Millionen Lesern, daß sie darüber häufig den Autor vergessen. Entweder identifizieren sie ihn mit dem Schwejk, oder sie übersehen einfach die Anwesenheit des Autors bei diesem Werk – so als hätte ein gewisser Schwejk selber den Schwejk geschrieben. Doch was kann letzten Endes einem Schriftsteller Befriedigenderes widerfahren, als so in seinem Werk fortzuleben?

Der große Widerhall und Erfolg des Schwejk dürfte wohl auch eine der Ursachen dafür sein, daß im Bewußtsein breiter Leserschichten kaum die Tatsache verankert ist, daß Hašek außer diesem Roman eine Fülle von Kurzgeschichten, Humoresken und Erzählungen geschrieben hat, die mit ihrer künstlerischen Meisterschaft, dem Einfallsreichtum, ihrem Witz und der schonungslosen Bloßlegung menschlicher und gesellschaftlicher Schwächen durchaus auf dem Niveau des „Schwejk" stehen.

Die Erzählungen (1200 an der Zahl) erschienen zu Hašeks Lebzeiten verstreut in humoristischen und anderen Zeitschriften, von den Lesern begeistert aufgenommen, von der Fachwelt kaum beachtet, die ja auch lange brauchte, um den hohen Wert des Schwejkromans zu erkennen. Keiner der renommierten Verlage wollte den „Schwejk" drucken, und so sah sich Hašek schließlich gezwungen, mit dem Freund und Zechkumpan, dem völlig berufsfremden Franta Sauer, einen Verlag zu gründen (der natürlich bald pleite ging) und „Die Abenteuer des braven Soldaten Schwejk“ in sogenannten Groschenheften herauszugeben.

Hašek, am 30. April 1883 in Prag als Sohn eines Mittelschulprofessors geboren, besuchte das Gymnasium nur einige Jahre, mit mäßigem Erfolg, die Quarta sogar doppelt. Kaisertreue Pauker und frömmelnde Geistliche, die ihre Schüler zu Duckmäusertum, Heuchelei und Lüge anhielten, waren die Zielscheibe für Hašeks Spott.

Erfahrungen und Erlebnisse des jungen Hašek aus Schul- und Lehrzeit flossen in viele seiner Geschichten ein, wie man überhaupt die gesamte Biographie Hašeks in den Themen seiner Erzählungen darstellen könnte. Nach kurzer Zeit in einer Drogerie, besuchte er eine Handelsakademie, war anschließend in einer Bank tätig, aber seine unstete Natur trieb ihn dazu, sich auf Wanderschaft durch die Slowakei zu begeben. Weitere Wanderungen – für Bahnreisen reichte das Geld nicht – führten ihn durch seine böhmische Heimat, nach Ungarn und Serbien, aber auch nach Süddeutschland bis hin nach Oberitalien. Und alle fanden ihren Niederschlag in Reiseskizzen und Erzählungen.

Die Jugendjahre Hašeks sind von seinem wiederholten, aber letzten Endes immer erfolglosen Bestreben gekennzeichnet, sich eine sogenannte bürgerliche Existenz aufzubauen, vor allem nach der Bekanntschaft und späteren Heirat mit Jarmila Mayerová, Tochter aus gutbürgerlichem Hause, deren Eltern nicht willens waren, ihr Kind einem mittellosen „fragwürdigen“ Schriftsteller und Wirtshausbummler zur Frau zu geben. Es stimmt, Hašek war ständiger Gast in vielen Prager Cafés und Weinstuben, er liebte die Geselligkeit und den Trunk, strebte nicht nach Wohlstand und Geborgenheit, in seinem ganzen Leben besaß er nichts als das, was er auf dem Leibe trug.

In dem Kneipenmilieu fand er seine Themen, wie er sie von seinen Zechkumpanen, der damaligen Prager Boheme, oder von Zufallsgästen aufschnappte. Und in den Kneipen entstanden auch fast alle seine Geschichten. Sein Jugendfreund, der tschechische Schriftsteller Eduard Bass, berichtet, wie Hašek im Wirtshaus bis vier Uhr Schach spielte und trank, dann das Brett wegschob und sagte: „Jetzt muß ich schreiben, um sechs macht die Kasse zu“ – die Kasse der Redaktion, wo Hašek seine Geschichte unterzubringen gedachte. Und Bass fährt fort:

„. . . er ließ sich Tinte bringen. In der Tasche hatte er stets einen billigen Federhalter, die Feder war verkehrt herum in den Halter gesteckt. Wenn er sein Schreibgerät fertiggemacht hatte, holte er aus der anderen Tasche Papier. Es waren immer vier Viertelbogen, nicht mehr, nicht weniger. Das war sein Maß für eine Erzählung. Oben drüber schrieb er den Titel, und schon ging es los, Zeile für Zeile, ohne Streichung, in einer schönen, leserlichen Schrift, besonnen und bedächtig. Er beschrieb die erste Seite, ging zur zweiten über, und bevor er die dritte beendete, sah er nach, ob es wirklich die vorletzte war und dann arbeitete er schon auf die Pointe hin. Es war einfach verblüffend, er schrieb, als diktierte ihm ein Unsichtbarer längst fertige Dinge . . ."

Für kurze Zeit fand Hašek eine Anstellung in der Redaktion der Zeitschrift „Die Welt der Tiere", aber nachdem er dort einige Artikel veröffentlicht hatte, in denen er sich neue, der Welt noch unbekannte Tiere ausdachte wie den Tyrannosaurus, den Urgebirgsfloh und andere, mußte er seinen Abschied nehmen. Ein kurzes Leben war auch seinem Hundehandel beschieden, den er großspurig Kynologisches Institut nannte, was aber nicht verhindern konnte, daß es bald bankrott ging.

Sein ungebärdiges, aufbegehrendes Naturell und seine zutiefst freiheitliche, demokratische, gegen jede Unterdrückung gerichtete Gesinnung führte ihn in die Reihen der Anarchisten, die in den Jahren vor dem ersten Weltkrieg im damaligen Österreich-Ungarn eine gewisse Resonanz unter Arbeitern und Intellektuellen fanden. Hašek erkannte bald die Aussichtslosigkeit individueller terroristischer Aktionen, und das bewog ihn dazu, den Anarchisten den Rücken zu kehren. Angewidert von dem scheindemokratischen Ränkespiel der Parteien einschließlich der ganz im Fahrwasser des Revisionismus schwimmenden Sozialdemokratie, gründete Hašek die „Partei des gemäßigten Fortschritts im Rahmen des Gesetzes", eine satirische Parodie auf die verlotterte Parteienwirtschaft, in deren Programm solche Punkte standen wie: Wiedereinführung der Sklaverei, Verstaatlichung der Hausmeister, Rehabilitierung der Tiere, Einrichtung von staatlichen Erziehungsanstalten für schwachsinnige Abgeordnete, Einführung der Inquisition, zwangsweise Einführung des Alkoholismus. Eine grandiose Satire auf die wohltönenden Phrasen, mit denen die Parteien in einer bürgerlichen Demokratie um die Wählergunst buhlen.

Der Ausbruch des ersten Weltkriegs veränderte mit einem

Schlag auch Hašeks Leben. Er wurde eingezogen, und viele seiner bitteren Erfahrungen in der k. und k. Armee sind in dem Roman über den Schwejk eingeflossen. Die Figur gewinnt im Vergleich zu dem Schwejk aus den Vorkriegsjahren, den man als „Urschwejk" bezeichnet, viel schärfere Konturen. Bei all ihrer scheinbar dulderischen Haltung attackiert sie schonungslos den Unterdrückungsmechanismus dieser allein für reaktionäre Ziele eingesetzten Armee. Nach einem Ausspruch von Julius Fučik ist Schwejk „ein internationaler Typ, der Typ des Soldaten in allen imperialistischen Armeen", denn er „beherrscht die Kunst, für denjenigen, der ihn in den Kampf schickt, den Krieg zu verlieren". In russische Kriegsgefangenschaft geraten, schloß Hašek sich nach der Oktoberrevolution der Roten Armee an, wurde Mitglied der Kommunistischen Partei Rußlands (Bolschewiki) und bekleidete in der Armee verschiedene Posten. Er veränderte völlig seinen Lebensstil, schwor dem Alkohol ab, wurde ein ernsthafter und begeisterter Mitstreiter der proletarischen Revolution. Wenn er auch nach der Rückkehr in seine Heimat, wo inzwischen die revolutionäre Bewegung abgeflaut war, aus Enttäuschung sein altes Bohemeleben wieder aufnahm, blieben doch die Erlebnisse der revolutionären Kämpfe in Sowjetrußland unvergessen, sie hatten seinen Blick für die sozialen Kämpfe seiner Zeit geschärft. 1921 zog sich Hašek nach Lipnice zurück, um an seinem Schwejkroman weiterzuarbeiten. Zwischendurch entstanden eine ganze Reihe weiterer Humoresken und Satiren, in denen er jetzt die Ungerechtigkeit und Unmoral der bürgerlichen Gesellschaft in der neuentstandenen Republik aufs Korn nahm.

Jaroslav Hašek starb, noch nicht vierzig Jahre alt, im Januar 1923, arm, weithin unbekannt und verkannt. Und hat uns doch ein Werk hinterlassen, das in seiner Art einmalig ist. Mit scharfem, satirischem, häufig karikierendem Humor hält er seiner Zeit, die sich gern die „gute alte Zeit" nennen läßt, einen schonungslosen Spiegel vor.

Gustav Just

Wort- und Sacherklärungen

Antiochia – Hauptstadt der Seleukiden in Syrien, um 300 v. u. Z. gegründet
„Chudas" – (tschech.) Der Arme, tschech. Zeitschrift
Ciborium – (lat.) Aufbewahrungsgefäß für die geweihte Hostie
Consilium abeundi – (lat.) Anordnung des strafweisen Ausschlusses von bürgerlichen Schulen, Hochschulen und Universitäten
Custozza – Dorf in der norditalienischen Provinz Verona, bekannt durch zwei Siege der Österreicher über die Italiener (1848 und 1866)
Havelock – (engl.) Herrenmantel mit bis zum Ellbogen reichendem Überwurf
Kontribution – der Bevölkerung eines besetzten Gebietes auferlegte Geldleistung
Kordon – Postenkette
Menage – (österr.) militärische Verpflegung
„Nova Omladina" – (tschech.) Die neue Jugend – tschechische Zeitschrift
Offizial – (österr.) Rangbezeichnung für Beamte
Osteria – (ital.) Wirtshaus
Plantagenet – englische Dynastie (1154–1399)
Pohunek – (tschech.) Ochsenknecht
Kaňourek – (tschech.) Kleckser
Kopal – (tschech.) Hacker
Škrdle – (tschech.) Knauser
Profos – Verwalter der militärischen Gerichtsbarkeit
Propst – in der Kirche oberster Geistlicher eines Domkapitels
Psiakrew – (poln.) Fluch
Reskript – (lat.) amtlicher Erlaß
Schlacht am Weißen Berg – bei Prag 1620, wo Gegenreformation und Absolutismus der Habsburger über die tschechischen Stände triumphierten
Stoizismus – (griech.) philosophische Lehre der Stoa, jede Geisteshaltung, die Askese fordert; Stoiker heute – besonnener, gleichmütiger Mensch

Quellennachweis

Mann und Frau in der Ehe · Der Maler als Philosoph · Über den Herrn Petranek · Die Erforscher des Unbekannten · Zeitschriften für die Jugend · Der Einspruch gegen die Beschlagnahme · Auf den Spuren der Staatspolizei in Prag · Wie Baluška lügen lernte

Der begabte Knabe · In einer naturwissenschaftlichen Zeitung · Der Primaner Kadraba vor der ersten Lateinarbeit · Die Mnemotechnik

Das Bildnis Kaiser Franz Josefs I.

Inhalt